室友雀兒喜的ChelSEA夜詠

WRITER 蕗舟
ILLUSTRATION VISE

【各界名家推薦】

很少看台灣原創的百合小說，對我而言很新鮮。正因為是台灣原創，同時融合西方文化的《室友雀兒喜的夜詠》才會讓人感覺如此獨樹一格。

無論是角色說話的方式還是呈現手法，總讓我覺得像在欣賞一齣舞台劇，看見熟悉的劇目、耳聞過的名字時也會有驚喜感。

和傳統的「龍（鳳）傲天」不同，主角蘋柔總是被拖著走，像是旁觀但卻比誰都更完整參與了雀兒喜的一部分人生，而過程中也加深了兩人的羈絆。

「舞台少女果然就是瘋子啊。」閱讀完這本書後，最強烈的感想是如此，結局讓我不禁想起櫻坂46的《Start Over!》，是種狂歡的解放。

若有機會的話，很想聽聽雀兒喜和蘋柔一同建構而成的歌曲。

——Irene309（百合作家，代表作品《夏日計劃》）

什麼樣的情境下，會喜歡一個人呢？是看見那人的光芒萬丈，還是脆弱無助的時候？

舟舟在此書的一開始，便營造了一個雀兒喜的高光時刻，卻又旋即讓我們看見雀兒喜的孤獨。在那份孤獨的背後，隱藏著巨大的謎團，一步步讓我們掉入漩渦之中，跟隨女主角李蘋柔的視角，一點點靠近神祕室友雀兒喜，慢慢地解謎、慢慢地動心。

我特別喜歡中後段，兩人若有似無的曖昧，那看似親暱又尚不交心的狀態，讓人心癢難耐……隨著迷霧漸漸散去，兩人努力向對方奔赴而去，在截然不同的身分背景下的相知相愛，讓人看得姨母甜笑。我好喜歡蘋柔的有點病嬌，和雀兒喜的女王病嬌，兩個瘋狂的人相愛就是香啊！

喜歡階級差異、喜歡雙向奔赴的人，肯定會喜歡這本書唷！

——武佳栩（讀創簽約百合作家，代表作品《煙花風月》）

【推薦序】

追逐夢想的序曲

魚落井（Penana駐站作家，代表作品《垃圾》）

你敢站在舞台上，向世界大聲宣告你的夢想嗎？

舞台的紅絨幕布拉開，熾亮的射燈下，雀兒喜啟唇歌唱。舞台下的黑暗中，她的室友李蘋柔因那美妙的歌聲而渾身起了雞皮疙瘩，為之神魂顛倒；我也為之傾倒，不由自主地翻到下一頁，追逐那神祕詭譎的旋律，與兩位女主角若即若離的身影——

蕗舟是我見過最奇特的作者，「無法預測」是最適合她的形容詞。她總是能以文字為音符，譜寫出無法輕易揣摩走向的精彩情節，細膩的筆觸奏出觸動人心的和弦，叫讀者沉浸在曲子的氛圍裡，無法自拔。

雀兒喜懷抱著遠大的夢想。她能為之排除萬難、披荊斬棘、勇往直前。而創造她的蕗舟，也有著同樣的執拗與堅毅。蕗舟付出了許多不為人知的努力，一筆一畫，一字一行，踏實地步上追夢的旅途，這才有你我眼前這部《室友雀兒喜的夜詠》。

蕗舟是敢站在舞台上，向世界大聲宣告她的夢想的。這部作品就是她嘹亮的宣言：翻開這本書，聆聽字裡行間的樂聲吧！你會聽到她的心臟怦然跳動，能一窺她腦海中那壯麗的景色。作為朋友與讀者，能有幸參與她這發光發熱的時刻，實在是無比感動與欣慰。

這是一部怎樣的故事？到底雀兒喜的夢想是甚麼呢？其實無須我再多言。只要你往後翻到故事的第一頁，紅幕拉開之後，射燈自會指引你踏上雀兒喜與李蘋柔驚心動魄的冒險之旅。

目次

一♪名為雀兒喜的女孩

「我會為您跳舞，我的陛下。」

「我的奴隸為我戴上香水與七層紗。我要赤腳在血泊上跳舞。」

「您已經立誓了，我的陛下！」

「我要求的賞賜是銀製的盤子。盤上裝著……」

第一次見識葉迦娣音樂學院的演出，是練習性質的校內劇場，演出經典德語歌劇《莎樂美》。僅僅是一場校內簡易舞台劇，缺少華麗布景，沒有專業燈光效果，甚至表演者全是學習中的在校生——卻吸引上百人擠滿劇場，導致學校緊急派人發送號碼牌，以便控制人數。

我惶恐地看著驚人陣仗，手裡緊捏轉學簡章資料，跟隨學校分派的引導員一起坐在劇場第一排，引導員說趁這機會，讓我實際體驗校內活動，他驕傲地介紹：「妳真幸運蘋柔同學，轉學第一天就能見到『她』的演出，這裡所有人都是為了雀兒喜來的，平時沒這麼多人。」

雀兒喜？她是誰？

我順著引導員的視線看去，舞台中心的「莎樂美」穿著性感裸露的戲服，貼合肌膚的絲質衣底下，優美身段若隱若現，她豐潤的唇上繪著張揚的殷紅，好似隨時能滴出鮮血，眉眼間薰染煙紅色眼影，上勾的酒紅色眼線像箭矢，任何妄想掌控她的人皆會被萬箭穿心。無法將視線從她身上移開的我，恐已成為她利箭下的犧牲品，身陷其中不能自拔。

舞台上，被莎樂美迷得神魂顛倒的國王高唱：

「噢！我寵愛的莎樂美啊！」

「無論妳要什麼我都會給妳。哪怕是我一半的王國我都可以給妳。」

「只要妳為我跳舞。」

《莎樂美》一劇講述罪孽深重的莎樂美，因瘋狂迷戀先知約翰，求愛不成陷入瘋狂，轉而向愛慕自己的國王，獻上邊跳舞邊褪去衣裳的七重紗之舞，國王對莎樂美的舞蹈大為欣喜，卻沒想到莎樂美大膽要求的獎賞，竟是砍下先知約翰的頭，盛放在銀盤上獻給她。在保守年代，此劇因情節帶有強烈女性情慾，一度被視為禁劇。

「我要求的賞賜是銀製的盤子，盤上裝著約翰的頭！」

「噢！你終於要承受我的親吻，約翰！我要用我的唇齒如同撕咬水果般親吻你！」

「你那雙憤怒又輕蔑的眼為何緊閉，你向我口出惡言以妓女看我。」

「約翰，我還活著但你死了。」

「而你的頭顱屬於我！」

我全身起雞皮疙瘩，「莎樂美」的情感爆發力驚人，音域廣泛，轉音俐落，渾身散發無人匹敵的傲慢氣場，全然不將其他表演者放在眼裡，彷彿他們的存在只為襯托她一人。

這位叫雀兒喜的人，好可怕。從她的歌聲中，我感受到征服一切的野心，有如上古饕餮般，只要是她能吞下的，她會毫不猶豫將之啃食，無止盡的貪婪，無止盡的追求，用音樂征服眾人的渴望。她和我，是同類人。

內心的狂喜幾乎抑制不住！我的音樂若由她來演唱，那將是多麼完美的組合！

但很快地，我便發現新學校有些不對勁。

表演結束時，我發自內心為她鼓掌，這麼精彩的演出，又有那麼多人在現場，應當掌聲雷動才對。然而直到演出者謝完幕，大幕放下為止，觀眾席卻僅有零星掌聲。我偷偷觀察身後，發現鼓掌的大多是帶著校外人士證件的人。

觀眾席上百位在校生，全都用冷淡的眼神瞪著大幕，無人鼓掌，無人喝采。我注意到有些學生悄悄錄影，膝上攤著記事本，不知在記錄什麼。

引導員注意到我狐疑的視線，「喔，那個啊。」引導員語氣稀鬆平常地說：「是為了當訓練指標吧，雀兒喜的技術確實完美，比很多課堂範例音檔還要值得學習，部分同學會為了向她學習而偷錄演出。」

明明欣賞她的演出，卻連掌聲都吝嗇給予？那位飾演女主角的雀兒喜，究竟是怎麼回事？

♯

雀兒喜是我見過最奇特的女孩，「無法理解」是最適合她的形容詞，聽說她一年四季總是戴著手套和圍巾，偶爾她會沒有戴圍巾，但一定會穿著高領衣，好像她的脖頸接觸到空氣就會生病似的，但這並不是她奇特的主因，畢竟這裡是國際間頗具盛名的音樂學院，來就讀的學生全是以職業音樂家為目標，如她那般保護喉嚨的學生並不少見。

雀兒喜是美國籍留學生，長得一副亞洲人面孔，她的談吐與她的外貌印象不合，初次見到她的人常誤以為她只有十六、七歲而已，可實際和她談過話就會明白，她心思縝密、應答穩重，好似面前的女孩不是年輕學生，而是一位看盡世間百態的長者。

雀兒喜主修聲樂美聲，她的歌喉美妙如天賜，可惜這裡的老師們都有藝術家包袱，他們不習慣稱讚表現好的學生，既使已經達到百分之百要求，老師們仍有辦法吹毛求疵。

教授德文的本諾老師經常說：「我在你們這年紀時，已在新天鵝堡演奏《漂泊的荷蘭人》了！你們若不拚命爭取，就等著被趕下舞台吧。」據傳，說出這話的本諾老師，聽完雀兒喜的演唱後破口大罵，把她裡外嫌得一文不值。但學生們都知道，當你讓一位老師無法克制地想要挫你銳氣，代表你優秀到令他們感受到威脅。

可惜她的好成績並未讓她有好人緣，事實上，在競爭激烈的學院生活中，一位閃亮學生散發的光芒，會使籠罩在成績落後學生身上的陰影更黑暗。

雀兒喜是位古怪的人，她會在下雨時特意出門淋雨，說起話來老氣橫秋，一點也沒有年輕女孩該有的活力，總是會在天未亮的清晨離開寢室不知去哪，直到第一堂課才匆匆現身。她很喜歡看書，幾乎到求知若渴的地步，她每週會讀完至少四本書，有次我看見她在背誦「九九乘法表」，我問她以前沒學過嗎？她只是微笑沒有多說什麼。天資聰穎與古怪行徑，兩者相加無疑令她的人際關係降到冰點。

說起來，為什麼我會知道這麼多雀兒喜的事呢？

因為雀兒喜是我的新室友。

得知新室友是演唱《莎樂美》的校園紅人，師生間的流言蜚語自然而然流進耳中，人們出於資深的優越感，總想給初來乍到的新人下馬威，從中獲得我無法理解的快感。拜此所賜，我還沒與雀兒喜本人交談過，就已經把她的豐功偉業聽了個遍。

到了宿舍入住日，我拖著行李箱，踏進葉迦娣音樂學院的女生宿舍。

聽很多人說，我們宿舍請知名設計師操刀，雖然我不理解室內設計的領域，但從踏進宿舍大樓那刻，我倒是理解這裡作為頂尖學府的驚人財力。明亮挑高的交誼大廳，頂上燈具採用音樂廳式的水晶吊燈，我的短靴踩在灰紋大理石地板上，發出清脆的回音，一旁沙發區設有咖啡機和投幣販賣機。想當然，如此重視學生居住品質的宿舍，有學生專屬健身房和游泳池，也在情理之中，假使我拍照傳給媽媽，說這裡是四星級飯店，恐怕也不會被質疑。

穿堂兩側掛著傑出校友的相片和畫像，我逐一唸出上面的人名，「鄧齊里、葉格利歐諾、札利諾娃……」每位都是家喻戶曉的音樂界巨星，是葉迦娣學院引以為傲的明星校友。

女宿舍監陳姐是位氣質高雅的女性，聽說她已經超過四十歲了，真是難以置信，她的臉龐在我看來只有三十五歲左右。她看著我的入學資料，惋惜地說：「曾經我也和妳一樣充滿創造力，但世界就是如此不留情面，但既然妳還在舞台上不願下來，我想上天會給妳出路的。」

「嗯。」我淡漠地應答。

我原本在倫敦攻讀鋼琴，因一場意外，從此失去左手小指和無名指，當時父母親都勸我放棄音樂，那些柔情勸說的話語，最終被我用一紙轉學簡章堵住。

我還不想走下舞台，既然彈不了鋼琴，那就讓我用音符起舞，我告訴他們，我會用其他方式贏得屬於我的掌聲。

葉迦娣音樂學院，是我的第二個戰場。我將在這裡，用作曲能力活下去。

舍監陳姐為我介紹穿堂上的名人照片，她說：「穿堂上的校友們都曾住在這棟宿舍中，我很期待有朝一日能將妳的相片掛上去，李蘋柔同學。」

我望向牆上的相片，想像著其中一幅的臉，變成自己棕色短髮的平凡相貌、吝嗇笑容的緊抿雙唇、排外的警戒眼神，以及一張不常表露情緒的僵硬表情，冷淡看著每一位路過的師生。我的臉肯定不適合招生。

陳姐說她曾擔任五星級高檔酒店的駐點演奏家，可惜她的音樂之路並不順遂，最後在多方介紹下，來到葉迦娣學院。在這所學校，連宿舍舍監都是音樂家，我不禁想像打掃校園的清潔人員，或許是前首席指揮之類的人物。

話又說回來，比起校內軼聞，或許我該優先擔心自己的處境。

上課第一天，坐在隔壁的女孩大聲對我說：「妳住雀兒喜那房？我可沒妳的勇氣。」

另位女同學湊過來，邊笑邊說：「妳是雀兒喜的第三位室友了，祝妳有愉快的學院生活，新同學。」

她們嘻嘻笑笑說了很多雀兒喜的八卦，多數都不好聽。其中最令人不寒而慄的一句話是——妳該慶幸，妳已經先斷過手指了，新．同．學。

幾天後，有救護車衝進學校載走滿手鮮血的同學，耳聞他剛被選為這季音樂劇的首席小提琴，就莫名在道具間被發現手筋被割斷，一旁掉落沾血的道具劍，彷彿在說是他自己不小心弄傷的，可任何人都清楚，這麼嚴重的傷勢，不可能是道具劍造成的。

我想葉迦娣就是這樣的地方。

當每位學生都是實力強悍的佼佼者，勝負往往在咫尺之間，只稍一個失誤就會被替換掉，若不幸勢均力敵，那便是看誰能在聚光燈下存活。如果我手裡握的劍不夠鋒利，遲早有一天，我也會躺上救護車，在擔架床上懊悔自身軟弱。

雀兒喜深知這所學院的生存之道，她在舞台上的傲慢和野心，是一種宣示，也是一種防護機制。

我抱著複雜的心情，打開寢室門，迎接我與校園女王雀兒喜的首次會面。

宿舍的雙人寢室採用左右對稱設計，房間盡頭是一扇大窗戶，以窗戶為中心，左右各有書桌、床鋪、衣櫥等基本家具。左方空床上疊著乾淨的床單和枕頭，右方的床上坐著我的室友。

在這溼熱的天氣下，雀兒喜如傳言所述，面不改色穿著高領衣，套著黑手套的手指輕輕翻動手上的書頁，她將長長的黑髮撥到耳後，露出美麗的側臉，低垂的視線細細品味書中文字，靜謐的氣氛讓我不禁屏住呼吸，深怕打擾到她的閱讀時光。

外頭將她傳得似神似鬼，但在這間寢室內，她僅僅是一位喜愛看書的漂亮女孩，我對這位室友稍稍改觀。

聽見開門的動靜，「妳來了。」雀兒喜冷漠地說。從她冷酷的視線能感覺到她的緊繃。

我做好被威嚇的心理準備，「妳好，我是李蘋柔。」

「我是雀兒喜，請自便，有問題可以問我。」

雀兒喜的視線掃過我的手指，從她的態度來看，她和我一樣，提前聽說了很多事情，包含我曾截肢的不堪往事，她沒有對我冷嘲熱諷，也沒有像惡狼看見熟肉一樣撲上來猛咬，看樣子我的新室友，沒有傳言中那麼難相處？至少在我眼中，她和班上的八卦女生比起來好多了。

剛到新學校很難熬，我不認識任何人，但幾乎所有人都知道我是「新來的轉學生」，那些打量的眼光如芒刺在背。我能感受到同學們輕蔑的視線，他們可憐我的殘缺，卻又因我不具威脅性而鬆口氣。

某日，我趁著空堂時間在校內四處走走認識環境，無意間撞見有兩人起爭執，她們看上去像母女，還在思索她們在吵什麼時，母親已經一巴掌打下去，響亮的巴掌聲引來周圍學生的側目，那位母親情緒失控喊道：「——妳以為我們借了多少錢才讓妳進這學校！擔當獨唱這要求很過分嗎？怎麼這點事都辦不到！這下好了，所有錢都投資在妳身上，連妳爸爸住院我們都付不出錢，沒用的東西！」

被打的女孩似乎是聲樂系的，她母親真不知輕重，居然打聲樂人的嘴巴。

僅僅一瞬，我與那女孩對上視線了。她瞪著我，臉上寫滿憤怒與不甘心，好像是我害她落到如此下場。

糟了。

我迅速離開，渾身冷汗直冒，那女孩瞪我的眼神十分怨毒，充斥著無處發洩的憤恨，不知道她會做出什麼事來。我因為太慌亂，又不熟悉學校環境，多繞了遠路才終於走回宿舍。

只差一點，就快回到寢室了。

「喂。」一個聲音叫住我。

我的後領被一股力道往後拖！整個人重心不穩後仰，還沒意識到發生什麼事，一隻手用力捏住我的嘴，阻止我大聲呼救。我回頭一看，對上一雙面無表情的臉，是剛才被母親打的女孩。

「新同學，看得很開心？」頰上還留著紅掌印的女孩冷笑道：「我記得妳是雀兒喜的新室友？那個賤人！都是因為她！她不在的話，我一定可以拿下那個角色，都是因為她我家才會……該死，該死該死該死！」

「唔唔！」我猛搖頭，試圖告訴她我什麼都不知道，但她抓得又狠又緊，完全不給我逃跑的機會。女孩的語氣變得甜膩，她拿出一把大鐵鎚，哄小孩似的說：「妳幫我一個忙，好嗎？」我嚇壞了，更加拚命掙扎，「我只要喉嚨還在就行了，管它是手還是腳，只要重傷我就能拿到保險費。」

她鬆開我的瞬間，發狠把鐵鎚往自己小腿砸下去！

「啊啊啊！她打我！轉學生打我！來人救命啊！」她丟下鐵鎚發出尖叫。

我嚇得腿都軟了。

她的尖叫立刻引來很多圍觀人，看熱鬧的同學拿出手機，拍照、錄影聲此起彼落，喀擦喀擦的聲音將我團團圍住，我感覺像是被脫光衣服丟進人群中，嚇得腦中一片空白。

「不是我……」微弱的辯解聲傳不出去。

我看見那女孩一邊痛苦大叫，一邊露出扭曲的笑容，彷彿在說「沒辦法拉上雀兒喜，至少要拖她的室友陪葬」。

突然間，人群中傳來一道洪亮的女性聲音。

「不是她做的。」

具有威嚴的聲音讓吵雜的眾人噤了聲，所有人看向發聲者。

來人是雀兒喜。

襲擊我的女孩看到雀兒喜出現，放聲大叫：「妳閉嘴！就是轉學生攻擊我的！」

「我都看見了。」雀兒喜直接否定她，一字一句地清晰陳述：「是妳強拉走轉學生，用鐵鎚打自己又誣陷她。」

雀兒喜的證言適時幫了我一把。後來學校老師聞聲趕來，那位襲擊我的同學被拉走時，整個人失魂落魄的，嘴裡唸唸有詞、雙眼無神，之後再沒有聽說她的消息了。

從那次以後，我嘗試和雀兒喜交談，我想知道飽受各種評論的她，真實是怎樣的人。

♯

雀兒喜闔上《說話的藝術與談判技巧》，將它放到床尾書堆，與一疊已經看完的書擺在一塊兒，類型包含娛樂小說、鄉土詩集、兒童讀物、經典文學甚至社會哲學，我很佩服她能廣泛涉獵各類知識。

「李蘋柔。」她朝我喊了一聲，說：「和我聊聊英國的事，那裡的學校和這裡有什麼不同？」

我停下正在操作筆記型電腦的手，轉了椅子方向面對雀兒喜，回：「到大學自由多了，我討厭十五歲以前的寄宿學校，我想這也是為什麼我喜歡《哈利波特》，那本書成功扭轉寄宿學校的討人厭，真實的寄宿學校跟監獄的差別大概只在於有交際茶會。」

「《哈利波特》是書籍嗎？有趣？」雀兒喜問。

我謹慎回答：「這問題的答案，要看妳對有趣的定義如何，就我來說是有趣的，它比查爾斯・狄更斯的作品好讀。」

「聽起來妳不討厭狄更斯的著作，妳還喜歡什麼？」

「《小杜麗》、《傲慢與偏見》、《暴風雨》都是我反覆閱讀的書籍，以及《浮士德》。」

「《浮士德》我也喜歡。」雀兒喜如此說：「音樂家呢？妳喜歡誰？」

我想了想，「謝思思、弧郡、賽凡紐斯克。」他們都是葉迦娣學院的畢業生，也是我欣賞的大音樂家。

雀兒喜微笑，「哦？品味不錯嘛，弧郡彈奏的李斯特我聽過，情感處理細膩豐沛，挺不賴的。」

撇除古怪不談，雀兒喜是一位非常好聊的對象，不論與她聊什麼話題，她都能對答如流，這或許與她廣泛攝取各類知識有關，我們有時會聊到深夜才睡。她對我的探究猶如對待一本書，迫不及待欲從中獲得想知道的資訊。我很高興能跟新室友彼此認識。可是，每當我問起關於她的事，她都會將話題轉移，比如「之前讀哪間學校」、「參加過什麼比賽」又或者「家族成員」之類的問題，她卻總是避重就輕，鮮少正面回答。

雀兒喜的迴避態度，有時讓我很困惑，是不方便跟我談的事嗎？還是擔心我知道太多會反過來利用她？

某日晚上，我的神祕室友又主動找我聊天。

「李蘋柔，妳為什麼想讀作曲？」

正在寫課堂報告的我停下動作，我轉頭看向坐在床上的雀兒喜，她手中握著一本厚厚的《安徒生童話》原文精裝書，顯然那本書無法滿足她，她將注意力放到我身上，渴望聽到更多故事。

我對她有所保留的態度有芥蒂，於是說：「我可以跟妳分享我的事，條件是妳也要說妳的事，這樣才公平。」

雀兒喜面露遲疑。我不太理解這有什麼好遲疑的。

「好。」她答應了。

我對雀兒喜伸出左手，將失去小指與無名指的左手顯露在她面前，「我四歲起開始學鋼琴，小學立志成為享譽國際的鋼琴演奏家，可是妳看我的手，我的演奏家夢想破滅了。」

談及被切斷的手指，我感到胸口一悶，我深吸口氣，將翻騰的情緒壓下去，說：「我轉而學習編曲創作，這是我夢想的延續。妳呢？為什麼選聲樂？」

雀兒喜垂下視線，她撫過放在大腿上的《安徒生童話》，那本書的封面畫著安徒生最著名的故事《海的女兒》——又譯《人魚公主》——插畫裡的美麗人魚在晨曦中迎接終局，雀兒喜的表情變得更加深沉，我難以從她的表情判斷她在想什麼。

她突兀地問：「妳相信奇幻故事嗎？」她的表情很認真，與其說是聊天，更像在試探我對此有何反應。

我不太滿意她的回答，我用有些埋怨的語氣說：「妳沒有回答我的問題。」

雀兒喜態度強勢，「妳不是問我為什麼選聲樂嗎？我是在回答妳的問題。」

我被雀兒喜的氣勢壓制，無奈說道：「有句俗諺是『寧可信其有，不可信其無』，基於這個想法，我相信世間有無法用常理解釋的事。所以，妳到底想說什麼？」

雀兒喜彎起嘴角，似乎對我的回答很滿意。

「我選擇聲樂，是因為我認為歌聲具有力量，而它能實現我的夢想。」雀兒喜雙眸炯炯有神，彷彿一位革命家宣讀對國家未來的展望。

雀兒喜這番發言讓我起了疙瘩，我說不清這是什麼感覺，至今為止我聽過很多人談論他們的夢想，但同樣一番話從古怪的雀兒喜口中說出，簡直像是預言。

我問：「妳的夢想是什麼？」

雀兒喜關掉床頭的閱讀燈，輕聲說：「等時機成熟時，我會告訴妳的。」

那次談話之後，雀兒喜的態度有了變化。

「如果妳以為那是變成好朋友的變化，那就大錯特錯了！」

某次我與英國的雙親視訊時，我在通話中對母親這麼說。

母親的視訊背景是熟悉的英國住家，我看見客廳的桌上仍擺著我忘記收起來的樂譜，爸爸穿著紅棕背心坐在他喜愛的搖椅上喝著咖啡，對螢幕這一端的我揮手打招呼。爸爸老是不肯丟掉那件過氣的舊背心，他固執地說那件很實穿，說什麼都不肯扔，直到有一回媽媽偷偷告訴我，爸爸每次穿那件背心去看我比賽，我都會拿下很好的成績，後來我也就不堅持丟掉「勝利背心」了。

媽媽的聲音隔著通訊有些失真，她勸我說：「為什麼這麼說？聽起來新室友很不錯啊，她學業很好的話妳應該把握機會，趁機向她學習。媽媽和爸爸都在倫敦沒辦法陪妳，妳去交些朋友，這樣有事情才有照應。」

我想起學校內對雀兒喜的競爭態度，我不想將學校的險惡現況告訴父母，這樣只會讓他們操無謂的心。而且，我更不希望他們後悔讓我轉學到葉迦娣，於是含糊地說：「我一點也不奢望同學幫我什麼，可以順利畢業就行了。」

交朋友什麼的，在葉迦娣是不可能的吧，我只求同學不要過度關注我，最好不知道有我這號人物，如此一來，我在葉迦娣才能生存下來。

然而，我還是低估了葉迦娣學生的競爭意識。

這天我上完課，正要離開教室時，有位我不認識的漂亮女生跑過來找我，她穿著名牌連身裙，胸前配戴華貴的限量寶石項鍊，散發世家名媛的貴氣。她對我露出友善的笑容，說：「嘿！妳就是雀兒喜的新室友？可以幫個忙嗎？法文課的教授想找雀兒喜，後天下午一點去演藝中心，聽說是邀了幾位股東來，要聽雀兒喜演唱《鐘樓怪人》給他們聽。」

突然被委託讓我很困擾，可我也想不出拒絕的理由，我說：「我會轉達給她。」傳個話不是難事，等回到寢室再和她說吧。

「太好了！真的很謝謝妳，妳人真不錯，那我確實轉達給妳囉。」那位女生露出甜美的笑容，隨後像是想起什麼似的補上一句話，「噢，對了。妳知道嗎？聽說要來的股東是藝文雜誌的人，特別支持音樂原創曲，上次有同學在課堂上發表的曲子被她看上，還沒畢業就直接簽下合約了，妳說不定可以把作品帶去給股東看唷。」

直接讓股東提拔我的作品？這是真的嗎？如果是真的，那可是得來不易的大好機會。不，不對！我在想什麼啊，那是雀兒喜的表演機會，我怎麼可以跟她爭奪股東的注意。

那位漂亮女生對我眨眨眼，彷彿在說「我若是妳就不會放過機會」，提起名牌包包轉身離去，留下陷入沉思的我。

晚上，我回到宿舍房間，雀兒喜正在閱讀《解析異文化輸出外國》，她身旁擺著讀完的《實力本論》和《世界政治角力歷史》。

我放下背包，如實轉達：「雀兒喜，法文課的老師讓妳後天下午一點去演藝中心，老師想讓妳唱《鐘樓怪人》給股東聽。」

雀兒喜瞪向我，彷彿早就在等我開口，將書本夾上書籤然後放下。

「李蘋柔。」她喊了我的名字。

「什麼？」突然被單獨叫名字讓我緊張起來。

「在這所學校裡，只要不是從本人口中直接聽到的話，全都不要相信。」

雀兒喜說完這番話，拿起放在一旁的手機，快速撥打一通電話，並按下擴音鍵。

「喂？」電話很快被接起來，是個男人的聲音。

雀兒喜拿起擴音手機，一邊瞪著我一邊說：「皮埃爾老師，不好意思打擾您，我聽說後天下午一點，您邀請股東來聽我演唱，真的嗎？」

「咦？不是，是『明天』的下午一點才對，我想讓妳唱上次練習的《浮士德》，學校的股東歐陽蕨對妳很感興趣，她很想親自觀賞妳的演出，我和妳談過這件事不是嗎？妳應該有在練習《浮士德》吧？」

雀兒喜瞥了我一眼，說：「明白，我只是確認一下。」通話到此結束。

我驚得半晌說不出話來。這是怎麼回事？不僅日期不對，連演奏曲子也是錯誤資訊，假如雀兒喜聽信我的話會變成怎樣？

我害怕她以為我要害她，「雀兒喜，我不是……」

「妳被利用了。」不等我解釋，雀兒喜似乎早已知曉一切，「那位是瑪莎，八成想讓我出洋相，這樣她就能藉機自薦。」

「咦？」

「我今天一整天都跟著妳，瑪莎和妳說話時我就在附近。」雀兒喜冷笑。

等等，她剛剛說什麼？

「我想知道，妳聽了那些傳話後是否會加油添醋。」她說這話時又露出初次見面時，宛如猛獸的眼神，帶有令人畏懼的侵略性。

我被考驗了？她全都看在眼裡？

如果我當時選擇不告訴雀兒喜，而是我自己帶著作品去赴演藝中心的約，不僅雀兒喜會失去機會，連帶讓我這位室友與雀兒喜翻臉決裂，而始作俑者的瑪莎卻能悠哉在股東面前自薦演出……這一切不可逆的後果，就僅僅是一句傳話。

「瑪莎真頑皮，同樣的事還要發生幾次呢。」雀兒喜拿出手機，冷笑道：「太過頑皮的女孩不吃點苦頭是不會學乖的。」

她按下語音鍵，唸了一段我完全聽不懂的話——

「霽驁麌鍋狨鶵鰢檓縠鰭鱐艒。」

語感聽起來像中文，卻又帶點類似法文的優雅咬字，這讓我感到不可思議，我從小就在語言交雜的環境長大，對於辨認語言還是有些自信的，但雀兒喜說的語言我卻完全聽不懂。

雀兒喜注意到我盯著她看，對我露出一抹意味深長的笑容，「別擔心，瑪莎不會再騷擾我們了。」

「妳發送訊息給誰？妳打算對瑪莎做什麼？」我問著連自己都覺得蠢的問題。

雀兒喜說：「重要嗎？和妳無關的事別知道的好。」

她冷厲的發言讓我不敢再問下去。我赫然想起關於雀兒喜室友的傳聞，我是雀兒喜的第三位室友——前面兩位室友怎麼了？若我當時選擇背叛雀兒喜，我會發生什麼事？我的室友雀兒喜到底是何背景？關於她所說的特別語言、她的來歷、她的家世，我全都一無所知。

雀兒喜被我驚駭的表情逗樂，她說：「別這麼擔心，我知道妳沒有從中作梗。瑪莎暗示妳可以去搶機會，但妳沒有這麼做，我很高興我的新室友做出正確決定。」她的語氣放軟，說：「瑪莎讓我知道，我的好室友李蘋柔是可信的人，她沒有選擇在背後捅我一刀，來換取自己的機會。」

我心虛地接受雀兒喜的讚賞，她若知道我曾想過要去爭取，她會對我很失望吧？罪惡感使我坐立不安，想必此刻我的表情十分複雜。

「為什麼？」我不禁納悶，「妳為什麼對我這麼……」我將差點要說出口的「熱衷」二字吞回去，羞恥心使我不敢直接問出內心話。

雀兒喜深深凝視我的眼睛，明明才幾秒鐘的事，我卻感到很漫長。

「我在演《莎樂美》時注意到妳。」雀兒喜發出輕笑聲，像是回想起一件趣事，「妳坐在第一排，仰高脖子看著我，現場那麼多演員，妳的眼睛卻只看著我一個人，有如遇見畢生尋覓的知音。表演結束後，妳的鼓掌聲是如此純粹、發自內心，我被妳的掌聲所激勵。」

我心跳莫名加快，好像一件私密事被發現，令人非常難為情，紅潮湧上雙頰，恨不得奪門而出。

「當我知道新來的室友是妳的時候，我就對妳很感興趣，我非常想聽聽妳的音樂，我想知道妳是用什麼心情凝視我。」雀兒喜的雪足踩上地板，往位在對面床的我走來。她的雙眼直直注視著我，帶著些微的讚賞及一絲不易察覺的憐愛。

她壓低嗓音，在我臉頰旁吐出氣息，我臉上的紅潮越發炙熱，卻又渴望聽見她更多誇獎。

「當時，妳露出同樣的表情。」雀兒喜指了指自己的眼睛，笑逐顏開說道：「妳看著我的眼神，我很喜歡，非常喜歡。」

那一瞬，我幾乎忘記呼吸。

雀兒喜朝我伸出手，轉而用輕快的聲音說：「跟我來吧，妳沒有陷我於不義，我得好好獎勵妳才行。」

不等我反應，雀兒喜逕自拉著我走出房間。

二♪游泳池祕事

在學校介紹的簡章中有提及，葉迦娣學院希望讓學生有最佳學習品質，特別在男女宿舍打造附設游泳池，讓學生可以游泳健體，閒暇時放鬆舒壓。

我們進入游泳池時，已經接近泳池關閉時間了，裡面一位同學也沒有。

雀兒喜拉著我進入盥洗室，把我推進窄小的更衣間內，自己也跟著擠進來。我對眼下的情況感到不安，不僅是因為門禁時間快到，更多是與這位行為難測的室友同待一室。我聲音聽起來有些顫抖，問：「雀兒喜？就快到門禁時間了，待在這裡我們會被鎖在游泳池的。」

「別擔心，我知道解開門禁的密碼。」雀兒喜滿不在乎地說：「我通常會在早上沒人的時候來，今天是第一次晚上來。」

原來雀兒喜清晨離開寢室是到游泳池，她這麼喜歡游泳嗎？為什麼不在正規時間來就好？雀兒喜拿出手機看時間，距離游泳池鎖門時間剩沒幾分鐘了，我們靜靜等待時間一分一秒過去。

雀兒喜美麗的臉龐近在眼前，我們兩人間近到能聽見彼此的呼吸聲，只稍微微往前傾，我的鼻子就會與她的撞在一起。先前遠觀沒注意到，她身形高瘦，卻出乎意料地玲瓏有緻，她身上飄來杜松與依蘭的香氣，是沐浴後的殘留？還是天生的體香？我禁不住誘惑，不斷嗅聞，想知道是什麼造就她的迷人。

當她站上舞台時，所有人的視線皆集中在她身上，我們猶如受縛的奴隸，無法逃離她，唯有臣服。
她讓我認知到，有些人天生就是要站上舞台，當聚光燈打在雀兒喜身上時，無與倫比的魅力將會使眾人為她沉淪、傾慕。
世界如此不公平，我付出青春歲月，卻遭逢意外被迫截肢，將近二十年的努力，在短短二十小時內被斷送掉。雀兒喜啊，我好羨慕妳。如果沒有那場意外，我即使在舞台上鬥得粉身碎骨，仍會繼續奮戰到絕境，而不是像一隻失去目標的喪家犬，退而求其次，眼睜睜看別人走上我渴慕的舞台。
「李蘋柔。」雀兒喜突然出聲打斷我的思緒。
「怎麼了？」我回答得心不在焉。
「別讓憂怨蒙蔽妳的心神。」她伸出手戳在我的眉心上，替我揉開緊箍的眉頭，我才意識到自己一直皺眉盯著她看。
雀兒喜的手套底下傳來奇妙的觸感，明明隔著一層布料，卻能感覺她的手很冰涼。
我鬼使神差地，讓真心話脫口而出：「真羨慕妳可以繼續站在舞台上。我明白音樂之路有多艱困，也做好相應的覺悟，倘若沒有截肢就好了，我好恨我這副傷殘樣，妳也覺得我很可憐吧？不用隱藏沒關係，我承受同情眼光也不是一天兩天的事了。」我嘴上說沒關係，視線卻迴避雀兒喜的眼睛，我並不想真的看見她同情我，那會讓我覺得自己很可悲。
「李蘋柔，別迴避我的視線，來，看著我。」
雀兒喜再次喊了我的名字，她真的很喜歡喊人全名，每次總讓我不由得緊張起來。我回應她的指示，將視線移向她，正對上她認真且誠懇的雙眼。她的聲音放很輕，舍監很可能會進來巡視更衣室，為了不被發現而刻意壓低的聲音，聽起來特別溫柔。

雀兒喜對我說：「我的家鄉有句俗諺『適所發揮適者力』，意思是每個人都有最適合其能力發展的地方。妳或許覺得自己是被淘汰才退而求其次，但在我看來，妳不僅有實力以第二項專長考進葉迦娣，又因為失去兩指，讓其他同學覺得妳不具威脅性，這難道不是一種實力？」

我一時找不到反駁的理由。

「妳與其羨慕他人的光芒，還不如享受置身名利鬥爭之外的餘裕。」雀兒喜輕輕點上我的唇角，以指腹將我的唇角往上拉揚，說：「笑一個吧李蘋柔，妳沒有妳想的那麼沒用，妳只是還沒踏上適合的舞台。」

突然，更衣間所有燈都熄了。四周陷入黑暗，原本還能聽見換氣用抽風機的聲音，現在也跟著照明燈一起關閉，靜得只剩我們的呼吸聲。

「雀兒喜？」我的聲音有些發抖。

不是因為變黑感到害怕，而是我面前的女孩——雀兒喜的眼睛散發奇異的藍銀色光澤。

「雀兒喜？妳的眼睛？」我無意識往後退，卻只是撞到隔間的牆壁。

雀兒喜反問我：「什麼？」

我眨眨眼，她眼中的藍銀色光芒消退，她同時將手機關掉收進口袋。是我看錯了嗎？是手機螢幕反光？可是剛剛那瞬間的銀藍色，不像是手機的光。

雀兒喜不給我思考時間，她確認更衣室外沒有聲響，便推開更衣室的門，熟門熟路走出去了，我看不清周圍，只能緊跟在雀兒喜身後，摸黑走了一段後，不遠處的地上泛著青色波光，我們重新回到游泳池邊，泳池裡安裝有小小的照明燈，這也是我看見的水波光來源。在這黑暗的地下空間內，任何一點小動靜都會引起回音，細小如游泳池的水波聲，也有如海潮聲一般迴盪在四周，閉上眼去靜下心聆聽，有如置身海邊。

「李蘋柔，妳來過這裡游泳嗎？」雀兒喜的聲音聽起來很興奮。

我正要回我不會游泳，不字還沒說出口，便聽見「唰啦」的落水聲，雀兒喜隨意踢掉鞋子放下手機，衣服也不脫便直接滑入游泳池中。

我一陣慌亂，一下子想著會不會被發現，一下又想她怎麼不換泳衣再下去游。

雀兒喜一鼓作氣潛到泳池最底，她舒服地沉在水底，以仰躺之姿在水中對我微笑，放鬆的肢體向兩側展開，細長的漆黑頭髮在水中散開，猶如盛放的睡蓮。

我蹲在泳池岸邊嘀咕著：「怎麼連游泳都不脫掉手套？妳真的好奇怪。」

雀兒喜游到我眼前，她浮上水面，溼漉漉的長髮緊緊箍住她的脖頸，讓我聯想到水鬼之類的妖異……嗯？她剛才浮上來時有換氣嗎？

「李蘋柔，想什麼？」雀兒喜沙啞的沉嗓將我飄走的思緒拉回，她的頭髮像水草一樣雜亂，我忍不住伸手幫她撥順頭髮，她沒拒絕，靜靜讓我把她的頭髮梳順。

我說：「雀兒喜，妳不會是專程帶我來看妳游泳吧，妳要給我看什麼？」

雀兒喜從水中慢慢伸出雙手，嘩啦啦的水聲迴盪在黑暗的地下空間，她戴著手套的雙手突然捧住我的臉，我嚇一跳想掙脫，但雀兒喜並沒有鬆手——

「我要給妳看的東西在水裡。」

雀兒喜話才剛說完，猛力將我的頭拖進水中！

我從來沒有游泳過，連去海邊也是在沙灘上玩，當水灌進耳朵，陌生的感覺大量衝擊感官，周圍聲音像是被厚重的黏膜包裹住，整張臉被水包圍，無法呼吸的恐懼，我反射性在水中大叫著要雀兒喜放手，此舉無疑雪上加霜，我的口鼻立刻被水吞噬。

我會死！

我非常大力扯開雀兒喜的手，幾乎是用指甲強硬扳開，掙脫束縛的我，手腳並用爬回岸上，我忍不住把臉頰貼著地板，地板的乾燥令我感到安心，我不停嗆咳，吐出侵入口鼻的水，胸口肺腑的悶痛讓我怒火中燒。直到剛剛我還覺得雀兒喜很好相處，我打從心底羨慕她，為她的表演給予真誠讚賞，我是如此欣賞她，但她卻想傷害我。

憤怒、羞愧、受傷等各種情緒，轉化成語言的劍刃，我對雀兒喜近乎咆哮：「我不該相信妳的！」

我丟下雀兒喜，用稍早前她和我說過的門鎖密碼離開游泳池，狼狽不堪地逃回房間，用乾浴巾擦身體時，我的雙手還在顫抖。我蜷縮進棉被，嘗試讓自己冷靜些，卻是翻來覆去，怎麼樣也睡不著，眼睛只要一闔上，全是被黑色手套拖進水裡的畫面。雀兒喜的臉孔在記憶反覆咀嚼中越發妖邪化，她是刻意的？她是否想讓我感受死亡威脅？越是思考她的行為，便越是對她親近我的動機起疑心。她是不是早就想除掉我了？她故意表現友好，實則是想找機會毀了我？如果在這所學校，連同房的室友都想害我，還有什麼可以相信的？

我害怕雀兒喜回到寢室，恐懼壓過理性，促使我用椅子頂住房門，不讓任何人進來，確認椅子發揮功用後，我稍稍感到安心，但這安心感很快就轉變成愧疚感，我怎會如此懦弱，居然害怕自己的室友。

混亂的情緒使我沒辦法好好入眠，我渾渾噩噩地走向書桌，開起筆記型電腦，將繁雜的思緒寫成旋律，用創作逃避現實。

溺水的恐懼……深沉的……無法呼救的絕望……六連音……低音……反覆旋律……

去吧，動人的樂音。代替無法正面反抗的我。盡情嘶吼吧！

♯

次日。

鈴鈴鈴。手機鬧鐘響時，我才發現自己趴在書桌上睡了一夜。

我艱難地移動手臂，酸麻感令我皺起眉頭，用錯誤姿勢睡覺使我的肩膀和頸部很不舒服。

擋在房門口的椅子沒有被挪動的痕跡，連稍微被撞開都沒有，雀兒喜似乎整晚都沒有回來。

第一堂課就快開始了，我無暇思考其他事，匆匆換上外出服帶上包包，書桌上的筆記型電腦還開著編曲程式，我晚點想再聽一次昨夜寫的新曲，於是草草將電腦切成待機模式，移開擋門的椅子，趕去教室上課。

樂器學、十九世紀音樂風格、現代電子編曲……等，一連串課堂結束後，已經來到中午午休時間了，我帶著疲憊與肩頸疼痛，死氣沉沉縮在學生餐廳一角用餐。

面前的餐盤盛著櫻花蝦橄欖油炒飯，我將湯匙插進飯中，一下一下地攪動飯粒，想到晚點可能要面對雀兒喜，我就煩悶到吃不下飯。

這時，我隱約感覺到有人朝我靠近，我放下湯匙，狐疑地看著圍過來的管樂組同學。這群管樂組同學我不認識，事實上我刻意和其他同學保持互不侵犯的距離，我想他們接近我只有一種可能。

多半是為了雀兒喜吧。我警戒起來。

「妳是雀兒喜現在的室友嗎？」為首的男生問。他背上的低音號存在感很強烈，給人無形的壓迫感。果不其然和我樹敵無數的室友有關。

戴著黑色手套的手，將我拖進水中的記憶浮現，我壓抑反胃的生理嫌惡，吞了幾次口水後，盡可能用冷靜的聲音回：「有什麼事？」

那男生接著問：「妳知道愛麗絲的事嗎？」

「誰？」我真心疑問。

「愛麗絲啊，她中文名字叫駱曦婷，之前跟雀兒喜同房，是雀兒喜的前室友。」

前一位室友？

「不認識。」我說。

他們是怎麼想的，我一位剛轉學來的人，怎麼可能會認識前一位室友。

管樂組的男生對我的回答不滿意，他不耐煩地追問：「我們聯絡不到她，妳知道她去哪了嗎？那個雀兒喜有沒有提過她的事？任何一點事都行。」

我感到煩躁，左一句雀兒喜，右一句雀兒喜，這些人怎麼老愛找我麻煩。

我冷聲說：「同學，我很希望能幫上你，但我只是個剛轉來的小人物，我既不認識你們，也不知道關於這所學校的愛恨情仇，麻煩幫個忙，直接去問雀兒喜。」

他們面色凝重地望著我，男生更是直接沉默，站在他身後打著法國號的女生替他開口：「我們問過了，雀兒喜說愛麗絲放棄音樂離開學校，但這不能解釋我們聯絡不到她，她不止電話停了，連社群網路也沒再更新，完全下落不明。」

「我說了。我不……」

突然，我想起雀兒喜那通使用不知名語言的電話。

那句瑪莎不會再騷擾我們的發言，令我打了個寒顫。有沒有一種可能，前室友的失蹤真的和雀兒喜有關？昨晚差點被她拖進水裡溺死，我沒辦法輕易否定這種可能性。

我佯裝鎮定，「我入學時只有雀兒喜的房有空位，於是我住了進去，我和她的關係就只是這樣，請你們別再來探聽了！」

我猛力站起身，以此掩飾內心慌亂，「失陪！」端起幾乎沒動過的炒飯，走到自助回收區整盤倒進廚餘桶，頭也不回離開學生餐廳。

煩燥的心緒難以平復，我到底該如何和雀兒喜相處？這問題像卡在齒縫的殘渣，取不出又忽視不了，憋屈得令人難受。

學生餐廳的隔壁就是演藝中心，校內展演時都會在那邊舉辦，我想起雀兒喜這時間會去演藝中心演唱，思及此，我多看了演藝中心幾眼。

咦？演藝中心外頭怎麼那麼多人圍觀？

我湊過去一探究竟，正好聽到身旁學生說：「高年級的瑪莎帶人來鬧雀兒喜，剛剛可精彩了！她們兩人現在要競爭誰夠格唱梅菲斯特。」

我心中一凜，瑪莎還沒放棄打擊雀兒喜。

演藝中心外頭來看熱鬧的學生太多了，路易・皮埃爾老師無奈打開大門，讓擠在外頭的學生進演藝中心一起聽演唱。

我混在人群中，往演藝中心內窺探，大門一敞開，好事的同學像堵塞的水流有了宣洩口，全往演藝中心內擠，我也被推擠到裡面，錯失離開的時機。自從《莎樂美》之後，這是我第二次踏進演藝中心，舞台上架設仿造十八世紀豪宅的布景，在布景前方站著一位頻頻嘆氣的棕髮男士。

他的面孔我曾在學校簡介看過，教授法文的路易・皮埃爾老師，傳言他與雀兒喜有不適當往來，直白點的說，不少人懷疑雀兒喜的表演機會，是靠討好老師得來的，傳言真假難辨，唯一能確定的是，皮埃爾老師確實很關照雀兒喜。

路易・皮埃爾老師對看熱鬧的學生們感到無奈，一臉歉意接待穿著粉色西裝的中年女人。粉色西裝女人擺手表示沒關係，笑盈盈地說：「熱情的學生最叫人疼惜了，請各位小紳士、小淑女入座吧，讓我們一起享受舞台魅力。」

那身招牌粉色西裝加上和藹的臉孔，我絕對不會認錯，她是世界十大藝術期刊之一《藝文蕨起》創刊董事長——歐陽蕨，是葉迦娣學院的股東之一。許多畢業生後來都進入她的期刊工作，在藝術領域發光發熱，我在倫敦的家有《藝文蕨起》所有的期刊，如今創刊董事長就在眼前，簡直像作夢一樣。

我等其他同學都入座後，才悄悄挑了靠走道的邊緣位置。

我的視線在舞台上尋找雀兒喜的身影，最後在翼幕後方找到她，雀兒喜直勾勾往我這看過來，在我找到她以前，她老早就注意到我了，明明現場學生這麼多，她卻能從黑壓壓的觀眾席中一眼找到我。

雀兒喜身穿漆黑色的哥德式小禮服，如烏鴉黑羽般的黑色襯托出她白皙的肌膚，花樣繁雜的蕾絲蓬裙，讓她看起來像朵黑色玫瑰，配上精緻的全妝與黑色唇彩，普通人根本無法撐起這樣的裝扮，但她是雀兒喜，君臨校園的夜之女王，在舞台燈下美得令人窒息。

她順著路易・皮埃爾的指示走出翼幕，進入眾人視線。觀眾席響起細碎的討論聲，同學們對著雀兒喜拍照拍個不停，有些人盯著她比劃自己的眼睛，彷彿在觀察要畫怎樣的眼影，才能有雀兒喜的魄力。

雀兒喜刺眼的視線仍黏在我身上，我故意別開頭假裝看旁邊，但雀兒喜依然沒有收回視線。

瑪莎從另一邊翼幕走出，她穿著和雀兒喜相同的禮服，撩著裙襬走到雀兒喜身旁站定。我不禁慨歎，瑪莎的魅力遠遠比不上雀兒喜，若說雀兒喜散發夜之女王的強悍氣勢，瑪莎在她身旁簡直像替女王梳洗的小侍女。

觀眾席仗著人多，放肆對兩人品頭論足。

「皮埃爾老師跟雀兒喜有一腿，大家不是都知道？瑪莎真不懂放棄，她哪比得贏雀兒喜的嘴上功夫。」

「真羨慕好身材的美女，我要是也有那個臉皮，是不是早就當上主演了。」

「聽說本諾老師很討厭雀兒喜，能被那個自戀狂討厭，應該唱得還行？」

在等待台上對決的期間，攻擊雀兒喜的聲音沒停過，她好比承擔原罪的魔女，同學們用子虛烏有的內容詆毀她，取笑以她為主角臆造出的荒唐故事，似乎只要這麼做就能掩蓋雀兒喜的光輝。

率先演唱的是瑪莎，她沐浴在聚光燈下毫不怯場，完美演繹改編自《浮士德》中惡魔梅菲斯特菲勒斯的女中音改譜。縱使瑪莎利用過我，我仍為她的演出獻出掌聲，撇除人品不談，單論音樂表現，她的演唱確實有一定水準，可惜並未到驚豔四座的程度，觀眾席的學生還算給面子，零星的掌聲讓瑪莎的演出不至於太難看，但我注意到，這場對決的最大評審歐陽葳，她並未鼓掌。

輪到雀兒喜了。

有了瑪莎演出在前，我們都已經聽過曲子全貌了，我以為雀兒喜會唱同一首歌，但她沒有這麼做，她張口高歌新穎的旋律，用不同的編曲重新詮釋《浮士德》。

雀兒喜唱道：「噢！我可悲可憐的朋友，讓我幫助你吧！我能為你實現心願，成就你未得的愛戀，只要你把靈魂獻給我！」

雀兒喜的聲音具有神祕的穿透力，音色清澈的同時仍保有渾厚力道，前面還覺得瑪莎唱得很優秀，但雀兒喜一開口，頓時把瑪莎的演出壓下去，和雀兒喜相比，瑪莎簡直像個教科書範本，雖然技巧完美卻毫無個人特色，這場演出高下立判。

雀兒喜時而嬌笑，時而配合旋律擺弄的小動作，每個眼神、每個細節都叫人移不開視線，只聽一首歌根本不夠，好想繼續聽，想永遠聽下去。

台下同學竊竊私語。

「這旋律與歌詞並不是古諾的《浮士德》啊？」

「雀兒喜唱的是哪個版本？」

「雖然不想承認，但蠻好聽的。」

沒有人聽出雀兒喜是演唱哪個版本的《浮士德》。在座的可都是音樂界高材生，秉持對自身專業領域的驕傲，所有人都聚精會神在聽音辨識，每個人都想早一步聽出旋律出自何處，來證明自己是音樂翹楚。但是沒用的，絕對沒人能聽出來，因為這段旋律，是我昨晚熬夜寫下的原創編曲。

雀兒喜演唱完，歐陽蕨立刻為她鼓掌。

「太美妙了！」歐陽蕨高聲稱讚道：「優雅又充滿破壞力，我彷彿聽見梅菲斯特菲勒斯的詭笑，真是太棒了！我自詡站在音樂殿堂前端，卻是從未耳聞這版本的《浮士德》，敢問這旋律是出自哪位高人之手？」

受到專業人士讚賞，讓我忍不住揚起微笑。

創作當下我腦中全是雀兒喜，如鬼魅般拖我入水的模樣，但寫到後頭，我回想起在更衣室的勉勵話語，雀兒喜時而像朋友、時而像魔鬼的形象化成音符，不知不覺間寫出既陰暗又充滿魅惑的曲子。

早上趕著上課，我並未關掉筆電，待機畫面停在已完成的作品，大概是雀兒喜回房後聽了我的作品，進而將旋律套上《浮士德》的歌詞。

歐陽蕨熱情地說：「請務必告訴我，這位神祕的作曲人是誰？」

在這麼多同學面前演出我的曲子，還獲得股東歐陽蕨的讚賞，我應該感到機會難得才對。

雀兒喜將視線落在我身上，她用眼神詢問我的意見，只稍我點頭同意，她就會在所有師生同學面前大聲說出我的名字，讓我獲得青睞與關注。

然而，我對雀兒喜搖頭。請她不要將我的名字說出來。

這決定沒人能理解吧，雀兒喜想必對我很失望，她如此費心思地將我的作品呈現給股東和老師看，我卻搖頭要她別說出來。

雀兒喜笑了。

「這位神祕的作曲者相當害羞。」雀兒喜客氣地拒絕要求，「作曲者認為現在還不是好時機，請容我婉拒股東的青睞，但我能肯定的是——」

雀兒喜笑得非常開心，「這位神祕作曲者，將助我成就夢想。」

皮埃爾老師請所有同學一起評比，以舉手投票的方式，決定誰擔任《浮士德》的誘惑惡魔梅菲斯特菲勒斯，結果不意外，雀兒喜獲得壓倒性票數。瑪莎經不起屈辱，臉色難看地跑離舞台。

當晚我回到宿舍房間，雀兒喜還沒有回來，我開了燈，看見雀兒喜的床上擺著沒看過的書籍，這次的書和以往都不同——《別害怕游泳》、《從懼怕到愛上，學習正確游泳》和《美麗又危險的自由潛水》，全都是與游泳有關的書。

她該不會在用自己的方式，反省昨晚的事吧？

我走到書桌，看見我的筆電上蓋貼著一張便條紙，寫著：這是一首很美的歌，我很喜歡。

我苦笑。這首曲子可是我想著溺死心情寫下的，我看著她的讚賞詞，有點哭笑不得。

如果是從前的我，在那師生與股東都在的場合，我一定會毫不猶豫說那是我的作品，藉此獲得青睞與名聲，順利的話還能獲得股東歐陽葳的提攜，未來有機會進入她的商業王國，名氣、財富、社會地位都將是囊中之物。

但這麼做並不「聰明」。

現實是，一旦雀兒喜在那麼多學生面前說出我的名字，我將從「斷過手指的無威脅轉學生」變成「和雀兒喜交好的新星」，在那之後將會是校園惡夢的開始，謠言、威脅、言語霸凌隨名氣而至，在還沒獲得我要的成就前，我就會被這些攻擊消磨掉光芒。

「李蘋柔。」

在我沉思時，雀兒喜回到房間了。她放下背包，臉上還帶著未卸掉的冷豔濃妝。

她說：「妳今天的選擇很聰明。」

我對她笑了笑，本來還想說些什麼，但想想便罷了，她已經知道我的意思了。

♯

當晚雀兒喜對我道歉了，她給我的解釋是，她不知道我怕水，她很抱歉沒先問一聲就把我拉下去，一想到那個可怕的體驗，我的口氣也好不到哪去。

我皺眉，「就算不知道我怕水，一般人也不會這樣拉頭下水，我真搞不懂妳在想什麼。」

雀兒喜已經卸下那身頗有壓迫感的禮服，換回居家衣的她少了幾分在舞台上的凌厲，在舞台上她是學校的明日之星，但在這個小空間，她是我的室友，我們是平起平坐的。

「我很害怕。」我講出昨晚逃走的原因，身體感受到的恐懼難以平復，但比起身體的嗆痛，我最難平復的還是受傷的心靈。

雀兒喜坐在她的床緣，深深低下頭，她的坐姿很端正，背打直雙膝併攏，像個領罰的士兵似的。她看起來真的很後悔自己的舉動，卻又好像有什麼話想解釋，欲言又止的表情很微妙。

「同樣的錯我不會再犯了。」雀兒喜誠心地說。

把話說開後我心情好了些，雀兒喜埋回她的書堆裡，我則打開電腦寫作業，我的手機跳出訊息通知，是倫敦的媽媽傳來的，她很擔心我在新學校的狀況，還問了我跟室友相處如何。

我看了眼雀兒喜，在訊息欄中打下「不算好」三個字。

訊息發送出去後，我想起今天一整天發生的事，她演唱我作品時的專注與才華，連我自己也沒想到那首曲子竟會這麼適合她。

這不正是我期望的嗎？讓優秀的雀兒喜演唱我的作品，從觀賞她的《莎樂美》開始，我就暗自希望有一天能將作品交給像她這樣的演唱者。

我的心願以意想不到的方式成真了。

「不算好。但也不壞。」

我在訊息欄補上後面四個字，媽媽很快就已讀了，她回給我一個愛心的貼圖，並叮囑我要跟同學友善相處。

「雀兒喜，妳爸媽都在美國嗎？」許是爸爸媽媽的關心讓我有感而發，我好奇海外留學生的雀兒喜，家人是否也在遙遠的彼方。

雀兒喜聞言從書中抬起頭，說：「我爸媽很久以前就過世了。」

「我很遺憾，妳有其他家人嗎？」

雀兒喜歪頭算了算，「我沒特別算過人數，我們是大家族，就算沒有血緣關係我們也會稱彼此是家人。」

話說回來，我還不知道雀兒喜的姓氏，從來到學校以後，周圍的人都是直接叫她雀兒喜，聽久也就跟著直接叫名字。

我問：「妳姓什麼？」

雀兒喜張口正要回答，卻在即將說出口前停頓了，她搖搖頭，「老實告訴妳，我其實沒有姓氏。」

「什麼？」

我以為雀兒喜在跟我說笑，但她表情很認真。

「我說，我沒有姓氏。如果妳是要問『登記資料用』的姓氏，可以叫我雀兒喜．布朗。但我原本就沒有姓氏，被冠上一個不屬於自己根源的氏名，這很奇怪不是嗎？如果不是非得要說個姓氏出來，我都只會自稱雀兒喜。」

「怎麼可能沒有姓氏……」

「我的家族真的沒有姓氏，我們只稱呼名字，畢竟大家都是同起源，並不需要用姓氏去區分。」

雀兒喜闔上書，往後躺倒在床上，說出剛剛停頓的原因，「本來我想回答『我姓布朗』就好了，我對其他人都是這樣。不過，對象換作是妳，我想嘗試多說些我的真實事情，談話是認識彼此的開始，對吧？李蘋柔。」

我揉揉太陽穴，很不習慣她連名帶姓叫我，好像要找我吵架似的，每次她喊我的名字，都讓我很緊張。

我說：「雀兒喜，妳叫我蘋柔就好了，叫全名很像在挑釁。」

她躺在床上伸懶腰，她的頭髮又長又細，令我聯想到媽媽閒暇時刺繡用的絲線，她緩慢地勾起唇角，笑得有些不懷好意。

「拚摟？」

「蘋柔。」

「冰肉。」

「雀、兒、喜！」她明明李蘋柔三個字可以唸標準，在這時裝什麼傻！

「呵呵呵。」雀兒喜掩嘴，清脆笑聲從她指縫傳出，她繼續胡鬧：「噢，中文好難唸，我笨笨唸不好，蘋蘋。」

蘋、蘋蘋？妳居然……不可以！這個我不行！妳要叫這麼肉麻還不如叫回全名！

後來雀兒喜還是沒有改稱呼，我也就隨她了。

次日，我的鬧鐘還沒響，就被淅瀝淅瀝的雨聲給吵醒。我皺眉，抓起書桌上的手機看時間，連六點都不到，我把手機丟回桌上打算繼續睡時，無意間瞥向對面雀兒喜的床位，她的床是空的，人不知道去哪了。我知道她清晨會偷跑到游泳池游泳，也就沒多想，把棉被蓋過頭繼續睡。

淅瀝淅瀝。

好吵喔，雨聲怎麼這麼大？不對啊這裡隔音我記得蠻好的，難道是窗戶沒關嗎？

我縮在棉被裡掙扎一會兒，雨聲實在大到無法忽視，我掀開棉被，撐起上半身往窗戶看去——是雀兒喜。

她穿著黑色連身裙，把窗戶開到最大，人坐在窗緣，兩腳朝外伸，上半身傾身探出窗戶，姿勢危險地隨時可能摔出去，望著這一幕，我產生奇怪的妄想，如果我這時衝過去推她一把，她必死無疑。

我甩甩頭，把奇怪的想法拋到腦後。

雀兒喜沒留意到我醒了，她很專注看雨……或者說淋雨？雨勢有些大，窗台邊緣幾乎都溼了，若不是雀兒喜的身體擋著，怕是連室內地板都要溼透了，但她一點也不在意被淋溼，天賜的甘霖如生命之源浸潤她的肌膚，使白膚泛著迷幻的光暈，專注的姿態有如領受聖靈的門徒。

「雀兒喜？」我出聲喚她。

雀兒喜恍若未聞，我以為是雨聲太大她沒聽見，便爬下床朝她走去。

「雀兒喜。」

雀兒喜還是沒反應。

一再被忽視使我怒火中燒，我跨步抓住雀兒喜的肩膀，將她粗暴的拖進室內，雀兒喜拚命掙扎發出刺耳的尖叫聲。

沒錯，這就對了。就是要這樣才對。

不許妳無視我，雀兒喜，妳是我的，是屬於我一個人的。

我聽著她痛苦的尖嚎，內心異常興奮。

這麼一來我就可以擁有她了——

「啊啊啊啊！」

我被尖叫聲嚇醒。

我對側的雀兒喜也從床上彈起來，我們倆同時看向門口，從寢室門外傳來女學生的尖叫聲。我們互看彼此一眼，起身下床往門口走去。

我看著雀兒喜剛睡醒的臉，她身體是乾的，身上穿的不是黑色連身裙，窗外也沒有下雨。

是夢？

我怎會夢到如此詭異的夢境？

沒有察覺我怪異的臉色，雀兒喜率先開了門探出去看，我們附近寢室的人也都被尖叫聲嚇醒，同學們穿著居家衣，睡眼惺忪地開門查看。

尖叫聲是從樓下的宿舍大廳傳來的，同學們紛紛穿上鞋，往尖叫聲方向走去，而我卻隱隱覺得這聲音好像聽過？而且是最近才聽過，這種高亢又乾淨的嗓音，彷彿是聲樂——

「瑪莎？」

雀兒喜低吟出的人名，讓我寒毛直豎。

三♪怪異魅影

我們匆匆套上鞋子，跟著其他同學往宿舍一樓跑去，那尖叫聲充滿恐懼與驚愕，難以想像當事者經歷多麼可怕的事。同學們邊走邊低聲討論，少數人帶著不安的神情，但更多人是帶著看好戲的心態，唯獨雀兒喜顯得很鎮定。

「雀兒喜，妳……」應該和此事無關吧？

我沒有把後段的問句問出口。雀兒喜瞪了我一眼，昨晚還躺在床上故意說錯名字逗我的室友，此刻的視線非常不友善，嚴肅的表情像在警告我不要多嘴。

我緊張地觀察周遭同學，沒有人注意我們。

她低聲說：「我不知道出什麼事。」

我點點頭。知道這樣就夠了。

宿舍接待大廳如往常富麗堂皇，華美的水晶大吊燈懸掛在中央，初次見到大吊燈時，我立刻聯想到《歌劇魅影》，只是吊燈底下並不是魅影所怨恨的克莉絲汀和勞爾，而是一名穿著紅色連身裙的女性，女性雙手掩面跪在地板上，像是在哭又像是在懺悔。

現在時間尚早，接待大廳按理說還沒到開燈時間，卻只有女性頭頂上的水晶燈亮著絢麗光芒，室內的陰暗籠罩所有人，水晶燈如舞台聚光燈，將所有人的視線集中在女性身上，一幕不自然的詭異情境，一齣極為怪誕的慘劇。

「好痛！好痛啊啊啊……」女性雙手掩面，又哭又叫。

她身穿紅色連衣裙，不對，那並不是紅色連衣裙。

「血！她的臉在流血！」同學們發出怪叫。

女性掩著臉的雙手滲著血，從指縫滴下鮮紅的血液，跪坐的女孩聽見有很多人靠近，她放下掩面的手，抬起臉面向我們。

「好痛好痛……我的臉怎麼了……看不到……」

跪坐女孩正是財閥千金瑪莎，她引以為傲的容貌被劃開，留下好幾道怵目驚心的傷痕，看起來像是利器造成的，隔著一段距離也能看出傷口很深，她感覺到人群，拚命朝我們的方向伸出手，染紅的手在空中胡亂揮動，像索求替身的惡鬼，沒有人敢靠近她。

瑪莎撕心裂肺的哭喊：「我的臉啊啊啊！快叫救護車！醫生在哪！我的臉！」

沒人上前，雀兒喜也冷眼旁觀。

瑪莎的臉痛到扭曲，她緊閉著眼睛像瞎子一樣在地板上摸索著想前進，悲鳴著：「嗚嗚嗚……電話在哪裡……醫生在哪……我的臉不能有傷……我還想繼續在舞台上唱歌……拜託不要……」

悲傷感湧上心頭，瑪莎雖利用過我，但看到她受到嚴重傷害，我一點也高興不起來。瑪莎的身影和我截肢的身影重疊，比起身體的疼痛，失去長久以來努力的夢想更加可怕，在醫生宣告我得鋸斷兩指時，我差點從醫院窗戶跳下去。瑪莎是出生上流的千金，毀容的她別說成為女主角了，怕是連出席社交場合都是眾人惡意的取笑對象。

就像我一樣。

身體比大腦先做出行動，回過神來，我已衝到宿舍櫃台，拿起電話叫救護車，我努力說明狀況的同時，舍監陳姐、本諾老師、皮埃爾老師等師長陸續趕到。

電話那端的專員問：「地址是？」

我試圖保持冷靜：「葉迦娣音樂藝術學院，地址在……」

「葉迦娣？唉，我知道了，救護人員五分鐘就會抵達。怎麼又是葉迦娣。」電話那端傳來小聲嘀咕，「這葉迦娣怎麼回事，每個月都有人報案。」

我把話筒掛回去，走回雀兒喜身旁，她淡淡瞥了我一眼，對我的行為不予置評。

舍監陳姐抱住哭個不停的瑪莎，輕聲安撫她的情緒，一向對學生沒好臉色的本諾老師，出乎意料展現紳士風度，他脫下身上的名貴西裝外套，溫柔蓋在瑪莎身上，替她掩住沾滿鮮血的紅洋裝，而皮埃爾老師則帶來急救箱，正在幫瑪莎處理臉上的傷口。

我留意雀兒喜的表情，她是在看瑪莎的情況？還是在看幫瑪莎擦血的皮埃爾老師呢？

雀兒喜不輕不重地說：「叫完救護車了？那我們回房吧。」

從語氣聽起來，她一點都不在乎瑪莎的傷勢，其實她這樣的反應挺正常的，瑪莎不是她朋友，更為了追求名利，背地裡對雀兒喜做了很多小動作。

但怎麼說呢……我多少對雀兒喜的冷漠感到失望。再怎麼樣也是同學，瑪莎很可能永遠失去站上舞台的機會，雀兒喜連一絲絲同情都沒有嗎？

那我又如何？

我在瑪莎身上看到自己的影子，出於同情幫她叫救護車，我拿什麼資格去要求雀兒喜，寬恕可憐的瑪莎。

真是偽善啊，李蘋柔，在這種時候裝聖母是想演戲給誰看呢？別忘了舞台已經不要妳了。我內心深處冒出這樣的想法。

這種事我當然知道。我反駁自己。

哦？真的嗎？那為何妳還在努力當乖寶寶？我為自己的反駁感到可笑。

我想努力難道錯了嗎。我內心掙扎。

古往今來多少藝術家為藝術而發狂，妳不肯放棄音樂，難道不是一種執著嗎？妳為什麼不承認妳和這所學校的同學一樣。我諷刺自己。

我不一樣，我做不出瑪莎對雀兒喜做的事。我努力想甩掉內心的陰暗想法。

妳以為沒有主動陷害就算是好人嗎？真是自視甚高啊，早點面對自己的黑暗吧，屆時妳才能迎來真正的解脫。我嘲笑自己。

「李蘋柔？」

雀兒喜喚了喚發呆的我，她大概以為我還在想瑪莎的事吧。

「沒事。」我趕緊掩蓋內心的黑暗情緒，跟上雀兒喜的步伐。

我們走沒幾步，頭頂上唯一的照明設施水晶吊燈突然忽明忽暗，它閃爍的方式有些怪異，但師長們忙著照顧瑪莎，沒有留意頭頂上的吊燈有異狀。

突然間！

閃爍的光線下出現一個陌生人。

「雀兒……喜……」

陌生人發出毛骨悚然的聲音，他全身覆滿髒垢，亂糟糟的頭髮像是大半輩子沒有梳理，身上穿著一件大衣，看不出是男是女。

既使他的外表難以辨識身分，在場人還是清晰聽到，他叫了雀兒喜的名字。

「雀兒喜……」

倘若白天的葉迦娣學院，尚有天空的太陽稍稍驅散黑暗，那麼入夜後的葉迦娣學院，便有如失去庇護的陰毒之窟，超乎常理的事情接踵而來，將毫無反擊之力的學生擊打得體無完膚。

「快點……逃……離開……她……在找……妳……」

那名不知何時出現的陌生人扯著殘破的怪嗓，發出令人寒毛直豎的嘶啞聲音。他出現以後，大廳的水晶燈忽明忽暗的更加頻繁，使得眼前的景象格外不真實。

宛如從地獄爬出的惡鬼，陌生人嘶喊：「雀……兒……喜……」

我是否還未從夢中醒來？我肯定還陷在虛幻的夢中吧，在夢裡照著劇本，演著被安排好的戲劇人生？否則，我該如何解釋眼前的一切？

「妳！」雀兒喜露出不敢置信的表情，她的表情像看到鬼魅，不該存在、異於常人、早該消逝的存在。

最先反應的是皮埃爾老師，他立刻擋到雀兒喜面前，像是要守護雀兒喜般，用身體遮擋陌生人的視線。

我看著皮埃爾老師的保護舉動，被壓抑下去的負面情緒再次翻湧。

我感到莫名焦躁、厭惡，甚至感到憤怒，好像這兩人做了對不起我的事情。

真是情深義重，這兩人究竟是肉體慾望多些，還是虛情假意多些呢？在這麼多人的場合也如此大膽，是怕大家看不出來你們兩人有一腿。我刻薄地想著。

「為什麼？妳為什麼還在學校裡？」雀兒喜推開皮埃爾老師，她不顧勸阻，朝陌生人走近，「他們說過會好好照顧妳的，為什麼還在學校……」

陌生人的肢體放鬆下來，他似乎對雀兒喜沒有惡意，我看出那兩人之間，似乎有某種深刻的聯繫。

他們之間的聯繫感，令我妒火中燒，我想立刻衝上前將兩人分開，此念頭一出，我被自己激烈的想法嚇到，我抱住頭，拚命想將奇怪的念頭驅趕出腦袋。

「嘿！雀兒喜看這邊！」

人群中有人拿出手機，將鏡頭對準雀兒喜和那名陌生人，妄想拍下眼前的情景。

陌生人受到鏡頭刺激，發出驚世駭俗的高分貝尖叫聲！

啊啊。

水晶燈應聲碎裂。

燈具碎片像雨般灑落而下，現場陷入一片黑暗，這一切發生得太快，不過幾秒鐘的事情，令人來不及反應。

等到我想保護自己時，碎片已經撒到我全身，我的臉、脖子、手臂感受到刺痛感，周圍爆出驚叫聲，到處都是學生的哀號。

舍監陳姐試著安撫大家情緒，「請大家冷靜！不要隨意走動！」踩到碎玻璃的聲音此起彼落，人們越害怕就越想逃離，鼓譟情緒升高，所有人都不安地大叫。

混亂中，我聽見細微的談話聲。

不屬於同學們的驚惶失措，也不是師長，更不是瑪莎的哭聲。

與在場氣氛格格不入的冷靜聲音傳進我耳中。

「肴觲濃鷔敹鈍蓂？」

「鞁鞓導麮鳺艤鑪霻鵟矓牖閟濃崵齮鏖鈍。」

「鈍蠹鮦怑！鈍鴟亹亩倮們溅韀聽璹簺鬑牪鳺！」

「鈍攥貉咯，譺覝覝鑋齴。」

「簺鬑鵸閫蠹鶡凭？蕿鯱蠹蘏瑪莎蠹簺鬑蔂？」

「蕿壄矙謍鈍的鶯轐蠹鏸鶯，瑪莎轐蠹簺鬑，簺鬑豥鑽矍鞩檥。」

我雖看不見說話的人，卻認出說話的聲音。

我渾身戰慄，立刻摀住自己的嘴，小心不讓「他們」發現我聽見祕密。

怎麼會這樣？「他們」為什麼說同樣的語言？

「他們」到底是誰？

四周都在尖叫，有如被魅影扼住脖頸的克莉絲汀，在魅影的掌控下，不斷發出更高的音階，一次比一次逼到極限，一次比一次達到顛狂，最後隨著克莉絲汀的尾音，從巔峰的殿堂直墜入地谷，再也爬不起身。

不知過了多久，也或許只發生幾秒鐘。

有人在黑暗中摸索到大廳電燈開關，將除了水晶燈以外的燈全打開。

室內恢復光明。

同時，那名陌生人也消失了。

現身在水晶燈下的魅影，待燈亮之時如虛影般消失，我們之中，唯有雀兒喜——他屬意的女孩——知道陌生人的真面目。

在那陣混亂中，本諾老師第一時間用身體蓋住瑪莎，替瑪莎擋下大部分的玻璃碎片。舍監陳姐似乎不在水晶碎片撒落的範圍內，她身上沒有明顯傷勢，綠色線條圖案的睡衣完好如初。

「李蘋柔？妳沒事吧？」雀兒喜往我走來。

我呆愣著看著一團混亂的宿舍。呼吸聲變得很大，我感覺吸不到空氣，像條擱淺的游魚，無法適應環境。

這就是我即將待的世界嗎？我選錯了？繼續留在舞台真的好嗎？

瘋了。這裡的一切都瘋了。我還在做夢，對吧？

我只是，想要再一次……

「李蘋柔？振作點，看著我。」

雀兒喜的聲音像是隔著一層水，我又回想起被她拖進水中的感覺。為什麼面對這麼詭異的情況，你們還能保持鎮定，瘋的是我？還是這個世界？

我眼前一白，往後倒去。

記憶到此中斷。

♯

再次醒來時，我躺在一個陌生的房間內。

空氣中有消毒酒精的味道，我試著抬起手，卻只有手指輕輕動了一下，我用指腹摸身下躺的東西，摸起來像是被單，我等了一會兒，讓身體的鈍感慢慢消退。

等到我可以挪動手臂時，我撐起上半身，從床上坐起來。左右兩側圍著不透光的厚簾布，前方牆上貼著視力檢查符號，以及幾張保健資訊宣導圖。

我被抬到保健室了。

「醒了？」一溫柔的聲音傳來。

一位身形微胖的中年女性走入視野，她胸前掛著保健室的名牌，姓氏是蘇。她安慰道：「昨晚很可怕吧？我聽說場面很混亂，直到剛剛我才送走最後一位來擦藥的同學，妳現在感覺如何？」

蘇醫師替我做簡單的檢查，確認我身體沒有其他問題後，允許我自行離開。她說：「因為昨晚的混亂，教職人員要開緊急會議，我得去開會了，妳可以再躺一下沒關係，離開時請幫我反鎖保健室的門。」

我點點頭。
蘇醫師離開後，我將棉被摺好放在床尾，準備離開時，保健室門被打開，雀兒喜走了進來。
看到雀兒喜出現我並不意外，我有些話想和她說個清楚。
「雀兒喜。」我說。
「妳身體還好嗎？」雀兒喜問。
我說：「蘇醫師檢查過，已經可以回去了。」不知道是不是昏倒的關係，我頭悶悶的，很想回房後再躺一會兒。
「嗯。」雀兒喜嗯聲後，卻沒有要離開保健室的意思。
見她也有話想說，我索性先開口問：「雀兒喜，那個突然出現的陌生人，是誰？」
雀兒喜似乎不意外，她像是早有準備，回答：「她很久以前就離開學校了，或者說我以為她離開了，我沒想到會再看到她，還是在這樣的情況下。」
說起會讓雀兒喜特別關心的人，又是早已離開學校的身分，我心裡有些猜測，但我更希望從她本人口中直接確認答案。
我聲音變得很冷，「誰？」知道雀兒喜除了我以外，還曾經跟其他人要好過，我就感到莫名煩躁。
雀兒喜搖搖頭，「妳不認識的，也不需要認識。」
「我想知道，請說。」我幾近命令道。
以往，只要我的問題稍微深入，雀兒喜就會避開不回答，但這回，雀兒喜嘆口氣，像是知道事情瞞不住了，她大方承認，「她是駱曦婷，我都叫她愛麗絲，是我的前室友，也就是妳床位的前一位主人。」

前一位室友愛麗絲？那不就是管樂組同學失聯的那位？

雀兒喜說：「她學業壓力太大『發瘋』了，我們對外宣稱她休學，只有少數人知道她『發瘋』的事。我當時親眼看著她穿上拘束衣被送上車載走，舍監告訴我，她會為可憐的愛麗絲安排良好醫療設施照顧她。」

「是嗎……謝謝妳對我坦承，雀兒喜。」我邊說邊走到保健室門前。

「喀」一聲，我將門給鎖上，我不想在談話時被人打擾，接下來的問話，越少人知道越好。

我走到雀兒喜面前，問：「另一個問題，雀兒喜。妳當時和皮埃爾老師說了什麼？」

在宿舍大廳陷入黑暗時，有別於其他人驚慌失措大叫，在場卻有兩個人以特殊語言冷靜對談，彷彿他們早已知道一切。與雀兒喜對話的人，就是路易・皮埃爾老師。

「什麼？」雀兒喜眨眨眼。

她聽見我的提問，眉頭也不皺一下，像是真心不明白我在說什麼。若不是我非常確定聽見什麼，我肯定會被她的演技騙到。

「當時雖然一片黑暗，但我確實聽到妳和皮埃爾老師在說話，說的還是妳的奇特語言，妳跟皮埃爾老師是什麼關係？你們來自哪裡？你們說的又是什麼語？」我擋在入口處，不讓雀兒喜有機會離開。

雀兒喜露出我小題大作的表情，說：「那時一片混亂，我不記得我有講過什麼，老師離我很近，我可能是喊了些什麼才讓妳聽錯以為我們在說話。」

不要騙我雀兒喜，我討厭妳這樣。我努力壓制負面情緒。

我留意著她的神色變化，她也同樣在觀察我的表情，我不被她的說詞牽著走，繼續追問：「是什麼事讓妳改用旁人聽不懂的語言溝通？不想讓人知道的事？」

雀兒喜表情沒有變化，「我聽不懂妳的意思，妳肯定是聽錯了。」

我不理會她的否認，逼問：「我再問妳一次。瑪莎的事和妳……或者你們有關係嗎？她臉上的傷是妳造成的？」

不要對我說謊，雀兒喜。我不想聽妳的謊言。

「李蘋柔？妳是不是被嚇到了。」雀兒喜面露擔憂。

不，不對。我聽得很清楚，我還記得我聽到時摀住嘴不敢出聲的恐懼，還記得妳選擇和他人共享祕密的背叛感。我不能接受，妳明明是我的室友。

壓制住負面情緒的堤防開始鬆動，陰暗不堪的想法從隙縫中流竄出，逐漸侵蝕我的口唇。

「雀兒喜，妳到底在隱瞞什麼？我們同住一個寢室，我卻一點也看不透妳，妳今天會傷害瑪莎，明天是不是就會傷害我？我很害怕……不知道哪天會被身邊人傷害的恐懼，我好不容易才和妳親近些，我不要……不准妳……」

不准妳・背叛我。妳是・我・的，我想要妳・的・歌・聲。

想要獨占，想要得不得了。我夢寐以求的歌聲。

「難道，我比不上皮埃爾嗎？」我的聲音變得很冰冷。

雀兒喜發言變得謹慎，「李蘋柔，我想更認識妳的心意從未變過，我也不曾想過傷害妳，關於我的一些事情，現在還不到攤牌的時機，我有我的考量。但涉及妳的事，我句句發自內心，對妳感興趣是真，對妳說不知道發生何事也是真，等時候到，我會告訴妳答案，但現在還不是時候。關於皮埃爾和我的關係，請諒解，我沒辦法說太多。」

她的迴避態度再度刺激我，刻薄的念頭越來越強烈，從嘴中溢出的話越來越狠毒。

「諒解什麼？隱瞞？」我控制不了自己的嘴，它彷彿是一隻長在我臉上的怪物，不停用語言暴力攻擊雀兒喜，就像其他同學對待雀兒喜一樣，「雀兒喜妳知道嗎？我在前所學校的室友是個爛人，她私生活混亂，仗著自己臉漂亮身材好，見一個勾一個，我跟她住在一起，每天都會被人踢門砸窗戶，那明明是她的問題，可我卻要一起承擔！妳呢？生為校園明星的妳，招惹來的是非也要我一起承擔嗎？」

我越說越激動，負面情緒不停湧上，好像全世界都對我不公，好像每個人都在欺負我，猜疑與嫉妒轉變成對所有事物的憤怒。

「李蘋柔？妳今天是怎麼了？」

雀兒喜表情變得凝重，她不知為何開始左右張望。

我看到她注意力飄走，一股被忽視的怒火衝上腦！

我生氣地衝上去抓住她的肩膀，把她硬是扳過身體逼她面對我，就像我在下雨的夢中，對她做的動作一模一樣，這次不是作夢，而是現實。

「李蘋柔？李蘋柔妳做什麼！」雀兒喜被我的行為嚇到，她瞪大雙眼看我，我從她美麗的眼睛中看見困惑和戒備。

沒錯這樣就對了，凝視我，歸屬我，我不允許妳眼中有我以外的存在。

我的嘴像是有自己的意識一樣，張口說著我很陌生的話，「對我坦承！憑什麼妳的個人行為卻害我被他人指指點點！」

雀兒喜想拉開我的手，但我抓得很緊，我不想讓她離開。我用最大力氣死死抓住她的雙臂。她不停掙扎。我害怕我一鬆手她就會逃跑，逃到我追也追不到的地方，我不要這樣，我不會放過妳的，在走到那步前我會先把妳……

殺。

殺掉雀兒喜。

如此一來，她眼中只剩下妳，永遠不會再有別人。

我被自己嚇到！連忙鬆開手往後退。

雀兒喜的雙臂被我抓出紅通通的手印，她皺著眉忍痛的模樣令我充滿罪惡感。我一鬆開手，雀兒喜抓住這個空檔奪門而出，逃離保健室，逃離了我。

我到底在做什麼，我只是想和她把話講清楚，想好好和她溝通……我怎麼會……我在想什麼……我……我怎麼會動了殺她的念頭？

當晚，雀兒喜沒有回寢室，是去皮埃爾老師那過夜嗎？還是去別的朋友房裡過夜？我坐在電腦前，煩悶的心情怎麼樣也無法平緩，只要眼睛一閉上，滿腦子都是瘋狂的念頭。

從什麼時候開始的？雀兒喜只是我的室友，我怎麼會有這些可怕的想法。

我想起名為愛麗絲的前室友。

她是不是也曾是單純學生，卻不知何時墜入瘋狂的深淵。

皮埃爾老師才是她的枕邊人，李蘋柔妳什麼也不是。我內心的黑暗聲音響起。

閉嘴，吵死了。

哈哈哈，少蠢了，承認吧！妳渴望舞台的聚光燈，妳渴望奪回過往的輝煌，只要把聚光燈下的雀兒喜除掉，榮耀、肯定、威權都將屬於妳。我內心的黑暗鼓吹著。**殺掉雀兒喜，殺了她，讓她不能繼續囂張。**

安靜！我不想傷害雀兒喜！

我要創作，不趕緊開始創作，我一定會發瘋，只有創作才能平緩我的思緒。

充斥瘋狂念頭的心就像一台老舊電視機，發出令人不快的刺耳雜訊聲。我粗魯地扯開抽屜，拿出爸爸送的頂級抗噪全罩耳機，它就像我的心靈避風港，每當心情煩躁時，只要我戴上耳機，世界就安靜了。雙耳被溫柔地覆蓋住，隔絕外界的雜音，也讓我的心平靜下來。我打開編曲程式，進入創作的世界。

「困惑嗎？恐懼嗎？歡迎來到瘋狂樂園。」

沉重的群眾拍手聲劃開夜空。來吧，觀眾已經在鼓掌了，該出場表演了。

「想逃嗎？別走吧？入口的門已上鎖了。」

緩慢有力的擊鼓聲與拍手聲成為基底，讓我們為世紀大秀揭開第一個序幕。

「沉浸在暗黑的樂園，這裡比外界單純，獵豹老師狩獵無力逃跑的人，猛鷹老師挑出無力反擊的人。」

學校是讓學生專心學業的溫室？

笑話。

這裡是苦牢，是在進入名為社會的戰場前，想辦法證明自己的牢房。雀兒喜深知這點，她一直都站在炮火中央挺胸迎擊，是我還搞不清楚狀況，以為錯的是她，一味指責是她害我飽受惡意攻擊，卻不願與她站在同一陣線。

「瘋狂樂園只是外界的謬論，這裡是天堂，相信這裡是天堂，我們都是這裡的一分子。」

我埋首於作曲中直到深夜。

我將寫好的曲子和歌詞儲存在電腦中。一想到閉上眼又會聽見那些瘋狂的想法，我害怕得不敢脫掉耳機，好像我一拿掉耳機，那些狂亂的聲音就會將我淹沒，我最後決定用耳機播放哄睡安眠旋律，就這樣戴著耳機睡著了。那晚，我一夜無夢。沒有可怕的殺人念頭，沒有夢見瑪莎鮮血直流的臉，沒有雀兒喜受傷的表情，靜得像是什麼事也沒發生。

隔天是週末，學校沒有上課。

我從衣櫥抽出襯衫和長裙，畫上淡妝遮掩黑眼圈，打算在學生餐廳解決午餐。

餐廳有一台曲面液晶大電視，固定播放國際新聞台。我進到餐廳時，電視正播出一段海上錄影畫面，拍攝者的螢幕濺到水痕，導致畫面模糊難辨，新聞標題打上聳動的文字：驚見海上巨物！真實海怪？未知島嶼？內容是外國漁船目睹海上怪事，至今找不出原因，影片裡的水手用外語嚷著前方有異樣，接著畫面一轉，換成另艘漁船，這次畫面清晰許多，鏡頭拉到最遠，隱約能看見海平面上有凸起物，水手們驚恐萬分，不停用外語叫喊。

我邊看電視，邊吃完餐盤裡的飯菜。

接下來兩天，雀兒喜都沒有回房間。我們最後一次談話很不愉快，她沒有回寢室讓我鬆口氣，我需要些時間，好好思考如何面對她。

但，直到第三天，我都沒有看見雀兒喜回房，我漸漸感到不安，似乎有什麼地方不對勁。

第四天，雀兒喜還是沒有回房間。

第五天，我看著講台上的老師，滿腦子都是雀兒喜去哪了。我瞄了眼斜對面的同學，我記得她叫莊夢禾，和雀兒喜同樣主修美聲，我想知道雀兒喜有沒有正常上下課。

下課鐘一打，我在心中擬好說詞，慢慢走向莊夢禾。

莊夢禾是一位不亮眼的女生，個子不高，相貌平平，總是戴著用毛線編成的髮箍，我沒聽過她的演唱，單就外型印象做猜測的話，清新甜美的抒情歌或許很適合她。

「同學。」我發出聲音，讓莊夢禾注意到我，「不好意思，請問妳這幾天有看到雀兒喜・布朗嗎？」

「雀兒喜？」莊夢禾沒有問我的身分，她應該認出我是雀兒喜的轉學生室友，「她蹺課好幾天了，義大利文的朵卡司老師才在說，有認識雀兒喜的同學，轉告她要來上課，老師下次要記曠課了。」

「她翹掉所有課？」我略顯驚訝。

莊夢禾點點頭，「嗯，這幾天的課都沒看到她。」

離開教室後，我試著整理現況。

雀兒喜沒去上課也沒回宿舍，難道是我的行為嚇到她，讓她不敢來學校？她會去哪？

「李同學。」

陌生的叫喚聲。

我回頭，「皮、皮埃爾老師？」

路易・皮埃爾老師站在我身後，我不記得有上過他任何一堂課，現在的老師連課堂外的學生都會記嗎？

關於雀兒喜的難聽八卦大多圍繞著路易・皮埃爾打轉，學生之間謠傳他們有肉體關係。起先我受到謠言影響，以為兩人之間是師生戀，可自從瑪莎被毀容，我親耳聽見他們用相同的語言對話，我越發猜不透他們的關係。

「李同學。」皮埃爾老師面無表情的問：「最近有看到雀兒喜嗎？」

我搖頭回答：「我才想問老師一樣問題，她已經好幾天沒回宿舍了。」

「好幾天沒回宿舍……好幾天是幾天？四天前呢？她有遇到什麼事嗎？」

皮埃爾老師透露出的急切讓我感到不安，似乎有不好的事情發生，我說：「這四天晚上她都沒有回到宿舍，老師也不知道她去哪嗎？和她同課堂的莊夢禾說她沒有去上課。」

皮埃爾老師眼神變得很奇怪，他喃喃自語：「該死，我應該多注意的。」

在我印象中，皮埃爾老師在同學間人氣一直不錯，是位待人和善的紳士教師，但此刻他本人站在我面前，我卻感覺他散發的氣質很冷酷，而他關心雀兒喜的程度早已超過師生間的界線了。

皮埃爾老師往我靠近一步，半命令道：「我要妳去打探一位同學，他叫吳深穆，主修低音號，曾和雀兒喜的前室友愛麗絲交往，他之前就看雀兒喜不順眼了，常常和一幫朋友處處找她麻煩，我需要妳去接觸他，看他們與此事有沒有關聯。」

「老師你的意思是雀兒喜她……」一個不安的可能性浮上心頭。

「我聯繫不上雀兒喜，這不正常。她失蹤前有和妳說什麼嗎？」

我很驚訝「失蹤」兩個重字從老師口中說出，才四天找不到人，會不會過於小題大作？

「我們四天前鬧得不愉快，我想她在躲我。」我隱瞞爭執的原因，是我嫉妒她和老師關係過密，那場爭執更多是我單方面發脾氣，連我自己都不明白怎麼回事。

皮埃爾老師卻立刻駁回：「躲妳？不，她不會，這點小打小鬧影響不了她。」

小打小鬧？我被這句話刺激到。老師明明什麼都不知道，卻擅自用小打小鬧形容那場爭執，語氣像在指責我大驚小怪。

皮埃爾老師指出，「李同學，妳的不滿全寫在臉上。」

煩躁的情緒翻湧，我深吸口氣，就像雀兒喜那時一樣，憤怒蒙蔽我的心神，張口就是怨毒，「老師多慮了，我的臉本就不友善。請問老師又如何呢？您特意來找我質問行蹤，難道不是想試探？」

「我無意吵架。」他冷靜地說。

「我可不這麼認為。」負面情緒被激起，我故意挑釁道：「老師不會不知道，校內很多您和雀兒喜的醜聞吧？你藉機來找我，真的是要找雀兒喜？還是說，其實她想躲避的對象是您，您怎麼不說說您對她做過什麼事，導致她失蹤？」

拆開他們，毀掉他們之間的信任。快啊，毀了她，毀了雀兒喜！我內心的黑暗聲音發出嗜血的尖嚎。

皮埃爾沒有答腔。

他聽到我口出惡言，反應卻是東張西望？

皮埃爾老師面露嚴肅，不停左右張望，好像在找什麼東西，這表情我曾經看過。

和雀兒喜爭執那天，她的反應跟皮埃爾老師一模一樣。

皮埃爾老師指著我的包包，很急迫地說：「身上的東西翻出來！提包、口袋、不管是什麼，全攤出來，現在！」

老師的異常舉止讓我不敢反抗，我依言把提包內的手機、錢包、化妝鏡等小東西拿出，一樣一樣給他檢查。

「咦？這是什麼？」

包包內有個不屬於我的東西。

一枚小雕像，看起來像西洋棋騎士的小雕像。

四♪魚頭棋子

小雕像貌似西洋棋裡的騎士，仔細看上頭刻的不是馬頭，而是一條滿是脊刺的尖牙大魚。我沒有興趣收藏這種奇怪裝飾品，不知這東西是怎麼跑進我包包的，也不知它在我包包裡放了多久。

皮埃爾老師一見到那枚魚頭棋子，露出「果然是這樣」的表情，他從我手中奪走它。

我問：「這是什麼？它怎麼會在我包包裡？是老師放的？」

我想搶回棋子，明明那也不是我的東西，我卻感到被冒犯。

為什麼所有人都想占我便宜？其他同學是，雀兒喜也是，現在連皮埃爾老師也和我過不去，與其等著你們傷害我，不如我搶先一步先除掉威脅，這樣我才安全。

我沒有做錯什麼事，我只是要自保，我沒有錯，錯的是你們，錯的是這環境，我要生存，為了生存下來我得除掉阻礙。

「還我。」我呼吸變得急促，「還我，我說了還我！」

皮埃爾老師後退一步，他將魚頭棋湊到唇邊，像在說悄悄話一樣，細聲說：「艤醘鸗奭㑯鼈朙狑香邘薇韔鎶。」

霎那間。

所有煩躁感消失了。

皮埃爾老師說完那句話後，心中的怨憤被抽空，連日來鼓吹我傷害雀兒喜的陰毒想法，頃刻間煙消雲散，好似一間瀰漫混濁空氣的房間，被人敞開一扇窗，滿屋子的髒汙全被排了出去。

我雙眼變得清明，重拾身體的控制權。

「老師，我……」向師長口出惡言使我慚愧。

回想起這幾日的焦躁，為什麼我對雀兒喜變得如此惡毒？為什麼我會做詭異惡夢？為什麼在夢中，我以雀兒喜的慘叫為樂，甚至湧現毀了她的衝動？

「這東西叫『咆像』，是一種能散發預先儲存的聲音的小工具，有點像是你們的擴音喇叭，只是它更小，音域也更廣，它可以發出非常巨大的音量，也能發出人類耳朵聽不見的極低音頻，讓人難以察覺。」

皮埃爾老師使力折斷魚頭棋，棋子裡頭不是機器也不是電子線路，而是像礦物一樣的晶石切面。

「李同學，說實話我不想把妳牽扯進來，但雀兒喜很堅持我們要有『同伴』，她先前找過愛麗絲，可是愛麗絲在行動時遭遇意外，不幸『發瘋』了。我和雀兒喜商量過，讓她不要和妳走太近，可她不聽勸，瞞著我持續親近妳。」

嫉妒心限縮我的視野，使我看不見更宏遠的影響，我擅自將老師與雀兒喜的關係想得很不堪，老師卻處處為我設想。明知道這是不理智的情緒，但當我得知雀兒喜不顧阻止也想親近我，我竟……感到欣喜。

皮埃爾老師話鋒一轉，冷冽道：「我向妳透露這些，妳應該明白意思了吧。」

他突然扣住我的手腕，我不禁痛叫一聲，低喊：「做什麼！」

「妳是雀兒喜想要的人。」他的眼神變了，強硬地說道：「既然我阻止不了她親近妳，那我能為她做的，就是確保妳能對她有用。」

他轉動手腕，讓我清楚看見在他袖口內側，藏了一柄鋒利的短刃，只要他願意，他能在數秒內抽出那柄鋒刃傷害我。

瑪莎毀掉的臉孔在我腦中浮現，「是你割毀瑪莎的臉。」

「她擋到雀兒喜的路了。」他話中有著我無法理解的忠誠，「至於妳，我要妳協助找出雀兒喜，妳若不答應，我會砍斷妳所有手指，讓妳一輩子都無法演奏。」

我曾想過，如果有一天我被某人視為眼中釘，那會是什麼情形？也許是發生在未來某一場比賽，也或是未來某一堂課的分組競爭，又或者，是一件微不足道的小事。彷彿在嘲笑我的想像力不夠豐沛，我從未想過有一天會被學校裡的老師持真刀威脅，促使他這麼做的，是我那位行事詭異的室友雀兒喜。

皮埃爾老師在等我回答，我只有一次問問題的機會。

我倒抽一口氣，盡可能讓聲音聽起來冷靜，「如果我答應，會怎樣？」

「最糟的情況，是變成第二位愛麗絲，發瘋、得心病、無法再過回正常人的生活。可憐的愛麗絲，就和她的名字一樣永遠在仙境中夢遊。」

愛麗絲啊愛麗絲，追逐不存在的白兔誤闖鏡中世界，在鏡子國度裡，所有人類世界的常識都不管用，在那世界，有屬於他們的規矩和法則，不能依靠自己所知，必須跟隨新世界的規則。

我問：「你們對愛麗絲做了什麼？」

「什麼也沒有，愛麗絲的發瘋是被我們的敵人所害。我不管妳聽到什麼，但我可以保證，愛麗絲是自願協助我們，我們已盡力保全她的人身安全，她突然現身在宿舍的事，目前還在查原因。」

我以為愛麗絲跟我相同，是位無意間闖入雀兒喜弔詭世界的倒楣鬼，現在看來真可笑，若非她發瘋，像雀兒喜這樣優秀的人，是不可能主動親近我的。我不由得嫉妒起，那從未謀面的前室友。明明使人煩亂的咆像已經被老師弄掉了，我心裡仍悶悶的。

「明白了，我幫。」我說。除了同意以外，沒有其他選項可選。

皮埃爾老師語氣稍微放柔，「謝謝，如果不是有必要，我盡量不想對學生動手。」

他放開我的手腕，我撫了撫被勒痛的手，希望不會留下後遺症。

我問：「雀兒喜到底怎麼了？讓愛麗絲發瘋的敵人又是什麼？」

我們之間恢復到一開始的狀態。

他確認我沒有要逃跑的意圖後，才緩緩說道：「先從妳包包裡的咆像說起。那是『我們世界』的造物，說出特定的話便能啟動和關閉它，作用是擴散聲音，連管制品的級別都不算。但就是這樣的小東西，放在某些氏族手中能變成可怕的武器，愛麗絲就是為了拆除被安置在宿舍各處的咆像，不慎近距離聽到『聲音』導致發瘋。」

我皺起眉頭，「聽到聲音會發瘋？被安置在宿舍各處？你意思是，你們的敵人基於某種目的，在宿舍內到處放這會使人發瘋的咆像？」

這樣一來很多事情都說通了，我呢喃：「所以我才會做惡夢……才會對雀兒喜不耐煩……這個叫咆像的東西……會影響人的精神。」

皮埃爾老師點點頭，指著耳朵說：「一般人類耳朵能聽到的音頻約二十到二萬赫茲，咆像的擴散音頻則可以達到零至十萬赫茲。換言之，它能放出人耳聽不到的聲音，且不說它的外型對一般人來說就只是小雕像，就算找到咆像，也無法察覺它有異樣，不知情的人繼續將它留在身邊，甚至像妳一樣無意間隨身攜帶，日以繼夜聽它的聲音，長久下來一定會影響精神，輕者狂躁易怒，中者欲望失控無法自制，重者幻象纏身迷失自我。」

會使人發瘋的聲音。

一般人類無法察覺。

在宿舍內到處都是。

這才是葉迦娣學生惡意競爭的真相。

有如放任餓獸在囚牢內鬥，縱然發生多起受傷事件，學校卻視若無睹，輕描淡寫成「學業競爭」四字。失蹤的前室友，針對雀兒喜的攻擊，這一切的原因，雀兒喜和皮埃爾老師比誰都清楚。

「老師，你和雀兒喜到底是？」我吞了吞口水，對將要說出口的話感到恐懼。

你們不是正常人吧。

這種顯而易見的事，我就算察覺了，也該裝作不知道。

「李同學。」

皮埃爾老師清冷的聲音打斷我的思緒，我冷汗滴下背脊發涼。

「李同學，我知道妳想問什麼。別緊張，我們和妳一樣是人類。」

皮埃爾老師的回答讓我又驚又喜，驚來自於他回答出我想問的問題，喜則是慶幸他們不是我想的妖魔鬼怪之流。

但，如果他們是人類，又怎麼辦到這些超出常理的事？我越來越搞不清楚了，本以為皮埃爾老師的坦誠能讓我了解事情真相，疑問卻是不減反增。

皮埃爾老師說：「這一時解釋不清，日後再說吧。總之必須快點找出雀兒喜的下落，否則情況會很糟。我們分頭進行，我會以老師的身分去探聽，我無法進出的地方，就要麻煩學生身分的李同學了，這是我的聯繫方式，有任何情報隨時聯絡，深夜也沒關係。」

老師給出的線索是愛麗絲的男友吳深穆，問題是我該怎麼找？

♯

爵士音樂課堂上。

嚴老師掃視學生，說：「上堂課介紹美國爵士樂大師，很多人認為薩克斯風是爵士樂的靈魂之一。」老師接著使用教室音響撥放教學用音樂，由學校股東贊助的業界級立體環繞音響，是每間教室的標準配備，老師問：「你們聽聽這首爵士曲中使用到哪些樂器，其中有個樂器不常見於爵士曲，這位編曲家使用它鋪底，使整首曲子沉穩又優雅。李蘋柔同學，請問曲子中使用哪種樂器？」

負責爵士課的嚴恩樹老師是位喜愛穿黑衣的帥氣女士，她每次上課永遠都是黑色緊身上衣、黑色長裙、黑色短靴。

突然被點到名字，我嚇得挺直腰桿，嚴老師神色不耐地看著我，挑眉等待我回答。

我收回心思，趕緊細聽範例曲，「是低音號。」我答。

「正確答案。」嚴老師臉色緩和，她確保授課有被記住，轉頭繼續教課。

嚴老師放過我後，我的心思再度飄遠。

皮埃爾老師說愛麗絲的前男友主修低音號，該不會就是來餐廳找我探問的那個男生吧？我記得當時他背著的樂器就是低音號。原來是他？上回遇到他是在學校餐廳，也許我能去碰碰運氣。

結束整天的課程後，我去了學生餐廳一趟，經過一個多小時的等待，沒看到我想找的人。我拖著沉重的心情回到宿舍樓，宿舍大廳已經被清掃乾淨，很難想像幾天前這裡才發生學生臉被割傷、水晶燈碎裂的恐怖事，那畫面歷歷在目，宛如身處一場失控的戲劇。

那天之後，愛麗絲去哪了？

以現實層面考量，一個大活人不可能憑空出現又憑空消失，肯定有端倪可循，當時水晶燈碎掉後現場一片混亂，她有可能趁亂逃跑了，可有一點讓我很在意，雀兒喜看到愛麗絲時說了一句話，那句話是「妳為什麼還在學校」。

有沒有可能，愛麗絲自發瘋以來，從未離開過學校？

「這學校總不可能有密室吧。」我說完自嘲一笑。學校密室怎麼可能會存在，又不是真的在演《歌劇魅影》，難不成走廊暗藏祕密通道不成？

我低著頭回到宿舍寢室，走廊上有很多同學在聊天，為了公共安靜這裡禁止聊天，但多數學生都把這條規矩當耳邊風，天花板設有監視器，舍監不可能不知道，只是沒人去檢舉，舍監對此睜隻眼閉隻眼。

我打開寢室門，房內黑漆漆的，總是躺在床上看書的雀兒喜不在，少了她跟我打招呼的聲音，房間格外冷清。

我放下書包後，第一件事就是找房間內有沒有暗藏魚頭棋，照皮埃爾老師所說，那個會使人精神逐漸失控的詭異東西，被安插在宿舍各處，這做法簡單又有效，只要偽裝成頂尖學府的學生競爭，將學生反常的精神狀況推給「課業壓力大」，根本不會有人發現。

到底是誰做的？又為什麼要害我們？

雀兒喜難道沒有被影響嗎？她一向冷靜，沒有看過她失控焦躁的樣子，這東西對她沒有作用？疑問越想越多，唯二能解答的人，一個不說，一個失蹤。

「對了，監視器。」我想起走廊上的監視器，既然宿舍內有監視器，也許能去找舍監陳姐，請她協助調閱雀兒喜的行蹤。

我想了想，決定先聯絡皮埃爾老師，電話只響了一聲立刻就被接起，速度快到我沒立刻反應過來，連忙說：「喂喂？」

「有什麼發現？」電話那端的聲音很沉。

我將調閱監視器的點子告訴皮埃爾老師，沒想到他立刻反對，「不行，不能夠透漏我們的任何事。」

「可是……」

「我們不知道誰是敵人，不能輕舉妄動，妳是新轉學來的，我才排除妳是敵人的可能性。」

我聽了很無言，反駁說：「這個不行那個不行，你要怎麼行動？再說了，你所謂的敵人又是誰？」

「就是放置咆像的人，我需要知道對方的身分才能對付他，但一直以來敵暗我明，我們尚未掌握是誰在動手腳，此人很謹慎，他用咆像操縱群體情緒，讓雀兒喜成為眾矢之的，對她有敵意的人太多了，很難鎖定幕後真凶。」

我結束和皮埃爾老師的通話。長嘆口氣，把手機往床上丟。

真棘手，該怎麼辦才好？

走廊上的同學陸續道別回房間，快到宿舍門禁時間了。我在寢室內焦慮踱步，經過雀兒喜床位時，我隱約聞到消毒藥水的味道，她真的很奇怪，喜歡游泳到連床上都有游泳池水的味道，怪人。

我靠坐在雀兒喜的床緣地板，將背靠在床墊上抱膝思考。

「妳到底跑哪去了，雀兒喜。」我伸手撫過她的棉被，想起她躺在床上跟我聊天的樣子。

妳到底去哪了？我不喜歡我們最後一次講話以吵架作結。

雙人寢室兩個人時略擁擠，少去一人卻空曠得令人煩悶。

雀兒喜的書桌收拾得很整潔，她沒什麼私人物品，桌上擺著基本文具、原子筆、歌譜、課本……等，從中看不出個人喜好，不像我的書桌上有筆記型電腦和看到一半的藝文期刊。

她消失以後，我才發現自己一點也不了解她。她修什麼課？習慣在什麼時間練習？學業以外的娛樂嗜好？與誰特別要好？

我坐靠在雀兒喜的床側，將頭枕在床緣，思考下一步該怎麼做。一般女孩子的床多半留有香水或沐浴乳的淡香，可雀兒喜的棉被卻是淡淡的消毒藥水味，我因為好奇而多聞了幾下，卻感覺到一絲不對勁。

嗯？棉被上沒有味道？消毒水味道不是來自棉被和床單。

想一探究竟的好奇心和做壞事的罪惡感交戰，自我掙扎的結果是罪惡感略勝一籌，我紅著臉遠離雀兒喜的床，不再打探她的隱私。

當我起身時，我看見對向我的床，底下放著行李箱，我受到啟發，好奇地低頭查看雀兒喜的床底——黑暗的床底下放著一盤東西。

那是什麼？水？

我趴下身，從雀兒喜床底下抽出一盤塑膠製淺盤，盤上擺滿玻璃罐裝的透明液體，目測有七、八罐之多，有幾罐已經空了，空的那幾罐上頭沾有淡淡的唇印，我打開其中一罐聞，立刻皺起眉頭。

消毒藥水的味道，是游泳池的水嗎？

如果真是游泳池水，空的那幾罐不就代表——雀兒喜不止暗中儲藏這些罐裝泳池水，還喝了它？

門外傳來腳步聲，我嚇得趕緊將水罐塞回床底下。

結果是隔壁寢室的人回來，我稍稍鬆口氣，偷看室友私人物品的罪惡感讓我心有餘悸，我撫著胸口，努力深呼吸平復心情。

我的室友到底是什麼人？她……或說他們到底是？

經過一晚的思考，我有了方向。

我回想起愛麗絲的男友來餐廳找我時，他和同行的朋友看起來是管樂組的，也許我能在合奏教室找到人。

學生練習的需求很大，學校設有數間可供樂團使用的合奏教室，大大小小加起來十多間。我逐間查看貼在教室外頭的課表，課表上寫著每間教室的課堂時間，有些沒有排課程的空堂時間會被學生借去自習，但既然那個男生是管樂組的，就一定會有上課時間，我只要找出會使用到低音號的課，在教室門口堵人總會讓我找到的。

「合奏教室A、合奏教室B、合奏教室C……」我沿著教室走廊，記錄下每間教室的課表，接著一一排除掉目標以外的課堂，國樂組、木管樂器組、弦樂器組、打擊樂器組被我畫線刪除掉，最後成功整理出低音號所屬的銅管樂器組上課時間。

我運氣不錯，今天就有三堂課跟銅管樂器有關，有兩堂課我是空堂，正好可以來堵人，麻煩的是第三堂我有課，而且上課地點離合奏教室很遠，就算我一下課就衝過來也趕不及。

我在合奏教室外看課表時，後面走來一位揹著小號的同學，那位同學看我盯著課表，主動問：「妳找誰？」

我藉機問：「請問你認識吳深穆同學嗎？他是低音號。」

「妳找吳深穆？他沒有修這兩堂課喔，他要下午那堂才會來。」銅管組的同學如此說。

怎麼辦？要翹課嗎？翹課如果讓師長知道會留下壞印象，會不會因為這樣留下不良紀錄？萬一學校打給爸媽怎麼辦？只是翹課而已，又沒什麼大不了，只要跟老師說身體不舒服就行。可是入學時有說，嚴禁學生非正當理由曠課，要請病假得有醫師證明或藥單才會准假，要是事後被抓到欺騙師長翹課，最重會記小過。

我陷入兩難，該去找吳深穆還是抱持被記過的風險翹課？

我想起皮埃爾老師說過的話。

「這一時解釋不清，日後再說吧。總之必須快點找出雀兒喜的下落，我們必須盡快找到她，否則情況將會很糟。」

皮埃爾老師的擔憂不像危言聳聽，老師聯絡過她的家人嗎？需不需要報警？

雀兒喜幾乎每天都會偷溜去游泳池，是有什麼原因一定得去嗎？結合床底下的罐裝水以及雀兒喜喝過的痕跡，加上皮埃爾老師被逼急的態度，所謂的「情況將會很糟」難道是她身體會出問題？

疑問不減反增，越是深入去想雀兒喜的祕密，越是謎團重重。

我牙一咬。從小到大從來沒有翹過課，有時很看不起那些喜歡翹課的人，覺得那些翹課的人都是浪費資源的混學生，沒想到我會有今天，只是一堂課而已，難道還比不上有人失蹤嗎？

我想起雀兒喜在舞台上演唱的模樣，她是那麼耀眼，那麼無所畏懼，既強大又美麗。

她現在需要我。

思及此，我感到心跳加速。

我打起精神，既然知道吳深穆下午才會出現，我照常去早上的課程，午休時我走進學生餐廳，和往常一樣選擇遠離人群的角落座位。

還在倫敦時，我和朋友間交情很淡薄，這和我全心投入音樂有關，朋友都知道我要練音樂，不會跟他們出去喝酒玩樂，久而久之自然疏離，轉學到葉迦娣以來，會給我稍來問候訊息的，只剩父母親。

我望著餐廳供應的義大利肉醬麵，它嚐起來像是微波食品，沒有食物香氣，沒有驚豔之處，沒有感受到廚師的熱情，什麼也沒有，就和我的大學生活一樣空虛。

其他學生三三兩兩坐在一起，邊吃飯邊閒聊生活趣事，左邊桌聊感情，右邊桌聊戲劇。餐廳內的電視在播午間新聞，焦點新聞是某個縣市的彩券行每年都開出百萬大獎，我一邊吃午餐一邊看新聞，播到國際頭條時，原本各自聊天的學生全都靜了下來，新聞標題是：又見海上龐然大物，各國漁船相繼目睹！

我聽見同學們的討論聲。

「又是那個新聞。」

「我姊有傳影片給我，有夠誇張！看過影片了嗎？那個真的很扯，海上怎麼會有那麼大的影子。」

「我朋友說那是鯨魚，聽他在豪洨！那種尺寸最好是鯨魚啦，那麼大一座黑影，除非你說一百條鯨魚堆在一起我就相信。」

「就算真的是一百條鯨魚堆在一起好了，那邊可是公海耶，周圍沒島沒陸地的，我看根本是電影裡的大海怪。」

新聞主播以發現新奇觀的口吻播報，說是幾個月前開始，網路上不約而同出現很多不同國家遠洋船隻拍下的影片，聲稱他們在海上拍到無法解釋的龐然巨物，新聞畫面順勢播放一段有中文字幕的影片，影片是用手機錄下的，因為在船上拍攝所以畫面很晃，但仍舊清晰地記錄下那詭異的巨大剪影——距離船隻不遠處有座宛如山脈的龐大灰影。

錄影者刻意走進駕駛艙拍下儀器畫面，證明他們所處的位置距離陸地非常遙遠，那灰影絕不可能是山脈或陸地。

那個龐然大物，簡直像一座城市。

這段新聞結束後進廣告時間，同學們也不再議論這件事，對學生們而言，海洋怪事太過遙遠，他們更關心晚餐要吃什麼。對我而言，海上奇聞也不是我優先關心的，我得好好思考如何從吳深穆身上探到雀兒喜的消息。

來到下午的課程，我計劃偷偷從後門離開，翹課去找吳深穆。

趁著老師轉身寫白板時，我抓起包包，準備溜出教室。

老師卻在此時迅速轉身，說：「Claude Debussy在〈Sirenes〉的編曲上做出小巧思，有誰知道是什麼嗎？李蘋柔同學？」

我嚇得把包包往椅背一丟，站起來回答課堂抽問。

我迅速掃過白板上的譜面，小聲回答：「他不使用歌詞，而是讓八位女高音和八位次女高音以無歌詞的合唱，去表現海中女妖的神祕莫測。」

「沒錯，謝謝李同學，請坐。」老師再次轉頭，他關掉室內燈，按下音響鍵播放音樂，「大家聽聽這段〈Sirenes〉，彷彿我們是被賽蓮海妖圍繞的水手，神祕美麗的賽蓮繞著我們的船隻，迫切希望我們聆聽她們美妙卻致命的歌聲，接著是這段旋律——」

我趁著熄燈，以最快的速度，從後門成功溜出去。

我快步走到合奏教室，找到和朋友翹課抽菸的吳深穆。

吳深穆沒有揹著低音號，老實說我一開始並沒有認出他，只是奇怪上課時間怎麼有一群人在教室外抽菸，而多看了幾眼，沒想到那群人裡的吳深穆先認出我。

吳深穆叼著菸，語帶不善說：「妳不是雀兒喜的室友嗎？看什麼？」

我謹慎地問：「請問你是吳深穆嗎？」

他吸口菸點點頭，他身旁的朋友全瞪著我，盯得我壓力很大，我忍住想逃走的想法，硬著頭皮強裝鎮定，說：「上次你來問愛麗絲的事，我有些話想跟你單獨說。」

吳深穆一動也不動，說：「有什麼話在這說。」

這麼多雙眼睛瞪著我，光氣勢我就矮人一截了，更別提從他嘴中套話，我選擇站穩原則，「我不喜歡人多，想知道愛麗絲的事就跟我私下談。」

吳深穆瞪著我，很不客氣地說：「哼，不用了！雀兒喜都告訴我了。」

我抓準機會套話，「她什麼時候跟你說的？」

吳深穆憤恨地說：「大概三、四天前吧，我朋友跟我說了在宿舍發生的事，我們在演藝中心堵到雀兒喜要她說清楚，她才跟我說其實愛麗絲精神出了狀況，她說她一直以為愛麗絲休學去治療，哪知道現在有人在學校看到愛麗絲，像個鬼一樣跑來跑去……該死，這都什麼鳥事情！」

「那雀兒喜呢？」我故意繞圈子問話，讓自己看起來不太在乎雀兒喜，「舍監一直問我她跑哪了，問得我都煩了，你如果知道就告訴我一聲，不然舍監一直想報警。」

再怎麼難搞的問題學生，也明白扯上警察事情會變得麻煩，我拿出舍監陳姐的名字，就是想嚇唬嚇唬他們，看能否逼他們自己說出雀兒喜的下落，可我沒想到，吳深穆回答意料之外的答案。

「啊？舍監問妳雀兒喜去哪了？不就是那個陳姐突然出現，說什麼禁止學生起衝突，就把雀兒喜帶走了，舍監現在是怎樣，想賴我們威脅要報警啊?!鬼扯！」

舍監帶走雀兒喜。

這是什麼意思？

吳深穆這話讓我搞糊塗了。據吳深穆說法，他和同夥去找雀兒喜質問愛麗絲的事，雙方談不攏起衝突時，被舍監陳姐制止了。可在那之後呢？舍監能帶雀兒喜去哪？懲處？輔導？這無法解釋雀兒喜為何五天不見人影。

線索指向舍監，我想有必要回宿舍找陳姐談談。

我欲離開時，吳深穆卻喊住我：「站住！妳幹嘛問我雀兒喜去哪了？妳不是跟她同寢嗎？我們跟她還沒完呢，她人呢？」他眼露兇光，身邊的同夥捻熄手上的菸，幾雙眼睛不懷好意瞪著我，幾個人繞到我後面，將我包圍起來。

我說：「你們圍著我也沒用，我不知道她在哪。」我努力保持面上平靜，心裡卻警鐘敲個沒完。

「少廢話。」吳深穆不理會。

若讓他們知道雀兒喜失蹤只怕會更麻煩，更不能讓他們認為我和雀兒喜要好，他們可能會拿我出氣，得找個理由糊弄他們。

吳深穆上回來找我時，我表現的對雀兒喜很反感，正好順著當時的印象演場戲。我回想第一次被同學找麻煩，遭無端牽連產生的怒氣，將當時的心情重現在語氣上。

我故意嘆很大口氣，用不耐煩的語氣說：「我說了不知道！我才想問舍監什麼時候才要讓我轉寢室，我跟雀兒喜・布朗每次見面都吵架，你如果有看到她，叫她不要再亂碰我的東西！」

我的說法順利混淆他們，幾名同夥紛紛向吳深穆看去，似乎拿不定主意。

我見機不可失，站穩立場說：「我話說完了，嚴老師還在等我拿資料給她，先走了。」將爵士樂的嚴老師搬出來讓我有些心虛，但如果不拿老師做擋箭牌，只怕會被他們強行扣留。

我冷著臉推開擋路的人時，他們沒有多加攔阻，直到離開教學樓，吳深穆那夥人都沒有追上來。

順利脫困了。我放鬆緊繃的肌肉。

知道雀兒喜最後是跟舍監陳姐走，我放心與困惑參半，放心來自她沒被有心的同學陷害，困惑來自她跟舍監離開後，為什麼沒有回來寢室？

也許雀兒喜只是待在安全地方避風頭？但願一切都是皮埃爾老師多慮。

我回到宿舍大樓，走進穿堂時看到清潔阿姨正在整理傑出校友照片牆，照片牆下貼著小牌子，介紹歷代校友的豐功偉業以及給後輩學子的勉勵。我看著牆上一張張的照片，心想也許哪天就會看見雀兒喜的照片被掛上去。

「嗯？」看著看著，我留意到牆上除了人像外，還有一些其他照片，從彩色照片一路到黑白老照片都有，顯示葉迦娣音樂藝術學院自創校以來，所歷經的各種歷史大事。

葉迦娣音樂藝術學院歷史近百年，期間培育出無數音樂人才，儘管現在已經開放讓一般學生憑實力入校，但在以前，只有家裡非常有錢的權貴子女才能就讀，學生各個都是富商名流、高官軍閥或海外留學生，是名符其實的貴族學校。

其中一張照片拍下權貴人士的合影，背景的校舍非常華麗，和現在的現代化建築完全不同，是一棟非常漂亮的裝飾主義三層洋樓，底下說明文字寫著「校長與軍事政要於禮德館前合影」。

清潔阿姨突然湊過來，「這張很漂亮吧，我聽說這棟洋樓以前是專門接待貴客的迎賓館，建材全是從海外運來的，可惜禮德館被地震震倒了。」

「真可惜。」我現在不想聊天，但又不好意思直接拒絕清潔阿姨，只能隨便應付。

清潔阿姨卻沒讀懂我的消極態度，她像是找到聽眾，開始講個不停：「據說以前還有軍方的人來長住過呢，妳想嘛，學校歷史悠久，說不定在我們不知道的地方，藏著前人留下的祕密唷，哈哈哈，當然這也是我聽說的，校內的神祕事可多著呢。」

我擺出敷衍的態度，但清潔阿姨擋著我的路，一直介紹每張照片的故事。

我臭著一張臉，偷偷在口袋裡按下撥號鍵，電話一接通，我立刻佯裝講電話，「喂？對，我在學校。」我假裝悶頭講電話，逃離清潔阿姨滔滔不絕的話匣子。

「——妳沒頭沒尾說什麼？」電話另端的皮埃爾老師說。

「抱歉，剛有人纏住我，我假裝講電話脫身。」我想既然都通話了，便將吳深穆的對話和正要前去找舍監的事，通通告訴皮埃爾老師。

皮埃爾老師很驚訝，電話那端說：「妳說舍監帶走雀兒喜？女宿的陳宴馨？」

我說：「嗯，幸好有舍監解圍，她是你們的人嗎？我現在回到宿舍，快到管理室了。」

皮埃爾老師喃喃自語：「舍監……對啊……舍監的話就能掌握宿舍內所有情況……居然忽略這麼明顯的事……我們都認為一定是內部學生，反而犯了大錯……」

遠遠的，我望見陳姐的身影，她交握的手置於腹前，像一位忠心的女管家，守候在宿舍大廳中心，迎接等待之人。邊窗的陽光透進室內，將她的形體照得半是明亮、半是黑暗。

線索聯繫到舍監，她肯定知道雀兒喜去哪了。

我加快腳步，同時對電話另頭的皮埃爾老師說：「我看到陳姐了。」

「等等！李蘋柔回來！」皮埃爾老師幾乎是用吼的。

皮埃爾老師的驚懼吼聲，和陳姐溫柔的聲音同時傳進耳裡。

皮埃爾急吼：「就是她！設置咆像的人就是舍監！她是賽蓮海妖！」

舍監微笑說：「啊，李蘋柔同學，我在等妳呢。」

五♪燈下黑

舍監陳姐，是我轉學後第一位親切接待我的人，也是第一位鼓勵我繼續努力的人。在我印象中，她總是優雅從容，在宿舍內經常能看見她巡視的身影，時而打理走廊上的花盆，時而整理交誼廳的擺設。

燈下黑，真相近在眼前，卻因打著燈拚命往外照，反而忽略最近的人。

我剛搬進宿舍時，所有行李都經由舍監之手，她有機會在我的包包放咆像，也只有她能光明正大在宿舍動手腳，就算被發現，也能辯稱是在整理宿舍環境，而不會懷疑她偷偷將咆像放置在各個角落。

當學生結束一天的學業，卸下心防回到宿舍休息，這是人心最鬆懈、最無防備的時刻，她利用自身職位，神不知鬼不覺傷害學生精神，讓人越來越焦躁不安，甚至發狂做出平時不會做的事。

仔細回想便很奇怪，雀兒喜偷溜進游泳池這麼多次都沒有被抓，保全系統和監視器不可能如此寬鬆，但若舍監早知雀兒喜的行為，一直暗中找下手機會，一切就說得通了。

每當雀兒喜在游泳時，舍監都在管理室內，用不懷好意的雙眼，監視她的一舉一動，一直看著，始終看著。

皮埃爾老師說過「愛麗絲為拆除宿舍的咆像，不慎聽到『聲音』導致發瘋」，將愛麗絲逼到發瘋的，是賽蓮的聲音。賽蓮，神話傳聞中，會在礁岩上以歌聲誘惑水手的半人半魚妖物，其姿態似人類女人，容貌絕美，聲如天籟。

那位賽蓮，正微笑著朝我走來。

我如同被蛇盯上的青蛙，僵在原地，無法動彈。

舍監陳姐露出和平常一樣的溫柔微笑，「這時間妳怎麼沒上課？翹課可不是值得讚揚的事。」

冷靜，我必須冷靜。不能讓舍監察覺我已經知道一切了。我該怎麼辦？該怎辦？快想啊，不要再發抖了！

我越想要讓自己鎮定下來，手反而抖得更厲害。

從前只覺得舍監優雅親切，可一得知她真實身分後，她的舉手投足看起來都十分有壓迫感，關懷話語如今聽來更像在探聽消息。

「李同學怎麼了？臉色這麼難看。」舍監的關心話，聽來像一種試探，她在觀察我的表情、舉止、說出的話，她將會從這些表現，去判斷我知道多少。

電話那頭的皮埃爾老師徹底沉默。他知道我暴露在敵人面前了，他會來救我嗎？不，遠水救不了近火，我不能指望他人來幫我，我只能靠自己，這世上真正會無條件幫我的人遠在倫敦。

腦海中浮現父母親的樣貌。

我急中生智，大膽扯謊。

我對著尚在通話中的手機，緩慢地說出每一個字，「喂？爸，你剛剛說媽媽她怎麼了，你再說一次……你說車禍是怎麼回事？」

我不是真正的演員，無法演出逼真淚水和足以說服人的反應。

可我現在面臨賽蓮的壓迫，身體自然而然做出恐懼和顫抖的反應，正好讓我的謊言更具說服力。

我避開陳姐的盯視，故意用微弱的聲音說：「媽媽呢？她會沒事對吧？爸你冷靜一點，別哭啊，你哭我也……」

舍監不發一語，她在判斷我的話是真是假，為找出更多線索，她主動靠近我，打算拍我的肩膀安慰，但我低下頭後退一步，用行動表示拒絕與她接觸，可舍監不放我走，她無視我抗拒的樣子，硬是上前抱住我的肩膀。我嚇得冷汗幾乎要滴下來。

陳姐語氣誇張地說：「我的老天！車禍？快告訴我發生什麼事！」

狀似安慰的動作，實際上近乎霸道地強扣住我。我用力掙扎，卻怎樣也掙脫不開。

「妳爸媽怎麼了？別一個人獨自承受，告訴我吧，我可以幫助妳。」我想低頭隱瞞情緒，反被她捧住下巴，硬是要我把臉抬上來與她直視。

她的臉離我好近，我在她的臉上讀不出任何想法，她嘴上說著很有人情味的話語，表情卻如同陶瓷人偶般僵硬。

這人果然是——敵人！

好可怕，但我不能別開視線，她會起疑。

我直視陳姐的眼睛，「陳姐……怎麼辦……」未免被看見來電通話者的名字，我趕緊將電話掛斷迅速收進口袋，我發抖著說：「我媽媽她……爸爸突然打給我……說媽……被車撞了……現在在醫院急救……要我做好……做好準備……嗚嗚嗚嗚……」我想像著萬一今天遭遇不測，疼愛我的父母該有多難過，硬是在臉上擠出悲傷情緒。

「怎麼會這樣，可憐的孩子。」陳姐抱住我不停拍著我的背。

得趕緊逃走！

我用最大的力氣推開陳姐，明確地說：「讓我回房間……我需要靜一靜……」

我粗魯地抹眼睛，退離開陳姐好一段距離，「謝謝陳姐關心。」

陳姐沒有出言挽留，她不發一語注視著我，盯得我頭皮發麻。

我往寢室的方向快步急走，我的手、腳以至於全身都抖得厲害，簡直是鬼門關前走一遭，現在已經知道敵人是誰了，我接下來得更小心。首先得先打電話給皮埃爾老師。

我摸進口袋。

裡頭的手機。

不見了。

「哦？原來妳也是海龍氏族的人，才除去愛麗絲又來一個新的，真纏人。」

我全身僵硬，透過大理石地板上的倒影，我看見自己恐懼扭曲的臉孔。我緩慢回頭，舍監仍站在原地，窗外的陽光照亮她的半臉，一面帶著和煦的微笑，另一面卻淡漠到近乎冷酷。

她手裡拿著從我口袋偷走的手機，螢幕顯示最後通話紀錄，是皮埃爾老師。

露餡了！

「別擔心，我這就帶妳去陪雀兒喜。」

舍監陳姐唇瓣微張，哼唱出不似人類能發出的美妙聲音。

我的靈魂受到聲音的吸引，進入一種無法言喻的舒適體驗，身體變得輕飄飄，心情異常愉悅。

可那僅僅是瞬間的錯覺。

舒適的感覺急轉而下！身體劇烈顫動，耳朵深處彷彿能聽見血液的沸騰聲、腦漿的流動聲、每一根頭髮的思想、皮膚毛孔的呼吸張合。

「唔啊……不要……別……啊啊啊！」

我無法克制的發出尖叫聲，口中發出惡毒的咒罵聲，我的嘴不是我的嘴，我失去對身體的控制權，失去……失去……

宇宙的聲音在這裡流動精神與大地結合，活著死去，還是，活活活活著，世界的念想與我合而為一，啊啊啊，美妙的海洋，生命在海中中中中中中……

你是凶手，我是凶手。用弓弦揮舞刀法。巴哈的皮鞋在莫札特的琴鍵上起舞，女武神的姊妹與卡門互相理解，比起巴松管應該選擇低音大提琴，用低音鼓與二胡作對像那叢林之戰。

高舉勝利的響板，在夜夜夜葉葉迦娣高歌歡呼雀兒喜布朗主演的血色舞會會會會會……

雀雀雀……

兒喜……

……

雀兒喜……

……

♯

不知經過多久。

我意識漸漸恢復，頭隱隱抽痛。這是什麼地方？為什麼這麼冷？空氣溼溼黏黏的，好不舒服。空氣裡有難聞的腐敗味，好像在夏夜裡悶一整天的海鮮廚餘，臭得叫人作嘔。

周圍過於漆黑，無法確定我是不是睜開了眼，渾身的力氣像被抽空，使不太上力氣。嘗試挪動身體，卻連站也站不起來。

「冷靜，妳身體無恙，別怕。」

我聽見一位女生在耳邊說話，很空靈、虛渺的溫和聲音，但我什麼也看不見。

「起來。」

癱軟的手臂被一個力道抓住，我從地上被拖起來。

「去幫雀兒喜，她需要妳。」

我站穩身子，眼睛開始適應四周景物，如同那聲音所言，我的眼睛沒有問題，是這裡太黑了。我身處在窄小的半圓形空間，天花板是弧形的，房內似乎放了很多雜物，空氣又溼又沉悶，似乎是個地下室？

「我們在哪？」我啞著聲音詢問拉我的女生。

沒有回應。

這窄小的空間裡，只聽得見我一個人的呼吸聲。

陳姐的真面目是賽蓮，我幫助雀兒喜的事情露餡了，她對我唱起陌生的歌，從聽到歌聲起，我的記憶亂成一團，好似被扔進攪拌機裡粗暴破壞，我一度覺得精神與身體快要分開。

在那之後，陳姐對我做了什麼？我現在在哪？這裡是學校嗎？過多久了？

黑暗中隱約有道光，看起來像是門縫透出的光線。我順著微光走去，走的時候一直踢到地上雜物，鞋子踩在積滿灰塵的地板上，發出沙沙的聲音。

光來自一扇門的縫隙。我嘗試用推的，門鏽蝕得很嚴重，變形的門板使門無法完全關上，這也讓我有了一絲生機，我用盡全力去推，卻只勉強推開一點點，那門的厚度竟和我的小指頭一樣長度。

光憑我的力氣不夠，我需要工具。

我跪在地上胡亂摸索，試著找尋可利用的東西，地板上擺著很多小裝飾，在摸索時被我撥倒不少，我把它們揮開，接著摸到像是鐵桿的物體，再順著鐵桿往上摸去，發現這是一張擺著雜物的鐵製折椅，我推開上頭的「布團雜物」，拉著鐵椅往門走去，將鐵椅的一角伸出門縫，運用槓桿原理撬開門。

門外的光透進來，照亮我身處的空間。

「啊！」我驚叫出聲。

被我推倒的「布團雜物」，根本不是什麼雜物，而是人。

那人裹著灰灰髒髒的大衣，滿頭亂髮像一團掉進煤灰的稻草。

她的周圍放了一圈咆像，我撥開的小裝飾原來是咆像，噁心的魚頭棋鼬牙裂嘴環繞著她，沒日沒夜地折磨她的精神。當我看清地板上全是咆像後，心裡一陣惡寒。賽蓮歌聲造成的混亂我親身體會過，那是一種令人絕望、無力反抗的精神暴力，一想到有人被獨自關在黑暗房間中，受這麼多咆像折磨，便感到十分悲傷。

她安安靜靜的，像個被拋棄的娃娃，已斷氣多時。

那人正是愛麗絲，被折磨發瘋的前室友。

剛才喚醒我的聲音，是她吧。

我低聲對失去氣息的女孩說：「我會帶妳出去的，等我。」

我小心翼翼走出門，門外是一條長隧道，很像課本上看過的防空洞隧道，在我出來的房間旁邊，還有一間房，裡頭隱約傳來機器運轉的聲音。

我扳開門上的鎖，繡蝕的鐵鎖發出「嘰」一聲，刺耳的聲音迴盪在隧道內。

門一開，大海的味道衝進鼻腔！

有瞬間，我似乎看見一頭巨大生物盤踞在房內。生物呈半透明，模樣像巨蟒又像神話中的龍，渾身鱗片閃耀著美麗的銀藍色澤。

但只有一瞬而已，眨眼時那東西消失了。

幻覺散去後，我看見一名長髮少女倒在地上。

「雀兒喜！」我驚叫。

她雙手被反綁，身體異常僵硬，雙目半睜無焦距，我拚命搖她，她卻沒有任何反應，簡直像斷線的人偶。

「不會吧？雀兒喜？醒醒啊！妳不准……」我不敢說出「死」字，好像只要說出來，我害怕的事情就會成真。

雀兒喜身上穿著我們吵架那天的衣服，代表說從那天起她就被關在這裡，獨自一個人，在幽暗的房間內，沒有食物也沒有水……

不要，我無法接受！我們找妳這麼久，不該是這樣的結局。

「雀兒喜！聽到就回答我啊！醒來！」

我拚命搖她。

「雀兒喜！」

雀兒喜的手抽動了一下。

♯

童話故事中的人魚公主，為什麼想上岸？

因為她愛上人類世界？

還是愛上王子，為了戀情不顧一切？

葉迦娣學院雙人寢室內。盤坐在床上的長髮女孩，放下手中的童話故事本，她冷豔的臉孔流露出一絲不解，她將心中的疑問拋給對側的短髮女孩。

雀兒喜問：「吶，李蘋柔。這本書的內容是真實的嗎？」

那天是週末午後，我沒有安排外出行程，留在宿舍裡用電腦逛網頁。那時對床的雀兒喜也留在寢室，她正津津有味翻看《安徒生童話集》，她似乎很喜歡，連日來反反覆覆一直看。

「不知道。」我當時正在看藝文期刊的話題專欄，內容提到當前業界趨勢，非常具有參考價值，比雀兒喜的童話疑問有吸引力多。

雀兒喜見我注意力不在她身上，她跳下床蹬到我旁邊，直接把書舉到我面前，像個要媽媽唸床邊故事的小孩，說：「就是這本，裡面的故事是真的嗎？」

我瞥了眼書籍封面。

居然問我《安徒生童話集》內容是不是真實，她認真的嗎？

我耐著性子說：「童話故事就是給小孩子看的故事，都是想像出來的。」

「這篇《海的女兒》也是假的？」

我想了想，回答：「安徒生的人魚公主故事是創作出來的。不過原型的人魚傳說就很難講了。千年來世界各地都有人魚傳說，為什麼同樣的形象會在不同國家地區流傳呢？以前資訊可沒那麼發達，很多地方幾百年來都沒有與外界通聯，卻留下一樣的傳說故事。」

傳說故事因虛實交錯而美麗，浪漫的藝術家千百年來不斷將想像力灌注其中，賦予傳說生物豐厚的骨肉，有如德布西筆下的〈Sirenes〉般，隨著時代傳唱，形象越來越具體，有時不禁讓人相信，傳說生物是真實存在。

雀兒喜眼神微變，「如果妳是人魚公主，妳會想上岸嗎？」

如果我是人魚公主，我會想上岸嗎？對人魚公主來說，人類世界是個完全陌生的國度，所有人事物都跟她認知的不同，在那裡沒有親人朋友，一切從零開始學習，甚至為了上岸必須付出慘痛的代價，毀去美麗的魚尾，每走一步都像踩在刀子上痛苦，如此沉重的代價換取在陸地世界生活，我會願意嗎？

我認真思考一番，回答：「我不敢。毀去自己的身體，去適應一個全新的世界，這件事對我來說很可怕。故事中的人魚公主一開始是出於對陸地的好奇，後來卻愛上人類的王子，在愛情驅使下離鄉背井，只為了再見王子一眼，如果沒有像她那樣強烈的動機，我不會選擇上岸。」

雀兒喜表情變得很複雜。

我納悶她在感慨什麼，我們只是在閒聊童話故事，對吧？為什麼她的表情卻像在聊她自己的事情。

「李蘋柔，妳說得對，如果沒有強烈的動機，上岸是非常可怕的選擇，要付出的代價很巨大，非常巨大。可換言之，一旦有強烈的動機，那麼上岸……就成了必然。」

雀兒喜闔上書本，美麗的眼眸凝視著我，她說：「我認為，人魚公主也許很想回海裡，可是她上岸以後，見到令她傾心的王子，她想起王子的一顰一笑，想起王子對她的體貼，想起王子和她說話的語氣，想起王子牽起她手的悸動，想起王子於烈陽下的英俊身影。人魚公主對王子的喜愛越來越強烈，最後，她變得捨不得離開陸地世界。」

現在想來，雀兒喜從一開始就嘗試對我坦承她的身分，用暗示和比喻，一點一滴將真相傳遞給我，是我在抗拒，我還沒準備好接受真實的她。

♯

幽暗的地下空間內擺了好幾台機器，每台機器都有風扇口，看上去像是抽風機，從進到雀兒喜所在的房間我就發現，這間房間特別奇怪，乾燥到連呼吸都感到刺痛。

我乾咳幾聲，感覺嘴唇都快要龜裂。

這間房間怎麼回事？為什麼要弄得這麼乾燥？

我抱起雀兒喜，讓她靠在我身上，她全身癱軟無力，虛弱地讓人難受。我不忍看她這般模樣，我所知道的雀兒喜是校園內最閃耀的存在，是舞台上最美麗的女主角，誰都不該剝奪她的光芒。

我對她喊話：「想想妳的夢想，妳甘願就這樣倒下嗎？求求妳，振作一點！雀兒喜！」

在我叫她名字時，她的手抽動了一下。

我喜出望外，「妳醒了嗎！」

她輕顫，艱難地說了一個字：「水……」才說完，她的身軀又軟了下去，彷彿有人暫時拉住她的操引線，但很快又斷裂失去聯繫。

我緊張地喃喃自語，「水……水……這裡沒有水……」得趕快把雀兒喜帶走，這房間太乾了，再繼續待下去會有危險。

我蹲下身將雀兒喜背起來，將她帶離那間異常乾燥的房間。

「得趕快出去。」我在黑暗的隧道內尋找出口，走了一陣子眼睛漸漸適應漆黑，我無法確認前進的方向正不正確，只能埋頭往前，走一步算一步，身上背著雀兒喜使我體力耗損得很快，走幾步就必須停下休息，隧道內迴盪著我粗重的喘息聲，時間無情地倒數著。

我邊走邊唸：「我們快出去了，撐著點，就快到了。」與其說是對雀兒喜說，更像是對自己喊話。

黑暗中無法判斷時間，我走了兩小時？一小時？或許才十秒鐘也不一定，腳下的路像無限延伸般，儘管我努力往前邁進，卻像是永遠走不到盡頭。我走的真的是正確方向嗎？會不會其實是反方向？質疑聲在腦中響起，我甩甩腦袋，強壓下懷疑的念頭。靠在肩膀上的雀兒喜仍舊一動也不動，我不知道還要走多久，照這樣下去，還沒找到出口，我的精神和體力會先撐不住。

「雀兒喜，我多少猜到妳和老師的身分了。」

就當我自言自語吧，我需要靠說話來轉移注意力。

「那天對妳發脾氣我很抱歉，老師在我包包裡找到叫咆像的東西，他說是那東西讓我變得暴躁，儘管是受咆像影響，我對妳說出很難聽的話也是事實，對不起。」

停下來休息的次數越來越頻繁。

「如果我們能順利出去，讓我……呼……有機會……呼呼……」

我感覺體力快要耗盡，每一步都走得無比艱辛。

「讓我有機會可以彌補妳……所以……雀兒喜妳要撐住……」

遠處出現微光，我終於走到隧道盡頭了。

盡頭是一座向上的水泥階梯，我幾乎是手腳並用，像動物一樣狼狽地爬上階梯。

接著，我聽到說話的聲音，聽起來像好幾個人在爭吵，隨著我越往上走，聲音越來越明顯，與此同時我也看到階梯的盡頭是塊長方形的門板。

我在門板上摸索，找到一處凹格，我抓住凹格使勁往旁邊推，明亮的光照了進來。

在黑暗中待得太久，我的眼睛一時無法適應強光，我閉上刺痛的雙眼，跪倒在地上。

舍監陳姐大吃一驚的聲音傳進耳中，「李蘋柔！妳怎麼有辦法出來！」

「妳閉嘴，把她壓好別讓她跑了！」皮埃爾老師的聲音來到旁邊，「做得好李同學！快！外面在下雨，快帶雀兒喜去外面！」

我眼睛還張不開，只聽見很多人的腳步聲往我們靠近，有人扳開我的手要帶走雀兒喜，我連忙將雀兒喜拉過來護住她，怕又有人要把她關起來。

皮埃爾老師的聲音放軟，「可以放開了，沒事，這裡都是我們的人，妳辛苦了。」他一改先前冷冰冰的態度，語氣出乎意料溫柔。

我氣喘吁吁對他說：「裡面……愛麗絲……把她帶出來……」

「好，交給我們。」我聽見有腳步聲穿過我，走進地下通道內。

我一手仍抓住雀兒喜的衣服不放，見我遲遲不肯鬆手，幾人索性帶我一起走。

等我終於可以把眼睛睜開時，我們已經來到室外。

天空正下著雨。

冰冷的雨滴落在我的臉頰上，涼意暫時驅散疲勞，使我獲得短暫的氣力。

扶著我的是位沒見過的金髮女人，皮埃爾老師抱著癱軟的雀兒喜走進雨中，他小心翼翼放下雀兒喜的腳，將她的手腳攤開，使她死氣沉沉的臉龐對著天空，她敞開身，沐浴在雨水的滋潤下。

雨水打在雀兒喜無神的臉龐上，奇妙的事發生了。

原本癱軟的身軀像被注入生命力，她開始大口大口地呼吸，雙眼逐漸聚焦，生命力重新回到她身上，她把雙手併攏在嘴邊，雨水落在她手中形成小水窪，她伸出舌頭拚命舔舐水，她實在太渴了，她等不及承接雨水，於是將手臂伸到唇邊，仔細舔舐沾在手臂上的水痕，一滴也不放過，她舔舐的模樣過於詭麗，以致於我無法將視線從她身上移開。

皮埃爾老師問她：「沒事吧？」

雀兒喜乾啞著嗓子回：「多虧蘋柔，即時趕上了。再晚一點我就連不回這身體了。」

皮埃爾老師皺起眉頭，「沒想到舍監才是賽蓮，她們氏族離水最久，行事也最謹慎，怪不得可以藏這麼久不被發現，她是怎麼知道我們必須靠水來維持『連軀』？」

「她拷問愛麗絲。」雀兒喜冷聲說。

皮埃爾握緊拳頭。

雀兒喜注意到我的視線，她對我露出微笑，伸手撫過我的臉頰，讓我知道她真的沒事了。她放軟聲音說：「我沒事，哪裡都不會去，鬆開手。」

我凝視雀兒喜恢復生氣的臉龐，心底一顆大石落下，聽話地鬆開她衣角，說：「太好了。」

雀兒喜對皮埃爾點點頭，老師放開雀兒喜讓她自行站立。雀兒喜站穩後，轉身面對我，神情堅定地說：「蘋柔，我欠妳一個恩情，謝謝。」

雀兒喜直接喚我的名字，被認同的成就感盈滿內心，整顆心像暖爐一樣熱烘烘的，我滿足地說：「妳沒事就好。」心情鬆懈下來後，疲勞感立即湧上。我說：「雀兒喜，愛麗絲她死了。」

「嗯。」雀兒喜臉色一沉，「我知道。那隻賽蓮特地帶我去看她了，她還說因為愛麗絲的精神很頑固，費很多時間才套出我身體的弱點。」

這段時間愛麗絲一直被賽蓮關在地下，面對咆哮日以繼夜的精神折磨也不輕易屈服，努力保護雀兒喜的祕密。

「愛麗絲妳真是……」向來孤高的雀兒喜露出難受的表情。

天空陰陰的，我們在雨中站了一會，沒有看到其他學生，皮埃爾老師說現在是清晨五點，快要天亮了。

和我失聯後，皮埃爾老師立刻帶人去找舍監陳姐，但舍監很狡猾，說什麼都不肯透露我們的下落，還要脅說敢傷害她，就永遠別想找到我和雀兒喜。皮埃爾老師等人無計可施，只能先把舍監陳姐扣押著，用最費時的地毯式搜索找我們，沒想到在雙方僵持不下時，我帶著雀兒喜自行逃脫了。

我聽完只覺一切脫離常軌，「沒想到學校地下藏著密道。」

葉迦娣音樂藝術學院歷史悠久，在漫長的歷史中占有一席之地，在某個時期曾是官宦子弟的藝術首府，保護權貴子女也是學校的責任，雀兒喜被關的地下隧道，是學校興建的避難密道，為因應緊急時刻，密道中設有兩間密室讓逃生者藏身。

我們逃出來的出口通往舍監管理室，密道另一端則通到從前招待貴賓用的洋樓——禮德館，該洋樓後來拆掉改建為現在的演藝中心。

皮埃爾老師轉向我，語帶誠懇說：「這次多虧妳，我們欠妳一份恩情。啊！還沒為妳介紹，這位是瑪莉・懷比恩，她是我妻子，也是我的『結心者』。瑪莉，她就是雀兒喜的新室友李蘋柔。」

妻子？原來老師已經結婚了？這麼說，外傳雀兒喜和皮埃爾老師的關係不一般，真的只是謠言囉？

太好了。

——我為什麼會覺得……太好了？

一開始，我只是對雀兒喜這位新室友感到好奇，她擁有無人能及的音樂才華，是閃耀的明日之星，她和許多學藝術的學生一樣有古怪之處，在藝術領域中，有怪癖的奇人不在少數，但雀兒喜的古怪卻有著一絲違和感，好似遵循和我們不同的遊戲規則。

我是什麼時候察覺她非正常人類呢？

或許，從我看到她的第一眼開始，就注定我們的命運將纏繞在一起。

我看向雀兒喜，她馬上回望我，她總是可以立刻發現我的視線。

雀兒喜說：「皮埃爾，我要讓蘋柔知道一切。」

雀兒喜卸去師生的身分掩護，直呼皮埃爾老師的名字，語氣中也透露出上對下的態度，也是此時我才察覺這兩人的關係與其說是同夥，更像是主僕。

皮埃爾老師點點頭，「妳想帶她去游泳池吧？去吧，我和瑪莉會處理好愛麗絲的事。」

我還沒搞清楚情況，雀兒喜已經握住我的手腕，領我往宿舍的方向離去。

她身體似乎完全恢復，許是心急，她的步伐走得很快，我跟得很吃力，身體發出疲憊的警訊，每走一步都像是拖著千斤重物。

好累，好睏。

「蘋柔？」雀兒喜回頭。

我腳一軟往前傾倒，直接摔進柔軟的懷抱，我們之間近到能聽見她急促的呼吸聲，她看我體力不支，牽起我的手，將我的手臂繞過她的肩頸，攙扶住我繼續走。我們兩人淋了雨全身都溼漉漉的，透過溼衣我能感受到她的體溫，她的溼髮掃過我的臉頰，夾雜雨水的青青泥土味。

迷糊中我脫口而出：「妳真該噴個香水，妳身上的味道好奇怪。」

雀兒喜先是愣住，隨後輕笑：「好提議，等事情告一段落我們一起去逛街吧，妳幫我選香水。」

在她的攙扶下，我們來到宿舍底下的游泳池。看到游泳池我就想起，雀兒喜曾把我拉進水中的事，當時不明白她為何這麼做，但是現在，我似乎懂了。

我說：「雀兒喜，妳不知道什麼是『溺水』對吧。」

雀兒喜點頭。

「在我族中不存在『溺水』的概念，我看到妳恐懼的樣子才發現做錯事了，我翻閱文書，拼拼湊湊得知你們只能短時間待在水裡，有些人類甚至懼怕水。」

「若用我們的說法，大概就像無法理解，有人會因為呼吸空氣而死吧。」我看她如此愧疚，試著用輕鬆的方式緩和氣氛。

她知道我怕水，每個舉動都顯得小心翼翼。

我握住泳池扶手，慢慢坐在地上。

「妳的鞋都溼了。」雀兒喜突然握住我的腳裸，將我的腳捧起來，動作輕柔地像對待一件易碎珍寶。

「雀兒喜，我、我自己可以脫。」我窘迫地想抽回腳，卻反被她按住。

「妳別動。」雀兒喜不理會我的抗拒，她拉下我靴子上的拉鍊，將溼透的靴子擺到一旁，接著連同我的襪子一起脫下，我害臊地想拒絕她的服侍，她將我反抗的手擺到一邊。

她說：「妳幫我大忙，我回饋妳是應該的，別拒絕。」她脫鞋時一直觀察我的反應，似乎想確認她沒有讓我感到不適，可她這番認真對待的舉動，早已讓我臉紅到耳根去。

我理智上明白，她怕造成跟先前一樣的誤解，才會如此關心我的反應，但情感上，我實在很難不被曖昧舉止動搖心神。

雀兒喜因為淋過雨，身上的衣物本就溼透了，她沒有脫衣服，直接滑入水中，我不敢下水，只敢用赤裸的腳丫子輕輕沾水，雀兒喜潛進泳池底部游了一圈。

按常理來說，一般人游泳會先深吸一口氣下潛，返回水面時換氣呼吸，但這些動作雀兒喜都不需要，她落水時無聲無息，從水中緩慢浮上來的樣子靜如鬼魅，由下而上抬頭望著我。

她用手指輕點我的足尖，手套的摩擦觸感使我忍不住縮了縮，她笑說：「人類的腳趾頭真可愛，白如貝殼，圓潤如珍珠。」

「妳、妳別說了。」我難以承受她的媚眼如絲，忍不住別過頭。

雀兒喜卸下她的手套，露出一雙布滿銀藍色鱗甲的怪異手掌，她用那雙手捧住我的臉將我往水裡帶，她的手好冰冷，鱗甲凹凸不平的詭異觸感緊貼著肌膚。和第一次進來游泳池時相似，同樣的場景，同樣的互動，不同的是，這回她將我的頭拉進水中時，我不再害怕了。

她說：「我要給妳看的東西在水裡，別害怕，有我在，我不會讓水中任何事物傷害妳。」

我任由雀兒喜將我拉進水裡，水浸潤我的衣物，使我變得和她一樣溼，好似將要和她同化，成為一體。

雀兒喜呀，妳是不是等不及，想把我拖進妳的世界？妳是否正在竊喜，在水裡埋伏許久，終於成功誘使我，心甘情願走入水中。

我屏住呼吸，讓雀兒喜將我拉進水裡，水很快淹過我的口鼻，我眼睛緊閉全身緊繃，雖已有心理準備，但身體還是下意識想抓住點什麼支撐，當我想伸手去抓住雀兒喜時，她卻放開了我，那瞬間我像被大人放開手的孩子，失去依靠的我在水中迷失了方位，若不是在水裡不能開口，我恐怕已經叫出聲。

「蘋柔，看我。」

我聽見她的呼喚聲，可我卻無法判斷她身處何地，聲音像是從四面八方傳來，既像山谷的回音，又像近在耳邊說話，我分不清楚她在哪，我拚命伸手摸索，卻什麼也摸不到。

「蘋柔，看我。」

「蘋柔，看到這樣的我，妳害怕嗎？」

「蘋柔，知道祕密的妳已經無法擺脫我們了，妳若離開，其他人就會殺了妳滅口。」

「蘋柔，聽話，看著我。」

我聽話睜開眼睛，剛開眼時，視野像重度近視般極度模糊，一道螢光落在我雙眼，突然間，視線變得好清晰。

我看見了。

雀兒喜・布朗的真面目。

一條銀藍色巨龍盤踞游泳池。

她的身軀又長又粗，幾乎擠滿整座游泳池，但我感覺不到實體存在，眼前的巨龍恍如幻影，身體看起來在這，實際上卻不在這裡。

她的龍眼睛幾乎跟我一樣高，如珠寶般閃爍著光彩，我感覺到她的笑意，我在打量她的同時，她也在欣賞我的反應。

她身體是半透明的，看上去很虛幻，若非她在水波中散發鑽石般的彩光，我一定會以為看到世間最美麗的幻覺。

雀兒喜，妳是故意告訴我祕密的吧。藉由告訴我祕密強拉我進入妳的世界，皮埃爾老師不想讓我牽扯，妳卻極力拉攏，妳到底在想什麼？

她的身軀沒多久就消失在水光中，像浮上水面的泡沫，轉瞬即逝，寬敞的游泳池中，只剩下我跟人類樣貌的雀兒喜互望，她笑得異常開心，眼彎如月牙，嘴角幾乎要拉到耳根去了。

「蘋柔，我終於可以對妳坦承我的一切了，從現在起，我們之間再無祕密。我一直在觀察妳，看妳是否有資格成為我的結心者，所謂結心者，就是我們在無水界最信任的對象……噢，我好像太心急了，還沒跟妳解釋無水界呢。蘋柔，我跟妳說一個故事，妳或許會聽不懂，也或許會覺得這和妳沒關係，但相信我，這個故事存在於我的過去，卻即將影響妳的未來——」

一切的開端，始於一位虔誠女子被殘忍殺害。

女子名喚瀅鎮，一出世便被賦予女祭的職責，來自一脈信仰海神的臨海村落，他們有自己的儀祭信仰和語言，自稱「海龍氏族眷屬」。

這樣異於常人的部族，很快就被當權者視為眼中釘。當朝為王者故意挑女祭瀅鎮開刀，直指她衝撞王的名諱，是大逆不道的禍女，更指責給她起名的父母是刻意嘲弄王，是試圖亂朝的暴民，整個部族容忍這禍女的存在，是卑鄙無法度的蠻族。

曾經豐饒的部族被軍隊大舉入侵，士兵們逢人就殺，婦孺孩童也不放過，整族死傷慘重，瀅鎮的頭顱被割下拋進大海裡，藉此嘲弄他們信仰的海神根本救不了她。

殘殺日那天，原本蔚藍的大海被鮮血染紅，冤死的靈魂無法瞑目，冰冷的血液使平靜的大海也發狂。

突然天搖地動，海面上掀起遮住太陽的巨大海嘯，淹沒整個部族，雖吞噬掉進攻的士兵，但也已經救不回逝去者的性命了。

那海嘯正是來自海龍的憐憫，所謂的海龍神並非神話中高高在上的幻想神祇，而是真實生活在大海深層的海民，海民們接納這支來自無水陸地的眷屬，賦予他們化身海龍氏族的能力，成為海中巨龍。

多數海民對無水界陸地不感興趣，雙方維持著互不侵擾的關係，只有海龍氏族特別親人，他們的眷族是人類，對無水界抱持著原祖情感，他們的存在成為無水界與海民之間的緩衝帶。

我聽完雀兒喜說的「故事」，過往無法理解的事全都聯繫在一起。皮埃爾老師自稱是人類，語感很像中文卻聽不懂是哪裡的語言，雀兒喜好奇陸地的一切，拚命讀書汲取知識，因為這裡是她的「根」。

大海是我們的起源。這句生物學的名言在她身上恰恰相反。

對雀兒喜來說，沒有水的陸地，才是她的起源。

六♪伴君如伴虎

回寢室的路很寂靜，我任由雀兒喜勾著我的手指，兩人花遮柳掩穿過走廊，宛如古典悲劇裡，不受世人祝福的戀侶，避人耳目於深夜幽會，唯有月光願意守望。

我沉浸在雀兒喜的垂愛中，輕飄飄的雀躍感使我有些得意忘形，我放輕腳步，低語：「我們最好小聲點，這時間在走廊上遊蕩，不太好。」

「擔心什麼，這時間大家還在睡覺。」雀兒喜聳聳肩。

看著這樣的她，我很是羨慕，她不在乎旁人如何抹黑她，總是昂首前行，縱然頂著巨大壓力和不能被發現的祕密，她依舊抬頭挺胸做自己，耀眼如太陽，傲慢如女王。若換作我置身她的處境，我肯定像隻誤闖伸展台的小老鼠，驚惶亂竄。

睽違數日回到寢室，雀兒喜長舒一口氣，撲倒在棉被團裡，從被團裡傳來她模糊的悶聲，「好累。」她從被團裡抬起臉，「蘋柔快換衣服吧，一直穿著溼衣會感冒的。」

我從衣櫃取出乾淨衣物，脫衣的動作卻猶豫了，從前同寢換衣服不覺得有什麼，現在我卻在意起雀兒喜的視線，不時偷瞄後方的雀兒喜，想知道她有沒有在偷窺我。

雀兒喜轉眼脫到只剩內衣褲，如墨汁般烏黑色的秀髮，更加突顯她白裡透紅的肌膚。窗外的小雨停了，青白色天光透過窗戶照進室內，雀兒喜微微彎曲的小腿沐浴在光中，赤裸的玉足染上一層柔暈。

「雀兒喜，」我聲音細如蚊吶，「妳轉過去好嗎？」但願她沒留意到我發熱的耳朵。

雀兒喜沒多說什麼便轉過身，我背對著她，脫掉溼淋淋的外衣丟進洗衣籃裡，明明什麼也沒發生，我卻覺得每分每秒都好尷尬，只想快點換完衣服盡快結束。

身後傳來衣物摩擦聲以及走動的聲音。

我不安地問：「妳還背對著我吧？」

「嗯，背對著。」雀兒喜的聲音出現在我正後方。

我還沒反應過來，便感覺後背有溫熱的東西貼上來，我大吃一驚，「妳、妳跑來貼著我的背做什麼？」雀兒喜與我背貼著背，她的長髮滑過我的肩頭，憑藉髮絲曲線，我無法控制地在腦海中勾勒出她的曼妙。

「我冷，想取暖。」雀兒喜帶點調皮的聲音在我腦後響起。

「妳別鬧……」我套上連身裙，用棉質衣物打斷她軟綿綿的任性。

雀兒喜在我背後偷笑。

我惱羞成怒，「笑、笑什麼？」

她用纖指戳了我的臉頰，笑說：「蘋柔變蘋果了。」我看向寢室內的穿衣鏡，發現整張臉紅得跟什麼一樣，羞澀的模樣尷尬極了。

「是、是因為溼衣服。」如此拙劣的謊言，連我自己都騙不過。

我躺回床上，看著貼在書桌上的課表，今天有必修課，有幾堂還是我很期待的內容，可我現在只想眼睛一閉睡到自然醒。

雀兒喜蹲下身，從床底下拿出一罐透明液體，她不避諱我的視線，開瓶喝了起來，我聞到淡淡的氯氣味，那果然是從游泳池取來的吧。

注意到我盯著她看，雀兒喜自己解釋起來，「別告訴皮埃爾，他若知道會唸我的。」

「妳喜歡這味道？」我問。

「這氣味跟我家鄉一種烈飲很像，我想家時會淺嚐幾口。」雀兒喜看了眼窗外，說：「今晚我們要把那隻賽蓮送回去，妳也來。」

稍作休息後，我們照常去學校上課，裝作什麼也沒發生。

望著迎面走來，嘻笑談論娛樂新聞的同學，我殘酷地想著：你們若知道今早宿舍底下找到一具屍體，還笑得出來嗎？

僅僅一個晚上，這世界突然變得好陌生，與我擦身而過的同學們，究竟是不知情的一般人？還是……海民？海民與普通人類難以分辨，他們很擅長偽裝，就好比皮埃爾老師和舍監，他們就是普通的宿舍管理員和學校老師，見面會問候我近況，會鼓勵我好好學習。直到他們洩漏身分前，我根本看不出他們非正常人，更別提舍監關心學生的同時，暗地裡卻在加害學生。

「怎麼了？」走在旁邊的雀兒喜拉起我的手，說：「妳在發抖？」

她口氣聽起來很驚訝，她似乎以為我足夠冷靜去面對這些事。

我的手抖得很厲害，自嘲：「沒事，我就是這樣，總是把情緒悶在心裡，等到身體撐不住才爆出來。」

她說：「妳害怕了。」

「多少有一點……緊張。」

她握緊我的手，低語：「放心，這所學校已經沒有其他敵對氏族，那隻賽蓮是最後一個，剷除她以後，這裡就是我們海龍氏族的勢力據點了。」

我問：「我今後會怎麼樣？」

雀兒喜回答：「蘋柔照常生活就好，我不強求妳要協助我。我不想妳變成第二個愛麗絲。」

提及前室友，雀兒喜像是想起某件事，她突然冷笑一聲，表情變得陰寒，她說：「愛麗絲確實是個不好的例子，但我更不希望我的蘋柔像第一位室友米蘭達那樣。」

第一位室友？

我問：「妳第一位室友怎麼了？」

「眼紅我的人很多，我已經很謹慎了，卻還是難防內賊。有人給米蘭達一大筆錢，要她在我的飲食裡下毒。」雀兒喜嘴上說得平靜，陰沉的表情早已洩漏怒氣。

「毒……」不敢想像雀兒喜至今為止經歷了什麼，如果連寢室的人都會害她，還有哪裡是安全的？

「我可以為了理想，為了同伴，容忍所有惡意與屈辱，但我無法容忍自己人背後捅我一刀。懂嗎？蘋柔。」

雀兒喜對我的好意，就像包裹在毒藥上的糖衣，香甜得讓我忘記她的本質。

她說得沒錯，這可不是什麼浪漫電影，這是現實，如果我做出危害雀兒喜他們的事，我的下場不會比愛麗絲好到哪去。

我不能當搞不清狀況的白兔。

想在龍的身邊活下去，我只能成為虎。

我深吸口氣，強打起精神來，讓她看到堅強的我。既使我怕得渾身發抖，怕得想立刻轉學，我也得逼自己微笑說出「沒事」，這兩個字是我的保命符。

「沒事，我可以。」為了不讓她失望，我笑著說出勉強自己的話語。

雀兒喜很滿意我的回答，「好，這才是我的蘋柔。」

她說我是她的蘋柔，這稱呼多麼霸道，多麼美妙。

好的，就依妳的意思吧，我至高的歌聲。

我詢問雀兒喜下堂課的教室，我與她都有選修義大利文課，卻不是同一個班別，熱門的課程因選修人數過多，得拆成好幾個班別上課，我是C班，而雀兒喜是A班。

「今天三個班一起上課。」雀兒喜說：「應該是要宣布『聯徵』。」

「聯徵？」

義大利文課使用的是弧形大教室，平時也會用做樂團練習，以往上課學生都坐很零散，今天擠了三個班別的同學，整間教室都是吵雜人聲。為了省下不必要的麻煩，我與雀兒喜裝作不熟，各自坐到不同位子。

我聽見前面同學在討論。

「今年的聯徵也是五天嗎？」

「喊得出名字的大企業都派人來了，系上學長姐都是畢業即就業，很少人到畢業才開始找工作。」

我一聽差點沒嚇死，艾森虹螢集團、法鵬藝術音樂劇團、鏡水月花專業音樂教室、崎宮商業與藝術雜誌……任何一間都是藝文界重量級存在。上週我才在藝文期刊上看見法鵬藝術音樂劇團的報導，他們一年下來面試超過三萬名應試者，卻只有三位可以成功進入劇團，光是通過初試就是一件值得寫進履歷的成就了，很難想像成功選上將是多大的榮譽。

「大家安靜。」義大利文老師朵卡司走進教室，她有個標準的穿搭，就是橫條紋上衣和米色長褲，不管什麼時候她都是這套。

如同學們的猜測，老師馬上就宣布下個月將舉辦「葉迦娣校園聯合徵選季」，而且今年更大場。朵卡司老師說：「往年總有企業夥伴，沒有徵選到想要的人才敗興離開，我們認為良性的競爭能逼出學生更多潛能，所以今年開始，將擴大開放『湘寒山藝術大學』和『瑯湖表演藝術大學』的學生一起參加。」

教室一片譁然。

本來就很難入選了，居然還加入更多競爭者，學校到底在想什麼？我不信校方不知道學生明爭暗鬥的事，每個月都有學生送醫，校方非但沒有要導正，還鼓勵大家繼續競爭。簡直像古代練蠱毒，看誰能在名為學校的蠱皿裡活下去，才夠格稱王。

「我若是妳就會停課一個月去避風頭，雀兒喜．布朗！」

不知道是誰先喊出這句話，接著整間教室都在竊笑。

輿論往雀兒喜身上聚攏，坐在前排的她沒有回頭，故作不在乎地拉整衣領。

「聽說她被室友下過毒，好扯喔，我要是她早休學了。」

「誰叫她那麼出風頭，看了就不爽。」

「去年聯徵她被整得很慘，今年又有好戲可看囉。」

盤踞在學校的惡意沒有徹底清除，遺毒仍在侵蝕雀兒喜的身軀。

面對公然挑釁，雀兒喜只是冷笑，「你意思是，我休息一個月你就可以追上我？」雀兒喜洪亮的聲音傳遍教室，她語氣不卑不亢，卻帶著不容質疑的威嚴。

教室瞬間安靜，最先酸她的那位同學臉色很難看，卻是半句也反駁不了。

朵卡司老師敲敲講桌，喝聲：「都別吵！誰有能力、誰無能，聚光燈下無所遁形。有時間搞小動作不如拿去多練習。開始上課！今天主題是貝里尼的歌劇作品《諾爾瑪》，這部經典義大利美聲，想必聲樂的同學們都練過好幾次了——」

我偷瞄雀兒喜，她神色如常，這點程度的挑釁撼動不了她，事實是，她的硬實力就擺在那，後頭的人想追也追不上，學業壓力、悔恨、痛苦和嫉妒，所有負面情緒被賽蓮的咆像放大，不費吹灰之力就讓雀兒喜成為眾矢之的。

但她沒有退縮，她如一堵屹立不搖的高牆，正面迎擊威脅，我好敬佩她的堅強，如果我也像她那般堅強，是不是就不會逃離倫敦。

我用完好的右手，握緊缺了兩指的左手。

被迫截肢的兩根手指，一指鋼琴，一指大提琴，我把它們連同我的演奏家夢想丟在倫敦，逃走了。

課堂後，老師發給所有人聯徵的簡章。

設計華美的文宣，密密麻麻的贊助單位，還有一整頁的新聞媒體名單，這麼龐大的活動規模堪稱年度盛事。今年的聯徵為三校聯辦，除主辦學校葉迦娣以外，另外兩所學校分別為：擁有豐富綜合藝術科目的「湘寒山藝術大學」，以及表演藝術最高學府的「瑯湖表演藝術大學」。

上網搜尋後得知，我們三間藝術學校被並稱為「葉山湖」，許多一線藝術家都是這三所學校出來的。

我翻開簡章的第四天行程，有場社交派對活動，且簡章內特別註明，將比照西方社交禮儀，現場會有樂隊演奏和國際標準舞蹈環節，鼓勵學生們藉機多跟外校生交流。

這次轉學來台灣我沒有帶禮服，我看舞會就算了，沒有認識的朋友，更不可能結識什麼外校生，去也只是在旁邊看而已。

就在我打消參加社交派對的念頭，離開教室往下一堂課走去時——

「妳願意和我一起去社交派對嗎？」

我望向聲音的方向，是雀兒喜。

她在邀我去舞會？怎麼可能，一定是在問別人。我看向左邊，沒人，又看向右邊，還是沒人，我不死心往後面看，怎麼還是沒有人。

雀兒喜直接走到我面前，問：「妳為什麼左看右看？」

我再次確認，「妳邀我去舞會？」見她點點頭，我愣愣地說：「舞會的國際標準舞是一男一女，妳應該去邀男生才對，我沒辦法當妳的舞伴。」

雀兒喜面露驚訝，「是嗎？」她看起來有點沮喪。

別說她沮喪，我也覺得很遺憾，「妳的條件這麼好，一定會有人來邀妳的。」雀兒喜有美貌又有實力，以她的條件絕對不缺舞伴，華麗的社交場合就是為了像她這樣的頂點人士準備的，在有著隱形階級的學院中，我為人陰沉又不喜社交，屬於最底層的人，那裡不是我該去的地方。

雀兒喜看起來很懊惱，好像這樣的規矩打亂她的計畫，我們肩並肩沉默走了一段路。

「那麼……」她提出折衷方案，「妳願意幫我挑選禮服和香水嗎？」

我受寵若驚，「由我來可以嗎？我沒什麼關注服飾流行，也不清楚現在流行的款式。」

「我不在乎款式。」她打斷我的話，「我只在乎它是給誰看的。」

我還在消化這句話的含意，她低頭看了眼時間，說：「椿月街還沒關。」便拉著一頭霧水的我往校門方向走去。

葉迦娣學院有許多住校生，生活採買仰賴學校附近的店家，出校門後有一條俗稱美食街的餐廳聚集地，供應學生日常所需。其他大學也有類似的美食街形成，不過，葉迦娣學院卻有一條特別的街區，是其他大學的商店街沒有的，穿過巷弄拐過兩個彎，會來到兩排裝潢特別有格調的店。

那便是「椿月街」，學生間俗稱精品街，街上有禮服店、西裝店、精品名鞋、香水……等應有盡有，每逢表演季這裡總是擠滿學生，平時也會有業界人士來採買。

椿月精品街外觀典雅復古，裡頭卻是陳列適合年輕族群的新型設計款，雖說面對的主要客群是學生，做工卻一點也不馬虎，有些價格比百貨公司專櫃還高昂，能養得起高消費精品街，葉迦娣不愧是前貴族學校。

雀兒喜停在一間店鋪前，說：「小百合洋服店是這裡最老的店家之一，外觀雖復古，賣的款式和百貨公司是同步的。」她口中的禮服店，門口高高掛著一款木製招牌寫著「小百合洋服」，帶著濃厚的日式情懷，陳列的玻璃櫥窗卻和倫敦的店家設計極為相似。

我隨雀兒喜走進店家，一套套美麗的現代禮服，被裝在禮服防塵套掛在展架上。穿著黑色西裝的中年女性從櫃檯站起，招呼道：「歡迎光臨，想挑什麼款式？」

溫暖的木褐色調如同穿過時光迴廊，黑胡桃木製的櫃檯上擺著玻璃鑲嵌燈罩桌燈，櫃檯旁擺著一座巨大座鐘，不知午夜時分，它會發出多麼迷人的鐘響。

除主廳外，櫃檯右側有一條老式迴旋梯通往二樓，在我們左手邊有一扇鑲著彩繪玻璃的木拉門，透過玻璃隱約能看見另一個空間。

雀兒喜將需求提供給店主，「我們需要參加社交舞會的禮服。」

「好的，是葉迦娣的學生嗎？有預算考量嗎？」

我正欲開口，雀兒喜卻代為回答：「沒有，合適優先。」

大致說明穿著場合後，店主拉開彩繪玻璃的木拉門，引導我們來到另一個空間，這裡陳列比主廳還要多的款式。

店主介紹道：「這排是季節新品，這排是今年巴黎流行的焰橘與藕粉色，這排是上個月雜誌專欄介紹的開襟設計款，這排的款式比較年輕，適合妳們這年紀的小姐。」

雀兒喜挑選一件橄欖綠色綾羅綢緞長禮服試穿，她拿起那件時我還有些擔心，這顏色不是每個人都駕馭得起。

不過，當雀兒喜走出試衣間時，事實證明我多慮了。

店主點頭稱讚：「好看，真好看！我很少遇見年輕小姐能撐得起這件。」

我走到暗色系禮服架，一件一件翻看，從中拉出一件縫製玫瑰花紋的黑色禮服。雀兒喜走過來，摸摸禮服的質料，觀察我的身型，說：「這件不適合妳。」

被她一說，原本還不賴的設計越看越老氣，我扁扁嘴：「妳幫我挑。」

雀兒喜為我挑出一件雪白色貢緞短禮服，裙襬長度落在膝上，第一眼給人俏皮活潑的印象，卻巧妙地在鎖骨部位設計若隱若現的絹絲材質，後背全挖空，嬌俏帶點小性感。

店主介紹道：「這件是貢緞質料，光澤感極好，它的亮眼處是背後設計，非常適合年輕小姐，設計也很合身，小姐試穿看看。」

我走出試衣間時，原本還在挑衣服的雀兒喜看到我出來，愣了一會兒。

我緊張詢問：「背後好涼，真不習慣……如何？雀兒喜，會不會很怪？」

「沒想到這麼適合。」雀兒喜認真打量著，「轉過去，我想看後面。」

我轉過身背對她，這件禮服後背是挖空設計，幾乎一半的後背裸露在外，從鏡子中能看見我的細窄肩骨成為背面視覺焦點。

雀兒喜突然摸上我的裸背，我嚇得縮了一下，心跳不自覺加快。

她低聲說：「脖子後領的設計容易皺起來，正面很好看，背面卻有些空。」

雀兒喜只是在看衣服的設計，我怎麼自己緊張起來，希望她沒注意到我的醜態。

店主聽了以後，走回櫃檯拿出某樣長條物，說：「這位小姐是短髮，脖子後面確實空了點。來，試試這條蝴蝶結綢緞。」

雀兒喜接過一條白色的長綢緞，繞過我的脖頸，在後頸處打上大蝴蝶結，剩餘的長帶子自然垂落，適當遮掩我的裸背，同時保留性感設計。

我望著鏡中宛如紅毯明星的人，差點認不出自己。

「很好，就這件。」

當我換完衣服出來要結帳時，店主卻指著走出店外的雀兒喜說：「那位小姐已經結清了，謝謝惠顧。」

我慌忙走出店家，想跟雀兒喜說我再把錢給她。

雀兒喜卻說：「兩件一起買有折扣，再說了，是我自己想看，自然是我買了。」

什、什麼呀！什麼妳想看！這說法也太容易讓人誤會了！

我拗不過她，只好賭氣說：「下次換我送妳。」

「呵呵，那麼，我們去看香水吧。」

雀兒喜拉著我來到一間招牌寫著「堇香堂」的香水店，這間店和上一間很不一樣，內部像咖啡廳。

店主是位穿著黃麻色羽織的青年，他邀請我們入座，並拿出一個大木箱放在桌上，木箱裡頭擺放各式各樣的聞香瓶。

店主熱情的介紹：「歡迎光臨堇香堂，我們提供客製化香水，小姐偏好花香、果香還是木質？」

我們試聞了很多香氣後，最後還是看往現成的香水瓶。

我拿起一罐標示夜來香的香水聞了聞，「雀兒喜妳聞這瓶。」

「這罐也很不錯。」她讓我試聞藍風鈴花香調的香水，優雅的香味令人迷醉。

「妳試試這個。」我把一款大馬士革玫瑰為基調的香水噴在她手腕上，玫瑰色澤鮮豔而高調，就像立於百花之上的女王，美麗又難以親近。

雀兒喜隨意聞了一下，表情看不出喜歡還是討厭，她淡淡地問：「妳喜歡這味道？」

「我的話，這瓶吧。」我拿起被擱在最角落的香水，它是以孜然、雪松和柏木調製的木質香，聞起來神祕內斂，讓我想起倫敦的老古董店，閉上眼彷彿能聽見牛津鞋的走踏聲。

店主眼睛一亮，「小姐是知貨人！這款評價極高，只可惜年輕學生不愛這個味道，調著調著就被推到角落去了。」

我試噴在手腕上。再次感嘆這香味真是美極了。

「瞧妳如癡如醉的，這麼喜歡？」雀兒喜拉過我的手腕湊近一聞，她挑眉面露讚賞，似乎也很喜歡這味道。

「如果有人噴這味道出現在我面前，我可能會愛上他。」

我沒想太多，脫口說出真實感想。

「哦？」

雀兒喜抽走我手上的香水，轉身對店主笑著說：「那，我要選這瓶。」

聽到她這麼說，我連忙藉口到店外，若不這麼做，我那紅到耳根去的羞澀心思恐會被她發現。

♯

回宿舍途中，我們在走廊遇見皮埃爾老師。

雙方對上視線的瞬間，有默契的往少人的地方走，確定周圍沒有其他學生後，皮埃爾老師對雀兒喜說：「計畫有變，今晚改成『院聚』。待會妳單獨隨我來，有其他事。」

聽見「院聚」兩個字，雀兒喜的表情瞬間變了，她說：「我想讓她去『院聚』。」

皮埃爾老師皺起眉，「妳確定？」

「確定。」雀兒喜回得很堅定，「我會留衣服給她，讓她先過去。」

今晚不是要遣送舍監嗎？換成「院聚」是什麼意思？我不安地想著。明明是討論我的事，我卻沒辦法參與話題。

皮埃爾老師說：「那我讓瑪莉陪……」

雀兒喜嚴肅地打斷他，「捰鱶懷鞁鷖傿鼃篿氅，鴈蠹鉈譯藻趭糆瀕，捰鶮謣靿礔煬的儆動匱駾樎的蠿蔞鍺。」

什麼？她說了什麼？為什麼刻意轉換語言不讓我聽？

皮埃爾老師有些惱怒，兩人大眼瞪小眼僵持不下，他們對於讓我參加「院聚」似乎有不同想法，而且刻意迴避不讓我聽，尷尬的氣氛直到上課鐘響才打破僵局。

臨走前，皮埃爾老師投給我一個意味深長的眼神，說：「『院聚』是我們的私人集會，會有很多族人去，妳自己小心點。」

「好。」我點頭是點頭了，但要小心什麼事情，完全沒頭緒。

雀兒喜拋下一句：「晚點宿舍見。」便隨皮埃爾老師離開了。

我望著她的背影，心中有說不出的酸楚。雀兒喜沒有要解釋那句刻意隱藏的話，明明說了我們之間沒有祕密的。每當我以為，我在她心中是特別的存在時，雀兒喜便會打破我的想法，與我拉開距離。

她就像一團迷霧，越是想靠近她，越是會掉入她精心布置的迷局，看不清事情面目，也走不出迷陣。

我懷著忐忑的心情，獨自走回宿舍，同學們有說有笑地從我旁邊經過，抱怨著老師上課沒重點讓人想打瞌睡，談論某位明星藝人的節目，交流臉部保養的技巧，就像什麼事也沒發生。

和那些談論日常生活的學生走在一起，我感覺像被隔離在世界之外。

我一直掛心愛麗絲和舍監的事會不會被發現，但事實卻是，沒有人提及，也沒人注意到，那位早上總會在宿舍大廳跟同學道早的女士，不知何時消失了。

宿舍大廳的咖啡機是陳姐每天都會報到的地方，她有一個經常使用的雪白色馬克杯，我還記得上頭用中文寫著「人生無常」的字樣，早晨她會用那只馬克杯，盛滿又香又苦的黑咖啡，一邊細細品嚐，一邊和同學們打招呼，那只馬克杯她總會放在咖啡機旁晾乾，如今那杯子也不見了，原本放置馬克杯的位置，改成一壺粉紅色保溫瓶，不知是誰的。

「晚安同學們，上完課很累了吧，不要熬夜喔。」

從宿舍管理室傳來親切的問候聲，卻不是陳姐的聲音。

走在我旁邊的女同學咦了一聲，說：「新舍監嗎？陳姐呢？」我順著她們的視線望過去，宿舍管理室前站著一位中年女性，面容看上去有些年紀了，但保養得宜的體態，令她看起來比實際年輕。

是瑪莉・懷比恩，皮埃爾老師的妻子。

瑪莉穿著一件粉紅色針織衣和白色長褲，她讓我想起幼時照顧過我的保姆太太。我與她對上眼時，她正拾起一條髮圈，將金色長髮高高束起。

她的聲音極富親和力，說：「我是新來的舍監，同學們可以叫我瑪莉。陳小姐有事請辭，今後由我擔任舍監一職，請多指教。呀！同學你喜歡餅乾嗎？我不注意烤了太多，要不要來一點？」

幾位同學很快就被她的親和力感染，開心享用她端出來的小餅乾，沒兩三下就聊起天來。我遠遠看著瑪莉手上的小貓造型餅乾，絲毫不敢靠近。

陳姐被暗中除掉，瑪莉是被安排來接替陳姐位置的，和同學們打好關係，想必也在她的計畫之中吧。就像一盤黑白棋，奪取敵方領土，強制把對手的棋子轉為自己的棋子。

瑪莉軟綿綿的嗓音像團棉花，容易讓人卸下心防，對她產生親切感，她說：「有什麼事隨時找舍監商量，任何事情都歡迎。」

我等周圍同學離去後，用我們兩人才能聽得到的低語說：「任何事都可以商量？包含『院聚』？」

瑪莉似乎早料到我會這麼問她，她走近我，說：「妳知道院聚的『院』是什麼意思嗎？」

我搖搖頭，隨口胡謅，「在院子裡聚會？」

瑪莉輕笑，細心為我說明，「他們的社會結構和我們不同，以區域劃分為例，國家、縣市、地區、家庭等單位。換到他們的結構則是層域、氏族、院、房等稱呼，這樣妳能理解嗎？」

好像理解，又好像不理解。

看我沒多作反應，瑪莉似乎有些擔憂，她認真說：「就當作我雞婆吧，接下來說的話，是出於同為『人類』的建議。賽蓮固然狡猾，可海龍也不是什麼善類，他們比其他海民更親近人類沒錯，但再怎麼親近，終究不是同一類，不能用我們認定的道德常識去設想海龍的行為。」

我保持沉默。

瑪莉繼續說：「在妳成為『結心者』以前，他們會不斷試探妳夠不夠格，甚至不惜把妳推入危險。我願意冒著生命危險走到現今這步，是因為我深愛著路易，可是妳呢？只是為了一個室友就要賭命嗎？」

賭命。多麼沉重又現實的形容。

瑪莉低聲說：「好好思考什麼才是妳要的。」她停頓了一下，左顧右盼再次確認周圍沒人，才說：「和雀兒喜在一起是危險的決定，她是將來要成就大事的人，她對自己嚴厲，也會用同樣的標準去對待身旁人，妳要當心不要被她牽著鼻子走。」

我多少……有猜到是這麼回事。我總是能在雀兒喜大方展現熱情的同時，看到她眼底冷冽的寒意。就如同這次一樣，我心裡有種預感，她打算將我置身險境。

瑪莉端詳我的臉龐，說：「海龍氏族只要有了『結心者』就可以降低對水的依賴，外表也會完全轉化成人類的樣貌，不會留下像她的手那樣的痕跡，但她遲遲沒有選擇『結心者』，路易提醒過她，沒有『結心者』會使她特別脆弱。」

我還來不及細問，後面傳來規律的腳步聲，每一步都很穩，不疾不徐，屬於雀兒喜的步伐。果然瑪莉馬上抬頭，對我後方的人微笑。

雀兒喜很自然的挨到我身邊，問：「聊什麼？」

「沒什麼，聊些前人經驗談。」瑪莉笑著回答，端出餅乾說：「吃點再走吧，今晚會很漫長。」

我不是很想吃，雀兒喜卻快一步捏起一塊小餅乾，遞到我嘴邊，帶著不容反抗的強勢說：「吃吧，瑪莉的手藝很好。」

在我猶豫時，雀兒喜把餅乾強塞進我嘴裡，她帶著手套的手指壓在我的唇瓣上，我沒辦法，只好乖乖伸出舌頭捲走餅乾，捲走時舌頭不經意碰到她的手指，她看著我的眼神微變，明明已經餵完餅乾了，卻沒有抽回手的打算，甚至刻意摩搓我的唇瓣，她用冰涼的指腹勾勒我的唇線，戀戀不捨游移著。

她的眼神很鋒利，像是盯上獵物的猛獸，帶有強烈的侵略性。

雀兒喜，妳在想什麼？

我被她看得很不自在，緋紅浮上雙頰，熱得發燙，這餅乾是什麼味道，我都吃不出來。

她將我的反應盡收眼底，露出一抹得逞的笑容，這才甘願放過我的唇瓣，她抽回手時因為沾到我的唾沫，手指牽出一線曖昧的痕跡，她毫不在乎的伸手再拿了一塊小餅，當著我的面將餅乾連同沾到唾沫的手指一起放進嘴裡，滿意地品嚐著，如同品鑑頂級佳餚。

雀兒喜心情極好，說：「走吧蘋柔，和我回寢室。」

七♪海民院聚

雀兒喜讓我先進寢室，在我身後把門鎖上，她彎起嘴角，壓住我的肩膀，把我慢慢推往床緣。

「緊張嗎？」她用迷人的嗓音問。

「我該緊張嗎？」我順著她的意，乖巧坐到床緣，仰頭等待她。

她輕笑，轉身走到窗前，將窗簾拉上，室內一下子變得很暗，黑暗放大所有感官，耳邊傳來雀兒喜走來走去的聲音，想像著她看我的表情。

雀兒喜取來一條深色長絲巾，站到我身前，居高臨下垂視我，充滿控制欲的雙眼像蛇一樣，從我的裸足爬行，緩慢游移而上，順著我裸露在外的雙腿，狠狠穿過腿心，滑過輕顫的小腹與滲出汗滴的雪峰，在鎖骨一帶流連忘返，最終抵達我發熱的臉。

我兩手撐在身後，高高仰起頸子，用行動表示歡迎她對我做任何事。

雀兒喜呼吸變得急促，「蘋柔，妳真是……別這樣看著我……」

她的聲音很壓抑，換我揚起得逞的笑容。

雀兒喜傾身而來，她美麗的臉龐向我靠近，我瞇起眼，聽著我越來越快的心跳，她的唇就快要落在我身上了，只要再靠近一點、再勇敢一點，我就快要擁有她的吻了。

但，她在最後一刻抽身了，她急忙摀住自己的唇，表情充滿懊悔，好像她差點犯下不可挽回的錯誤。

我難掩失落。

「戴在眼睛上。」她別開視線，將長絲巾在我眼前展開，絲巾只有一指寬，我撫摸它，細細感受指尖傳來的觸感，它幾乎沒有重量，輕如鴻毛，摸起來像絲，顏色好像是墨綠色，微皺的樣子讓我聯想到水草，細看會發現絲布上有點點螢光。

我暗自期待，雀兒喜為我戴上絲巾後，會擁抱住毫無反抗能力的我，犒賞我的乖巧。

「我說的話妳都會照做，對吧？我的蘋柔？」

但這是雀兒喜的甜美陷阱，她所有舉動都是別有用意，她故意用曖昧的舉止，誘使我做出她想要看到的結果。

「這是進入院聚的入場票，妳戴上後，意識會脫離妳的身體，進入院聚的領域。」雀兒喜見我很吃驚的樣子，補充說：「沒什麼好意外的吧？我們能橫跨大海，用陸民的模樣在陸地上生活，使用的是相似的技術。聽好了，進入院聚後妳身上穿的識別衣服代表『海龍氏族』，其他氏族也會穿他們的識別服。」

「妳打算讓我獨自面對？」我說，聲音有些緊繃。

「對。」女王大人殘酷地說。

我深呼吸，盡可能平靜地說：「我的身分去集會沒問題？我不是妳們族人，也不是妳的……那個……『結心者』。」

我的問題隱含「我們之間是什麼關係」的疑問。我想知道她是懷抱什麼心思，讓我去參加他們的集會，她為什麼讓我一個人去？為什麼不和我一起出席？很想直接問出口，卻又擔心問煩她，心中暗自期待，能從她優美的唇瓣中聽見「我很看重妳」這樣的甜蜜回應。

但，她表情沒有任何變化。

「有穿這件衣服就沒問題。」她輕巧帶過，不給出任何承諾，「還有其他問題嗎？」

我壓下情緒，改問：「院聚是什麼？」隱隱覺得，現在的我只夠格提出這個問題。

「我族來到無水界陸地後分散在各地，彼此為了共同的目標而努力，院聚是每隔一段時間就會舉行的交流集會，我們可以在院聚時交換情報，互相慰問彼此生活近況。」

「無水界。」我複述她的話，咀嚼這詞產生的背後故事。

「妳知道我們怎麼來無水界嗎？長遠歷史中，為什麼海民與陸民從來沒有交集？」

我順著她的話延伸，「我們礙於身體限制，無法深入探索海洋每一處，現今對海洋的了解還不及百分之五，在這樣的前提下，海中有未知的存在不足為奇。但說真的，很多人不相信海下有跟人類一樣高智商的存在。」

「呵呵，這點我們很相似，海民中也有很多人不相信無水界有居民，他們的老舊觀念中沒有水的地方是無法存活的，我們住的『層域』距離陸地非常遙遠，為此我族研發出一種名為『連驅』的技術，它的原理是讓我們的意識暫時脫離原本的身體，連結到無水界陸民的肉體，這樣我們就能在不跨越距離的情況下於無水界生活。」

她讓我躺在床上，將那團墨綠色的絲巾蓋在我眼睛上，說：「我和皮埃爾有些事要處理，晚些才會過去，在那之前妳可以隨意走走，我們會合後會帶妳離開。別擔心，妳的肉體留在寢室內，在院聚中發生什麼事都不會影響妳的身體。」

我握住她覆在我眼睛上的手，她沒有避開，隔著手套布料，我隱約摸到她冰涼的鱗甲，有些話在出發前我必須說：「雀兒喜，這是妳對我的考驗？」

她沒有回答，我視為默認。

「我知道妳隱瞞我很多事，卻仍願意隻身去院聚，妳想過為什麼嗎？」

我感受到她的困惑。

「我想更認識妳。」我必須想清楚，我是為了什麼要走到這一步。

她的手僵了一下。

「去院聚這件事，不是我照著妳的計畫走，而是我出於自身意願，想更認識妳，我想知道妳來自哪裡，想知道妳的族人都是些什麼人，我想知道，有關妳的一切。」

雀兒喜移開覆在我眼睛上的手，我看見她欲言又止的複雜神色，原來她也會露出這樣的表情啊。她深吸一口氣，表情不再像剛剛那般刻意，她看著我的眼神變得溫柔了些。

「我的夢想不是一條輕鬆的路，我得確保身邊的人都能跟上，蘋柔去了院聚就會明白，妳會更認識真實的我，但願……妳不會選擇離開我。」

那團墨綠色絲布突然延展開來，轉瞬就覆蓋住眼睛，在雀兒喜指示下，我躺在床上靜靜闔上眼，她坐在我身旁，輕哼著不知名的歌。

我的意識逐漸朦朧，身體變得輕飄飄的。我能感覺到遠方傳來呼喚我的歌聲，那聲音很親切，吸引我前往那一端的世界，唱歌的人越來越多，聲音有男有女有老有少，大家都唱著同一首曲子，想著同一個歸處。

當我睜開眼時，我已經不在學校寢室內了。

我身處於一座異國城市，街上滿是穿著墨綠華袍的人，他們用陌生語言熱烈交談，歡快的語氣好似所有人都彼此認識。

此前我以為院聚就是私人小集會，在我侷限的想像中，大概是十幾、二十幾人聚在一起的場面。這樣的既定想法，在看到成千上萬的墨綠衣袍人後被顛覆。

我涉入的世界，遠比想像中複雜。

這座異國城市樣貌很奇怪，建築物又細又高，有蓋得像珊瑚礁一樣開枝散葉的，也有如礁岩的巨型建築群，好似完全不需考量地心引力。地板不是常見的磚瓦石板，而是混入貝殼碎屑的泥板。天空看不見雲朵，呈現藍綠色的混沌，像濃稠的墨汁，隱約可見翻滾的水波，實在很難形容那種詭異的違和感。

天上落下雨水，幾滴細雨演變成大雨，大雨變成暴雨。街道上所有人，對著下雨的天空發出歡呼聲，他們開心地淋著雨，嬉笑聲比剛剛還要雀躍，好像下雨不是什麼壞天氣，而是使人興奮的好日子。

我看見下雨了，反射性走到最近的屋簷避雨，卻不料整條街上只有我一個人這麼做。

我格格不入的行為馬上引來注意。

「舂諚麼咯亹鉇嚜颮瓓齬？」

有個人走近我，劈頭就對我講了一串聽不懂的語言，對方看我沒有反應，原本放鬆的姿態緊繃起來，周圍人也發現我的異常舉動。那個人越來越靠近，他每往前踏出一步，我的心跳就加快一個幅度。

我靈機一動，舉起手朝那人後方大幅度揮手，佯裝成跟某人打招呼。那人困惑轉頭看去，我抓準時機，立刻閃進人群中快步離開。

雨勢不弱，伴隨呼嘯而過的風，幾近暴風雨的狂烈，我觀察周遭海民，模仿他們的動作，假裝自己很享受被雨淋。我走得很急，穿戴墨綠色華袍的海民個個歡喜高呼，他們越是享受雨水的滋潤，越凸顯我的違和感，我內心警鐘狂響，暗自祈求不要有人注意到我。

耳邊傳來奇異的歌聲和深海的語言，整座城市蒙上一層暗色。倘若這是一場集結世界各地海民的聚會，那麼在場看見的海民，都是已上岸的真實存在，對吧？

海民已侵入我們的世界了。他們模仿我們的樣子，從小地方一點一滴滲透我們的生活。

我所處的世界，未來會變得怎麼樣？

雀兒喜的夢想，難道是……

肩膀突然搭上一隻手！

剎那間，時間好似暫停了，周圍的奇異歌謠停下來，交談的聲音消失，只剩下大雨嘩啦啦地繼續下，不知是出於害怕，還是有股力量限制我的行動，我全身僵硬動彈不得，我轉動眼珠子，眼角餘光瞥見肩膀上放著一隻雪白的玉手，那隻手是人類樣貌的手，膚色白如初雪，姿態優美如古代石雕藝術品，美得不似人間之物。

「旎骸轐爽癤嫯褶諚彗讟牸鯟趾？」

身後人的聲音很輕很柔，空靈地有如黑夜中的銀鈴。

我沉默不敢回話。

說話者看我沒有反應，她更改說出來的語言，變成我聽得懂的中文。

「妳還不是結心者怎會獨自來此？」

身後人的話講完沒多久，周圍的人群騷動起來，他們散發強烈排外感，將我視作扎進肉裡的銳刺，恨不得盡快拔除。我被團團包圍，阻擋所有去路。

與其乖乖被抓住，不如奮力一搏。

我用手肘打了身後的女人！那女人沒想到我會出手攻擊，我抓準她放鬆力道的那刻，脫掉被她抓住的墨綠衣袍，拔腿就跑。

不知道誰先發出一聲憤怒的喝斥。

「趿瀧擀打僌陎伽欽……」

一聲、二聲、三聲……越來越多人唸著同樣的話。

趿瀧擀打僌陎伽欽……趿瀧擀打僌陎伽欽……

趿瀧擀打僌陎伽欽……趿瀧擀打僌陎伽欽……

趿瀧擀打僌陎伽欽……趿瀧擀打僌陎伽欽……趿瀧擀打僌陎伽欽……

我跑沒幾步，便被人一拳打在肚腹上，還沒等我求饒，又是一腳狠狠踢在背上，我一頭撞上地板，地上的積水嗆進鼻腔，我痛苦地劇烈咳嗽，但他們不給我緩氣時間，有人把我的頭髮用力往後扯，又是一陣暴打。

這到底是什麼樣的惡夢，我為什麼在這裡受苦？

我的頭被按壓在地上，只能直視前方的我，看見一雙雪白的裸足朝我走來，裸足的主人在我前方蹲下來凝視我，我看見一雙雪白的手臂，軟綿綿地垂在黑色裙擺上。那位女士的衣著跟其他海民不同，樣式格外華美，她頭戴垂至胸前的黑色薄紗，宛如黑夜的新娘。

頭戴薄紗的女士身旁圍著許多海民，海民們對那位女士特別恭敬，彎著腰、高抬手，對女士表現出卑躬屈膝的模樣，相當關切女士的傷勢，面對這些擔憂，女士舉起白玉般的纖細手指，搧動兩下，所有人立刻退開。

雨漸停歇，大風吹過。

女人的頭紗被微微掀起，我看到她的臉——是雀兒喜。

怎麼會是妳？為什麼？

妳竟眼睜睜看我被當過街老鼠毆打？

一股無名火燒起來，我怒吼：「雀兒喜！」我感到被背叛，恨不得衝上去抓住她的衣服，質問她為什麼要這麼做。

為什麼？為什麼妳可以待我溫柔體貼，卻又狠心讓我遭遇暴力？為什麼為什麼？我不理解妳在想什麼？

雀兒喜，妳怎麼可以這樣對我！

我全身無法使力，撕心裂肺的劇痛燃起憤怒的烈焰。我的雙腳被硬生生打斷，小腿被向外凹折成可怕的九十度角，肋骨被踢斷了好幾根，彷彿從高處直墜而下的人偶，碎得無一處完好。

「雀兒喜」朝我走來，從黑色薄紗下伸出白皙的雙臂，溫柔地將殘破不堪的我從地上捧起，如珍寶般深深擁進懷中，我怒視她的臉，卻見她神情慈祥，眼中流露出悲憫，像極了聖母的慈容。

「雀兒喜」對我說：「待在我身邊，我才能保護妳。」她一遍又一遍撫著我的頭，如母親呵護嬰孩。

我咬牙瞪著她。
她空靈的聲音說著安撫人心的話，「大家人其實不壞的，是妳先做了錯事，突然攻擊身為『瀅鎮之首』的我，大家為保護我才會對妳動手。冷靜點，妳的身體不在這裡，這裡受的傷不會影響現實，別擔心，一切都會沒事的。」
她無視我怨恨的目光，抬手制止還想要上前的人群。
她頓了一下，語帶笑意說：「她來接妳了。」
我順著她的視線望過去。
人群的另端傳來騷動，有兩道身影朝這走來。他們地位似乎也很高，周圍的海民見到他們都退後讓道，兩人皆穿著墨綠衣袍，我認出其中一人是皮埃爾老師，而跟著皮埃爾老師一起來的另個人——是雀兒喜。
咦？
如果那是雀兒喜，那現在抱著我的「雀兒喜」是誰？
抱住我的「雀兒喜」繞著我的頭髮玩，用僅有我們兩人聽得到的音量說：「可憐的孩子呀，妳認錯人了。來，妳再看仔細點，我真的是妳的『雀兒喜』嗎？」
眼前的「雀兒喜」有著一雙如雪般白皙的纖細手指，她用手背輕撫我的臉龐，溫暖的手與雀兒喜冰涼的鱗手完全不同。
這麼一對比，違和感漸漸浮現，黑薄紗女士的臉和雀兒喜分明同個模子印出來的，可兩人展現的氣質完全不同。若說雀兒喜如幽深的大海般難以捉摸，眼前的黑紗女性就像披著黑色禮服的聖母，慈祥中透露著異樣感。

這是怎麼回事？為什麼會有兩位雀兒喜？

遠方的雀兒喜拋下皮埃爾老師，推開人群快步朝我跑來，我一看到她的臉就很想大哭，若非身體動彈不得，真恨不得撲上前用牙撕咬她的頸子，讓她用皮肉感受我的心有多痛。

「雀……咳！」我一張口，鐵鏽的味道從喉頭湧上，溫熱的液體從嘴角流下。

我曾想過獨自前來可能有危險，但心裡某處仍相信，雀兒喜知道她在做什麼，想更了解她，就得照著她的劇本走。對她的迷戀使我盲目，會導致這樣的結果，只能說是我的愚蠢與錯信。

雀兒喜的臉色很難看，她瞪向周圍的海民，那些海民被她狠瞪，嚇得連連後退，卑躬屈膝低唸著聽不懂的語言。

「把她還我。」雀兒喜朝我伸出手。

黑紗女沒有要放開我的意思，她直面雀兒喜，指責道：「才害死前一個，又想重蹈覆轍？」

雀兒喜的手僵在半空中。

黑紗女掀開面紗，露出和雀兒喜一模一樣的臉，「妳上來無水界的時間還短，很多事情還在學習，這點我能體諒，但有些錯誤……」她瞥了我一眼，「一旦犯下便無法挽回。這孩子不久前連我們的存在都不知道，這還是妳告訴我的，不是嗎？妳喜愛她，就該珍惜她，而不是用加諸痛苦的方式逼她跟上妳的腳步。」

雀兒喜想從黑紗女手中把我抱過去，但黑紗女卻退後一步，雀兒喜皺起眉，說：「裹鶩橡鰤，妳都沒變。教訓我的口氣，和從前一樣。」

黑紗女輕駁，「我已經不叫裹鶩橡鰤了，從我上岸進入無水界，我的名字就叫露娜，妳也已經不是從前的妳了，不該記著過去的名字，別忘了我們都是誓言捨棄過往，才成為『瀅鎮之首』。」

「我沒忘記誓言，露娜。」雀兒喜平靜地說。

自稱露娜的黑紗女點點頭，說：「沒錯，這樣想就對了，回去後和這孩子好好談談吧，盡快選定『結心者』，妳才不會這麼軟弱，其他人都已經步上軌道了，妳也得趕快跟上，別忘了，時間一直在倒數。」

這次雀兒喜要接過我時，露娜沒有避開。

我悲憤地問：「妳知道會這樣？」

「是。」她說，聲音冷靜到近乎冷酷。

「為什麼？」

「我要讓妳知道，想得到我，妳得付出什麼樣的代價。」

雀兒喜的臉孔彷彿扭曲成怪物，她發出猙獰的狂笑，尖爪刺穿黑色手套，將我對她的信任狠狠撕碎。

當雀兒喜碰到我的身軀時，她身上的衣袍像活了一樣，撲過來將我層層包圍，痛感逐漸麻痺。自稱「瀅鎮之首」的露娜、看不清面容的海民們、詭異的異地城市……等景物逐漸消失，視野陷入黑暗——

我睜開眼睛，從床上彈坐起來。

回到寢室了。

有東西從臉上滑落，是那團像絲巾的墨綠色東西，恐懼感衝上來，我甩開那團可怕的東西，用棉被包住自己，寢室內有著淡淡的沐浴乳香氣，以及待洗衣物的汗水味，是屬於正常世界的味道。

太好了，離開那個可怕地方了。

身體仍記得骨頭被硬生生打斷的觸感，關節脫臼的喀聲彷彿還在耳邊迴盪，全身顫抖不止，我忍不住屈身抱住膝蓋，這麼做無法緩解我的不安，但能讓我感覺沒那麼孤單。

好想離開，遠離這到處都是惡意的學校，逃離討厭的人際關係，遠離這間寢室，遠離殘酷的室友雀兒喜。

我看向對面的床鋪，發現雀兒喜仍躺在床上，她還沒醒來，眉頭皺成團，臉色很難看嘴唇咬得泛白，看起來像做了惡夢，長髮像擴散的蜘蛛網，一層又一層，將她團團包圍，而她就在煩惱絲的中心，於睡夢中痛苦掙扎。

我爬下床沿，試著走過去叫她，腳剛落地就往旁邊摔去，我的腳抖得太厲害，站都站不穩。

她看起來很難受，我應該去叫醒她。

但，有需要這麼做嗎？

我的視線在雀兒喜和門口之間來回。

逃跑……吧。

念頭一旦升起，便再也回不去了。行李箱就在床底下，書桌上的東西只要帶走電腦設備和耳機就好。

逃跑吧。

在我執意轉學時爸爸媽媽曾說過，不論我做什麼決定他們都支持，只要我好好解釋，他們會站在我這邊的。既使是學期中突然休學這等大事，只要我堅持，他們也不會多加阻攔，用手機訂飛往倫敦的機票不是什麼難事。

回到倫敦，我可以在當地找份與音樂無關的工作，不管是在飯店擔任雙語服務人員也好，還是找個街角的花店，過著每天剪草修花的生活，下了班回到家，喝媽媽煮的濃湯，和爸爸討論足球賽事，休假時一家人去烘焙店買剛出爐的吐司。

逃跑吧！

在妳成為『結心者』以前，他們會不斷試探妳夠不夠格，甚至不惜把妳推入危險。瑪莉曾說過的話在耳邊響起。

逃跑吧！逃跑吧！

我強撐起膝蓋，撈出床底下的行李箱，把櫃子裡的衣服和雜物胡亂擠進箱子中，來不及收拾的筆電和耳機直接拿在手上，我拖著行李箱走過穿衣鏡時，看見頭髮散亂、活像逃難的自己。

「唔……」雀兒喜發出囈語。

轉動門把的手頓了一下。

我僵硬地回過頭，只見雀兒喜痛苦地握住脖子，好像在掙扎，她拱起腰，全身不自然的扭曲著，雙眼卻仍死死閉著，好像夢中有什麼東西，禁錮著她，不讓她醒來。

不行，我不能心軟，要離開只能趁現在了，若她醒了，定不會輕易放我走。什麼海龍，什麼賽蓮的，這些都與我無關，我還不是結心者，還能離開！

說到底，我和雀兒喜一點關係也沒有，我們不是情人，連閨蜜都稱不上。

我們只是「室友」。

我心一橫，轉開門把。

走廊就在眼前了。

抬起的腳卻有如千斤重，遲遲無法跨出。

動啊，蘋柔。走出這扇門，打電話給父母說要放棄，辦好休學手續，買張回倫敦的機票，很快就能結束了，有什麼好猶豫的？

只要走出這扇門，我再也不用承擔學業競爭，學校的惡劣風氣將與我無關，往後我不需要活在他人的打量眼光中，這樣難道不好嗎？

執著的舞台，早已拋下我，我又何必自取其辱，像個卑微的賤奴，攀在舞台邊緣死活不肯離開。沒什麼好羞恥的，我早該在截肢時就放棄了。這又沒有什麼，是迫於無奈才退出，不是我不肯再戰。

當初不聽勸阻，執意要再考一間音樂學校，本就是我的任性，我現在不是逃避，而是終於認清現實。我已經玩完了，放棄音樂吧，找回屬於自己的生活，不要再被音樂的執念綁住。

努力過了。

已經夠了。

別再戰了。

回到倫敦，回到父母的溫暖懷抱中，一切都可以重新開始，我還很年輕，現在反悔還不遲，我可以擁抱全新的人生，一個沒有音樂的人生。

可是為什麼？

為什麼我就是跨不出這一步？

逃啊，為什麼不逃？我執著的所有事物，全是讓我不幸福的源頭，高度競爭的音樂界，追求比完美還要更完美，從孩童時就把自己鎖在琴房，沒日沒夜地練琴，唯一見到外界光輝的時刻，只有被眾人打分數的舞台。每天練鋼琴十二小時以上，練到手指頭裂開，鮮血留在鍵盤上形成陳舊汙漬，只學一樣比不過別人，央求父母再讓我加學大提琴。

朋友漸漸不再邀我，人際越來越疏遠，興趣話題不再有交集，我越來越抗拒與人交流，見到人群的場合只剩下舞台，打開衣櫥，裡面全部都是為舞台而買的小禮服和正式宴會穿的正裝，短褲、迷你裙、牛仔褲、潮流帽、運動鞋……屬於我那年紀少女會喜歡的東西，我一樣也沒有。

為了音樂，我把我的青春賭上了。

我將寶貴的青春歲月獻給了音樂，吸進肺腑的每口呼吸，都是為音樂而活，如果放棄了音樂，我還剩下什麼？

壓垮這一切的最後一根稻草，雀兒喜，是妳。

妳帶著善意接近我、利用我，我沉醉於妳的光芒中，但那光芒卻使我的陰影更加幽暗，我必須全力奔馳才能追上妳的步伐，妳卻從未考慮慢下腳步等我。

夠了，累了，不想努力了。

我堅定決心，對自己說：「如果我的末路將會和愛麗絲一樣，那麼就在這裡，畫下休止符吧，這是屬於妳的獨奏協奏曲，我只是個……聽眾。再見了，雀兒喜。」

我把行李箱推到走廊上，準備跨出那扇門——

突然一雙臂膀從後面摟住我，將我拖進寢室裡，甩上門！

我重心不穩往後倒去，卻不是撞到地板，而是跌進柔軟的懷抱裡。我嚇到驚叫出聲，嘴唇卻馬上被戴著黑手套的手摀住。

「蘋柔才不是聽眾！妳是我的譜曲者！」雀兒喜柔軟的唇瓣貼住我的耳鬢，她用虛弱卻充滿怒意的聲音嘶喊：「妳又懂什麼……所有人都誇獎我唱得好，是未來的希望，可是下了舞台卻沒有人與我共享喜悅，我唯一能做自己的地方，只有這個寢室，只有這個小房間。」

我忍住想哭的衝動，拚命扭動掙扎，希望她能放過我。

可是雀兒喜雙臂絞得死緊，半分都不肯鬆開。

我掙脫摀住嘴巴的手，顫聲求她：「讓我離開雀兒喜，我真的好累……放我走吧……我只是個平凡人，我打從一開始就不該奢望成為舞台之星，我比不過妳們。我如果繼續跟著妳走下去，遲早有天會走不動拖累妳，我不在乎海龍氏族要做什麼，賽蓮也與我無關，我沒有妳那麼偉大，可以顧全大局，我很自私，我心胸狹隘，我只在乎我在乎的事情，我只在乎妳如何對待我！」

她抱住我的手臂收得更緊，她的心跳得好快，一點也不穩重，一點也不像平時的她。

想到在院聚遭遇的委屈，我控制不住情緒說：「我做錯了什麼妳要這樣對我？我僅僅是想更認識妳，妳卻狠下心將我推進危險中，為什麼？我真的不懂妳！或許我真的錯了，我錯在妄想親近妳，是我高攀了！我不配可以嗎！放我走吧！」

「高攀……妳居然說高攀……」雀兒喜也沉不住氣了，她情緒激動，反問：「在妳眼中我是什麼？我是葉迦娣的聲樂明星雀兒喜？是海龍氏族派遣至無水界引領族人的『瀅鎮之首』？我的名字，我的臉孔，我的舉手投足，都是大家希望的樣子……我……我……」

我停下掙扎，眼淚止不住地流下來。

「蘋柔，妳其實很孤獨吧？看到妳的第一眼我就知道了，妳的生活只有音樂，妳為了實現理想而做出取捨……成為『應該成為的樣子』。」

我的淚水滴在雀兒喜的手套上，她的眼淚滑落我的耳鬢。

「蘋柔，妳跟我是一樣的，我們同樣寂寞……同樣在高處獨自發寒不敢呼救……妳沒有高攀我，是我不想放開妳，一旦妳走了，我……」雀兒喜掐緊我的手臂，「留下來陪我，不要留我獨自凍傷！」

我咬緊下唇，鐵了心扳開雀兒喜溫暖的雙臂。

我迅速爬起身衝到門外，抓住行李箱不顧後方的叫喊，全力跑過走廊，跑下樓梯來到宿舍大廳。宿舍大廳緊鄰著舍監管理室，我剛走過管理室，瑪莉突然從暗處冒出來，擋在我面前。

「李同學，我真不希望看到妳拖著行李箱出現。」瑪莉露出很遺憾的表情，甜美無害的面具崩落，她語氣冰冷，說：「有件事我故意騙妳，那就是成為『結心者』之前妳都還有機會離開……這是謊言，從妳知道我們身分的那刻起，妳就不能置身事外了。」

我越過瑪莉，跑向宿舍大門，可當我想推開大門，卻發現門鎖警示燈亮著紅色，被鎖上了。

「總是會有像妳這樣的孩子。」瑪莉清冷的聲音從後方逼近，「明面看起來乖巧忠誠，遭難時卻跑得比誰都快，你們就像餅乾一樣，麵糰進烤箱前是那麼小巧，那麼可人，但是經過高溫灼燒後，自我膨脹脫離預期，一個比一個長得歪斜。我總是一邊揉製麵糰，一邊想這次的孩子又能撐到什麼時候。我以為妳會有所不同，看來這次結果也一樣。」

「救命啊！有沒有人！」我顧不得太多，拚命拍打大門，希望引起注意。

「現在是門禁時間李同學，外出一律禁止。妳不知道嗎？葉迦娣的宿舍門窗都使用上好隔音材質，妳敲爛手也沒人聽得見的。」

玻璃窗外有兩名學生經過，我更用力拍打宿舍大門，對著他們一遍遍敲門求救，但正如瑪莉所言，那兩名學生看也沒看這裡一眼，他們完全沒注意到宿舍的動靜。

放我出去，拜託放我出去吧！

我受夠了！讓我走！

我一拳又一拳敲在門上，卻只能眼睜睜看著那兩名學生遠去。

「瑪莉，別再逼她了。」

雀兒喜的聲音適時響起。

我望著她，內心異常無波瀾。

「讓我再和她談談。」她說。

雀兒喜將我拉到她身後，擋在瑪莉和我之間。

瑪莉輕嘆口氣，妥協道：「我明白了。賽蓮遣返的事順利嗎？」

提及賽蓮，雀兒喜露出冷笑：「果然如我們所料，蘋柔才離開沒多久，賽蓮族的就大舉來搶人了，前舍監陳宴馨被她族人帶走了。」

瑪莉問：「妳認為她們會回來搶地盤嗎？」

「不會。」雀兒喜冷靜地說：「賽蓮族位於巇襨鰪盭層域的家鄉也遭遇同樣的城市危機，賽蓮族內部正為未來走向爭吵不休呢。反倒是我們的盟族『彼霧氏族』不顧族長警告，執意派人來無水界，現在連院聚都不肯來露面了，未來誰是敵人誰是盟友很難說。」

她們後來講了什麼我聽不進去，我嘗試找機會離開，但雀兒喜緊抓我的手臂，不讓我有機會掙脫。雀兒喜和瑪莉講完話後，跩著我回寢室，她的手勁很大，簡直像要掐進骨頭裡。甜美的糖衣溶解了，露出內裡的毒藥，滲出又苦又腥的現實。

我有如逃獄的囚犯，正被獄警拖回關押牢房。

啊，是這樣啊。這裡其實是監獄吧？昏黃的走廊燈是寒牢的火炬，學生寢室是監禁牢房，舍監監管著學生的起居，一舉一動都在掌控中，我們都是學校的囚犯，誰都別想私自逃離。

這裡是猛獸的樂園，是關押囚犯的牢檻。

對監獄的大量妄想湧現，像是大腦試圖用虛幻的靈感逼退眼前的殘酷。

雀兒喜打開寢室門，她將我扶到床上坐好，我沒有正眼看她，也沒有和她說話的心情，只是靜靜坐著，任由狂亂思緒霸占腦袋。

「蘋柔，不願和我說話嗎？」

雀兒喜嘗試引起我注意，但我不想理她。

腦內充斥如洪水的創作靈感，層層交疊的和弦音，狂亂的拍子，既和諧又違和，令人感到詭異的音頻，聲音越來越具象，宛如掙脫樂譜的音符，衝破牢檻直奔天際。

我一定是瘋了，才會在這種情況下，還想著音樂。

我推開雀兒喜，把筆記型電腦和耳機架好，不顧她在一旁叫喊，我帶上耳機，杜絕外面世界的噪音，打開編曲程式，一頭栽進音樂的世界。

用極低音頻帶出開頭，如同潛伏在暗夜裡的妖鬼，接著讓西洋與東洋的樂器交錯出場，開啟百鬼橫行的盛夜狂歡。

若不用音樂去逃避，我的內心早就崩塌了，讓我痛苦的是音樂，拯救我的也是音樂，真是諷刺啊。

我感覺到雀兒喜搭上我的肩膀，可我依舊不理她，我把心思全放在音樂上。

現在的我，對她無話可說。

見我沒有要回應她的意思，她移開手，走回她的座位，不久後便熄了床前燈，約莫睡下了。

我逼自己將注意力集中在作曲，別去想逃不出去的事實，別去想被監控的生活。逃避吧，身體逃不了，至少讓我的心翱翔。

操作電腦的手頓了頓，我望著自己的手，有意無意地，一鍵接著一鍵，在曲軌上加入「人聲」演唱，連我都說不清，為什麼要留個位子給她，明明她令我痛苦，是她控制我的人身自由，都是她害的。

我卻還是期待著，有一日，我與她，能用音樂和解、交融，成就最美的演出。

雙手掩住疲倦的臉孔，「好累……」從指縫裡流露的呢喃，在寂靜的房間迴盪著。

次日。

我醒來時，是在自己床上。

我沒有回床上睡覺的記憶，再看向我的書桌，整潔的像被人整理過，我爬起身按開電腦，是待機狀態，昨晚寫下的曲子，音軌停留在播放完畢的末端，就像是有人聽過一遍。

八♪掌控

隔日，太陽照常升起，晨光準時照耀大地，世界並未因為昨晚的事停擺，學校也不會因為我死裡逃生而默許翹課。

焦躁在胸口悶燒，越燒越旺，快將我燒盡。

都什麼時候了還管上課？看哪，宿舍都變成巢穴了，海裡可是來了一堆非人生物啊，瘋了，亂了，都錯了。他們把我限制在這個牢獄裡，玩起地盤爭奪遊戲，其他同學還不知情的，在他們的籠子裡互鬥，殊不知我們都是被圈養的惡犬，自以為贏了校內鬥爭，卻只是在她指尖上吠叫。

可笑，太可笑了。

現在這樣又算什麼？因為得知他們的身分就不准離開？我怎麼沒留個魚頭棋把自己聽瘋算了。

「呵……」我忍不住笑自己，像個丑角一樣滑稽。

我爬起身，掀開窗簾，晨光灑進室內，卻沒能驅散我的黑暗。窗外同學趕上課的忙碌模樣，越看越可笑，想起不久前，我還跟他們一樣是個認分的乖學生，為了要不要翹一堂課煩惱半天。

對啊，翹課！如果我一直翹課，是不是就能被退學了？他們不會讓我出校園的，有什麼辦法可以離開校園？對了，救護車，只要搭上救護車，我就可以離開了，瑪莎也是這樣離開的。是啊，好主意，不過要怎麼樣坐上救護車？醫護人員不會隨意讓我上車，我得是傷患的身分，受傷就可以逃走了，造假成意外……弄點小傷口……很簡單的……

假的名字，假的外表，還有什麼不能假的？我會出去的，會離開這裡讓妳看。

好煩啊。好痛快。這樣就可以了。

「蘋……」

快成功了。

可以自由。

「——蘋柔……停……」

再一下就能逃走了。

「李蘋柔！給我停下！」

我看向怒氣沖沖的雀兒喜，她表情猙獰，瞪大的瞳孔滿是怒火，原來她也會露出這樣的表情。她是什麼時候回來寢室的？

她在氣什麼，別管她了，我好像該去上課，不，我不要上課，我要翹課，翹課然後……然後什麼……

對了，要叫救護車……然後呢……現在幾點了？我錯過課堂了嗎？然後什麼……

啪！雀兒喜猛力趴住我的手腕，拍掉我手上的玻璃碎片。

「李蘋柔，給我清醒點！妳在幹什麼？妳看清楚妳在幹什麼！」雀兒喜把我拖到穿衣鏡前，逼我看自己的樣子——滿手都是鮮紅的血。

我打破雀兒喜床下的空玻璃罐，用碎玻璃片割自己的手。被她這麼一喊，痛感一口氣襲來，整個手掌熱得像要燒起來。

時間好像回到倫敦醫院，醫生告知必須截肢的那天，毀了我人生的那天。

「不……不、不不！我的手……我再也不能彈琴了！」

雀兒喜掐住我的手臂，沉聲說：「蘋柔，妳冷靜點。」

「為什麼我缺少兩隻手指，按弦的手指去哪了？我的手指丟失了……我失去音樂了……音樂不要我了……我還剩下什麼……」

雀兒喜深吸口氣，語氣有些壓抑，她啞著聲說：「我在幫妳擦藥了，不要緊，傷口很淺，深呼吸，冷靜下來。」

雀兒喜把我擁進懷裡，她把我抱得很緊，好像不這麼做，我整個人會就此碎掉，再也拼不回完整的我，「沒事，蘋柔，沒事的。冷靜點，我不想看妳這個樣子。」

我愣愣看著她，試圖揭穿甜蜜謊言下的陰謀。她緊篩著眉，頭髮像是沒梳一樣亂翹著，頸子上沾了幾滴水珠，是汗水。

她一下課就急忙回來嗎？在舞台上如此風光的雀兒喜，從何時開始，變成平凡人了？我稍稍冷靜些，沙啞著聲說：「妳是怎麼了？一點也不像妳。」

她把我抱得更緊些，說：「我從未這麼後悔過。」

「聽起來像在說，妳大部分時候，都相信自己的決定是對的。」

「是。」

「想得到妳，我得付出代價，是嗎？」

「是……」

我舉起血淋淋的左手，故意用缺少兩指的殘缺手掌滑過她的嘴唇，我回想她飾演莎樂美時繪製的妝容，我的化妝技巧一點也不高明，重現不了那日傾國傾城的絕美，我會的，只有用鮮血妝點妳的唇瓣，儘管腥了點、暗了點，但飽含我最真誠的讚嘆，我要在妳的唇邊留下怵目驚心的腥紅，這是我對妳的心意。

「呵呵，好吧，如妳所願，我的莎樂美，都給妳吧！」我笑著，模仿起為莎樂美傾倒的國王，「無論妳要什麼我都會給妳。」

「蘋柔妳……」

隔著衣物，我能聽見她變快的心跳聲。

雀兒喜為我包紮好手上的傷，幫我把一地玻璃碎片和濺到的血清乾淨，我以為她會叫救護車，但她沒有這麼做。她說：「我和瑪莉說好了，在校內不限制妳行動，想要離校外出的話，我同行就沒關係。」

在雀兒喜的安撫下，我稍稍冷靜了些。

「瑪莉……」我想起她驟變的態度。

「她和皮埃爾是在演藝學校認識的，她辦事比較果決，皮埃爾心軟下不了殺手時，都是瑪莉幫我處理的。」

雀兒喜在說這些事時很理所當然。能留就留，該殺就殺，這就是我踏入的世界。趣味的是，我聽著這些超乎常識的言語，卻沒有一絲質疑，我想這就是他們的行事作風。

都瘋了，不論是這世界還是我。周圍都是瘋子。既然都瘋了，就別假裝正常了吧。

讓我也徹底瘋一回。

「雀兒喜，從今往後除了練習曲外，以後妳只准唱我寫的曲子，不論是上台表演、考試、比賽，甚至畢業後的未來，妳都只能唱我的作品。雀兒喜，妳控制了我的人生，我也要妳的人生。」

在我提出要求後雀兒喜挑眉，嘴角帶著笑意，她說：「妳知道自己在說什麼嗎？」

「這是我應得的。」也不知哪借來的膽子，我仗著她有愧於我，繼續和她頂撞，「你們威脅我，不讓我與你們切割，這難道就不是單方面剝奪我的自由嗎？我為什麼到現在還留著，雀兒喜，別說妳不明白。」

「李蘋柔。」她喊了我的全名，我知道自己讓她不耐煩了，「為了妳，我已經開先例了。」

她為難的表情，令我欲罷不能。

我說：「不夠。」我要更多，比妳的每一任室友都要多。

雀兒喜冷笑著鬆開我的手，她走回自己的床，彎身坐在床緣，抬起修長的腿兒翹著二郎腿，睥睨的模樣，就像一位等待進貢的女王。她說：「繼續，我在聽。」

我模仿她的舉止，也坐回自己的床緣，挺直腰桿坐正，與對面的雀兒喜對視。彷彿我們是平分天下的黑女王與白皇后，各據一方優勢，一旦靠近必然紛擾不斷，卻是誰也擺脫不了誰，厭惡、尊敬、信任、執著，錯綜複雜的情感逼使我們走到這一步。

她眼裡帶著玩味，像在對我說：來，說服我吧。談判的號角聲已吹響。

「只能唱妳的音樂？我為何要接受這條件？」雀兒喜率先發動攻勢。

「這不是條件，雀兒喜。」我傾身向前，接下她試探性的突刺，「這是契約。」

「哦？」

「以契約之名，我願意幫助你們，不可拋棄、不可背叛、有福同享有難同當，視我為一分子，之後有任何需要的地方，我李蘋柔願與你們同進退。我給出我的忠誠，代價是雀兒喜．布朗往後的音樂，只能和我一人合作。」

雀兒喜故意顯露怒氣，「誰給妳的膽子和我談判。」

面對這樣的威壓，我不假思索回：「是妳。」

妳難道沒有察覺到，妳對眼前的發展十分樂在其中嗎？妳那不安分的笑容和帶著玩味的雙眸，都洩露妳的小心思了，毫無疑問，妳很喜歡我跟妳討價還價，對吧，雀兒喜。

她哼哼幾聲，沒有否認。她說：「妳很常看藝文期刊吧。妳可知道《藝文蕨起》期刊上的企業有三分之一都曾對我寄出邀請，出唱片的、出演節目的、歌手合作的，妳能想到的機會，我全都擁有了，現在暫且用『還是學生』為由壓下，但只要我願意，我可以在任何領域發展。限制我只能唱妳的歌，呵呵，妳覺得妳的條件有比這些大企業優秀嗎？」

「他們沒辦法真的幫到妳，雀兒喜。」

「繼續。」

「他們不了解妳，他們以為妳的夢想是成為音樂明星，不是這樣的吧？妳有更深層的使命。」

「是嗎？」

「來這裡的學生，大多是以成為職業音樂家為夢想，但妳不是，妳只是用這層誤解，來掩飾真正的目的。」

「妳知道我的夢想是什麼？來，說說看。」

我觀察雀兒喜的反應，她眼神銳利，紅唇嗤笑。在她眼裡，我的掙扎與爭取都只是餘興插曲吧，說不定她早已做好最終決定，只是想看我頑強抵抗。

我回想她至今為止的談話和態度，人魚公主上岸的喻意，不惜代價來到天壤之別的世界，忍受痛苦，拚命學習。肯定有什麼原因，讓他們「必須」來到陸地，是強烈到不論多困難都必須去做的理由。結合我在院聚看見的大量海民，以及似乎要帶領人民一般，名為「瀅鎮之首」的特權位階。

這每一步每一環，都是算好的，是精密規劃下產生的制度，以及她說過最關鍵的一句話——賽蓮族的家鄉正在遭遇「同樣的城市危機」。

「雀兒喜，我推測你們海裡的家鄉，因為某些原因正在瀕臨崩毀，為了民族生存，你們將未來寄託在陸地上，妳、皮埃爾老師、露娜等人，都是先行上岸建立據點的先鋒，為了要接應所有族人來生活，你們率先來到陸地學習，為未來做準備，這才是妳雀兒喜真正的夢想。」

雀兒喜笑而不語。既不肯定，也不否認。

「妳需要一位真正懂妳的協助者。」

「確實，最終目標有共識，是很重要的。」她沒有否認我前面的推測，卻補了個但書，「但有一點妳估錯了。」

「什麼？」

「既然有像皮埃爾那樣的接應導師存在，又怎麼會只有派一位呢？」

「妳意思是？」

「皮埃爾隸屬為提燈者，遠在還未有電器的時代，他們就已被派來無水界了。」

我頓時理解她的意思。

「且別說藝文界，各行各業裡都有我們的人，只要我有那個意願，我可以取得任何一種資源，我並不是孤軍奮戰，可愛的蘋柔。」

「不是孤軍奮戰，真的嗎？如果真如妳所言，妳手上有很多資源，那又怎麼會身邊只有皮埃爾老師一人，甚至一個賽蓮就拖住妳？」

雀兒喜笑容一僵。

「妳想要培養自己的勢力，培養妳可以信任的人。妳其實不信任自己的族人吧。」

自信的笑容從雀兒喜臉上褪去，她深吸口氣，努力想維持原本的從容。

「我當然信任我的族人。」

「妳的反應可不是這樣的。」

她張著口，想要反駁我，又像是要說服自己。最後她闔上嘴，垂下視線。

當她再度重拾笑容時，已不再是帶著玩味了，她彷彿摘下一個名為雀兒喜・布朗的人格面具，露出裡頭毫無遮掩，最柔軟的那面。

雀兒喜帶著惆悵的淺笑，似乎等待這句話很久了，她說：「蘋柔，妳可以幫我找回自己嗎？」

離開寢室，她是雀兒喜・布朗，是葉迦娣音樂學院全校人的憧憬，但在這間寢室內，她就只是她，一位喜歡讀書的美麗女孩，她的這一面只有我知道。

雀兒喜看我沒反應，再次說：「蘋柔？」

我回過神，「當然，我願意幫助妳，只要妳同意我的契約內容。」

她失笑出聲，那柔軟無遮掩的表情立刻被收起，她重新戴回名為雀兒喜・布朗的人格面具，說：「我沒辦法答應這麼霸道的要求，我的歌聲不屬於我一人。」

她的歌聲不只屬於她，既然是被族群推派到陸地上的先鋒者，那她在陸地上的成就，自然要以族群利益為優先考量。

雀兒喜給出折衷方法：「不過，若妳同意以下條件，我可以答應妳的要求。第一，妳的作品必須保持水準，我只會唱我覺得夠完美的作品。」

「合理。」

「第二，妳要能配合我創作。」

「可以。」

「第三，若有我無法拒絕的人要求我唱歌，我無權一意孤行。」

我皺起眉，明知她沒辦法同意我的條件，雙方各退一步最好，但心裡仍感到煩悶。估計我的不滿全寫在臉上，雀兒喜大概是想安撫我，她說：「如果妳覺得別人的音樂不夠好，可以拿妳的曲子來競爭，屆時我會選擇我覺得最好的那邊。」

她這話激起我的好勝心。我低聲說：「我會贏的。妳只能唱我的曲子，別人想都別想。」

我不確定雀兒喜是不是笑了，她以手掩唇，望著我的眼睛如火一般炙熱，我分不清她此刻到底是生氣還是被逗笑，抑或有更深一層的情緒。

雀兒喜說：「最後一點，我們的協議是建立在互信上，若有任何一方背信忘義，這項契約就不算數。」

沒有白紙黑字的條約，沒有握手，沒有發誓，更沒有證人，只有我們兩人知道彼此的約定。出於對彼此的信任所訂下的約定，出於對彼此的讚賞所履行的契約。如一條無形的絲線，將我們纏繞在一起，讓我們更靠近彼此。

既然我的部分談妥了，那麼該換雀兒喜的部分了。我主動提起她的問題，「妳說找回自己是怎麼回事？」

雀兒喜撫上自己的脖頸，她總是戴著圍巾或穿高領衣，和她同住這麼久，我從未看過她卸下高領，僅有那麼一次，我們從游泳池回來的那次，她才脫下高領衣，在此前她連睡覺都不曾鬆懈過。究竟衣領下藏著什麼必須這樣遮遮掩掩？

「告訴我，親愛的蘋柔，什麼東西於夜晚中遊蕩，沐浴於黑暗中，穿梭在人群裡，世人都呼喚它的名字，渴求它，愛慕它，它由心而生，於夜晚重生，於白日死去，它是什麼？」

這謎題是……普契尼的劇作《杜蘭朵公主》中知名的三道謎語中的第一道？

生性冷淡的杜蘭朵公主面對前來求婚的愛慕者們，以三道謎語為考驗，回答錯誤者當斬首示眾，不論從前身分多貴重，在死亡前一律平等。

為什麼要提出謎題？

「是希望。」我望著她深不可測的眼眸，說出既定的答案。

在杜蘭朵的故事裡，公主從未正眼看待那些愛慕者，她下令殺掉無數失敗者，冷血又無情，直到出現一位醉心公主美貌的王子，不顧忠臣反對，堅持接受公主的考驗。

雀兒喜語帶戲謔：「了無新意的回答，蘋柔是冷酷的杜蘭朵嗎？」

我無視她的戲謔，以平靜到近乎冷漠的語氣說：「換我問妳，雀兒喜，什麼東西如火一般狂烈，時而激情，時而火熱，時而充滿力量。若懷抱目標與征服的心，它便會熊熊燃燒，但若心臟停止跳動，它便死了，冰冷如寒冬，它是什麼？」

雀兒喜沒有馬上回答我，她突然站起身，緩慢地拖著腳步來到我面前，我望著她赤裸的白皙腳裸，思緒飄回第一次見到她驚人的演出，在舞台上裸著腳跳舞的莎樂美，她真的……好耀眼。

我能感受到她火熱的目光在我身上游移，我故作鎮定，雙眼直視地板，不敢與她的目光相對。

她輕笑，以充滿魅惑的聲嗓說：「這題答案是……熱情。」準確回答出第二道謎語的答案。

她的手覆上我的臉龐，強迫我抬頭看她，一抬眼對上她美麗又深邃的雙眼，她冰涼的鱗手下，是我發燙的臉頰。她總是這樣，即便我隱身在萬千人群中，不願與人多談，不願顯露長才，她仍舊有辦法用這雙眼睛找到我，看見我的才華，唱出我的心血之作。

好想要。想要獨占雀兒喜的歌聲。我的音樂，我畢生的心血，只有我認定的人可以唱它，其他人碰都不許碰。

海民會對世界造成什麼樣影響，我其實沒有那麼在乎，我只在乎我在乎的事情，只執著我想執著的人事物，從前是音樂，現在是妳。我的世界就像一片冰天雪地，空白又虛無，放眼望去沒有生機，純粹的白，純粹的靜。

我冷冷地對她說：「第三道謎題。妳點燃了寒冰，然而回報妳的卻是更加冰冷的寒冬，他可使妳獲得自由，也能讓妳成為奴僕，他既可以是妳的黑暗，也可以是妳的純白。他是什麼？」

我冷漠無情，對自己以外的事物漠不關心，在我的世界裡，王子是……

雀兒喜雙唇微啟，眼中帶著笑意，說：「答案是李蘋柔，我的杜蘭朵公主。」她陶醉地用手背摩挲我的臉頰。

出於眷戀，我回贈她冰涼的雙手，希望她的涼意能緩和我快要燒起來的心，她眼神一變，急忙抽回手，我忍不住感到失望。

在《杜蘭朵公主》的故事裡，王子答出公主設下的三道難題，卻反悔不願履行互許終身的承諾，王子於是對公主提出最後一道謎語，只要公主能答出來，他願意放棄公主甘願赴死。

雀兒喜唸出故事裡最著名的一句歌詞，「有個祕密隱藏在我心中，我的名字無人知曉，我只願在妳的芳唇中揭曉答案。」

她拉下高領衣的領口，露出她從不讓人看見的脖頸——脖子上有一條顯眼的分離痕跡，以那條痕跡線為分界，頭與身體的肉色明顯有差異，看上去就像她的頭是被接上去的，說不出來的詭異與違和。

「沒有人知道我真正的名字。」

雀兒喜語氣輕柔，彷彿在說別人的事。

「最後一道題目，我的公主，找出我的名字吧。」

♯

我放下「聯合徵選季」的說明簡章，上頭用藍筆圈起來的徵選項目，就在剛剛皆完成報名。

我參加的類型偏幕後工作，與雀兒喜的表演項目不重疊，不需和她同台較勁讓我鬆口氣，我看雀兒喜遞交報名資料時，排在她後面的同學臉色很難看。

莊夢禾排在我後面，她交完報名表走出來，對我打招呼，「最近妳們寢室還好嗎？」

我點點頭，說：「妳是指學校發出『禁鬥公告』後？都很好。」

賽蓮氏族設置的咆像雖已除去，長期累積的精神催化卻難以恢復。據雀兒喜的說法，上一屆還沒開始徵選，就已經傳出大大小小的內鬥了。

過往學校對內鬥的態度很放任，就算傳出傷人事件也睜隻眼閉隻眼，今年擴大邀請各方企業，開放湘寒山藝術大學及瑯湖表演藝術大學兩所名校參與，向來不管學生內鬥的校方為顧及形象，特別發出公告禁止徵選期間鬧事，老師們多次在課堂上警告，要同學們別動歪心思，徵選期間一旦被抓到內鬥，輕則禁止參加聯徵，重則退學。

禁鬥公告發出後，學生之間頂多嘴上吵吵架，雙手倒是收在口袋裡，一反常態，相當安分。

總是被集中砲火的雀兒喜冷笑，「看那些人龜縮的模樣，別有一番趣味。」

葉迦娣學院就是這樣，對外維持名校門面，底下卻是暗潮洶湧。

聯合徵選季前一日。

這天早上，我被講話聲吵醒，手機顯示才早上六點多，什麼人這時間在外頭嘰嘰喳喳？大部分學生沒那麼早起床，聲音聽起來也不是走廊傳來的，聽著倒像是從窗外。

雀兒喜也醒了，她語帶不耐：「哪來的噪音？」見我搖頭，她打開窗戶，想看看是哪來的吵雜聲。

外頭天色剛亮，一條長長的排隊人龍，從校門口一路延伸到宿舍樓，看上去像是外校學生。仔細觀察後發現，那些學生穿著輕便，身姿挺直體態極佳，舉手投足之間散發自信光彩，他們之中有些學生綁著包頭，有些學生身後背著劍袋，看上去像是學舞蹈的學生。

隔壁的窗戶也打開了，我聽見隔壁女同學不屑的哼聲。

「哦，瑯湖表演藝術大學的是吧？」

「妳瞧他們興奮的樣子，還以為來校外教學啊？」

說老實話，若有隨機分配夥伴的項目，我寧可配到他們學校的學生，也不想要和葉迦娣的同學配搭。底下的瑯湖學生還沉浸在校外活動的興奮中，全然不知葉迦娣的學生已經在盤算如何「對付」他們。

我們去上課時，校內到處都能遇到瑯湖的學生。他們的學生很好認，只要遠遠看到一大群人嘰嘰喳喳，身周散發啦啦隊般的活力，十之八九就是瑯湖的。

學生餐廳變得壅擠，校方似乎允許瑯湖的學生入內用餐，迫使葉迦娣的學生得讓位給這群外校生。餐廳裡人山人海的，我繞了一圈找不到座位，正打算離開學生餐廳時，不小心在轉角處撞上一個人——

「啊！」

「小心！」

我的手被對方拉了一下，多虧這一拉我才沒往後摔，對方立刻道歉：「對不起、對不起，同學沒事吧？」

對方是位和我差不多年紀的男生，他穿著一件滿是顏料汙漬的連身工作服，說話音調懶洋洋的，好像沒有睡飽一樣，他衣服胸口的口袋鼓鼓的，剛才那一撞時，我聽到他口袋傳來條狀物撞擊聲，聽上去像是筆之類的物品。

「請問葉迦娣的學生餐廳在這裡嗎？」工作服男生往裡頭探去，臉垮了一半，「媽啊，怎麼這麼多人！還以為我算早來，怎麼瑯湖的前一天就全來了，算了算了……不吃了。」他轉身離去，身上背著沉甸甸的後背包，手提著髒兮兮的木製畫箱。

他不知道葉迦娣的學生餐廳在哪，再加上他說自己早來，言語中透漏和瑯湖的學生不是一掛，看來他是湘寒山藝術大學的學生。

得知聯徵要與這兩所學校競爭時，我有稍微調查這兩間學校的特點，湘寒山藝術大學的強項在藝術創作類，涉獵領域極廣，論綜合實力是三間學校中最突出的，尤其以美術類最為強悍，學生皆是擁有強烈個人風格的藝術家。

但是風格強烈也代表他們孤高，不喜與他人做相同事，這點反應在他們來學校的方式，和成群結隊來報到的瑯湖成對比，湘寒山的學生好像山野孤狼似的，即使有結伴也是小圈圈團體，有的人扛了一堆看不出用途的工具，有的人兩手空空連包包都沒有，有的人邋遢得像剛野外求生回來。我瞧見有位女孩全身五顏六色，頭髮染好幾色，妝濃得像是戴化裝舞會面具，好似把調色盤上的顏料全潑在身上。真是什麼樣類型的人都有。

開幕儀式舉行地是學校花園，轉學來時導覽員有同我介紹，花園裡有一處圓形空地，是從前貴族學校時期留下的直升機停機坪，傳聞以前學校經常接洽高官，發生緊急狀況時可以讓重要人士盡速撤離，說起來也是學校歷史遺址。

瑯湖和葉迦娣的學生早早便入坐。

我想既然是開場儀式就要著正裝，其他葉迦娣學生也和我想法相同，不論男女都穿著講究，反觀瑯湖學生一身輕鬆日常打扮，和熱烈交談的瑯湖學生相比，葉迦娣這邊安靜很多，至於湘寒山的學生，他們直到開始前一分鐘才悠悠哉哉出現。

開幕儀式上，主辦學校葉迦娣學院現任校長——葉華奈出面獻詞。這是我第一次看到現任校長本人，聽說她是葉迦娣創始校長的曾孫女，她身穿名牌套裝，一身雍容華貴，苗條緊緻的身型讓人單從外觀很難判斷年紀，她薄唇一開便是：「各位遠道而來的嘉賓以及我的學生們，華奈見過各位貴客。」

那句「我的學生們」講得很不客氣，好像我們是她的所有物。

葉華奈戴滿銀戒的手指調整麥克風，說：「迦娣曾祖母一手打造的學院，以培養優秀學生為己任，就如同我們葉家，從十三位曾孫中遴選出繼任校長，我們也相信學生之間適度良性競爭能幫助成長，盼望接下來為期五天的聯合徵選，我們摯愛的合作夥伴能從這批優秀學子中尋得人才，各位同學也要把握機會，盡情發揮，排除萬難，奪得佳績。」

適度良性競爭？是養蠱競爭才對吧。我冷漠看著校長在掌聲中走下台，偷瞄另外兩間學校學生的反應，發現湘寒山的學生有一半已經在滑手機了。

九♪聯合徵選季

我說：「湘寒山的人真散漫，看不出他們有什麼競爭意願，果然強敵還是瑯湖吧？」

雀兒喜放下手中寫著《東西方社交禮儀大全》的書籍，否定我說的話，「不，湘寒山才是該注意的對象。」

回想那些像被學校逼來參加的湘寒山學生，我實在看不出他們有什麼求勝心。

「論穩定性和積極度，的確是瑯湖比較強，但湘寒山的學生強在爆發性，很難預測他們會做出什麼驚人之舉，比方說那個人。」

雀兒喜拉著我到寢室窗邊，遠方樹蔭下有個女孩獨自坐著，她手拿化妝鏡，似乎正在補妝，那全身五顏六色的模樣我有印象。雀兒喜指著她說：「她是柳芳爵，據說她入學考試時忘記帶顏料，急中生智用化妝品的唇膏當畫筆，用眼影當粉彩，還把前一天剛染的頭髮浸泡到洗筆筒中，用洗出來的顏色充當水彩渲染，拿下當屆術科考試第一名。」

「妳都調查了？」

「當然，檯面上的強敵不足為懼，暗中潛伏的才是該留心的。」

我喃喃自語：「不知道我會遇上什麼樣的對手。」

「有一個妳要當心。」

「誰？」

「邱儒玉，是湘寒山出名的天才學生，不管是什麼技藝他都能很快學會，凡是他有參加的校內比賽，全部都拿下第一名，外號玉儒大帝，可能跟妳同場較勁。」

聽見那名字，我稍感驚訝。我說：「算我幸運吧。」

「什麼意思？」

我拿起手機通知訊息給雀兒喜看，說：「我第一個徵選項目『雙人即興樂曲創作』的隨機搭檔，就是湘寒山的邱儒玉。」

雀兒喜的手機也亮起，她看著螢幕笑了笑，「我的通知也來了，是在演藝中心的『合唱團體賽』。」

「祝妳好運，雀兒喜。」

「蘋柔。」

「嗯？」

「敢要求我只能唱妳的歌，應該能讓我看到相符的表現吧？別讓我失望。」

我做這一切不是為了雀兒喜，是為了我自己，「我不會讓妳失望的。」

「嗯。」雀兒喜露出滿意的微笑。

聯合徵選季期間學校暫停上課，所有教室都挪去作徵選用，徵選著重團隊考驗，學生須具備和各領域專家合作的能力，隨機組員的設計，便是在告訴學生，他們想要的人才不能只會單打獨鬥，藉此考驗學生臨場反應和團隊配合。

我來到「雙人即興樂曲創作」的徵選地點——合唱教室。教室內已聚集不少學生，有些人帶上吉他，有些人組好電子琴，每個看起來實力都很強。

「請問，妳是李蘋柔嗎？」

我看向叫我名字的人，居然是在學生餐廳外撞到的工作服男生。

「邱儒玉？」我確認手機上的名字。

邱儒玉點點頭。他身上還是穿著那件髒兮兮的連身工作服，懶洋洋的語調和第一次碰面時一樣，很難想像他是有著「玉儒大帝」外號的比賽常勝王。

徵選規則很單純，每組人被個別帶到琴房，考官於琴房隨機彈奏一段旋律，計時三十分鐘的討論時間，時間到於現場即興演奏一段樂曲，考官會留在琴房內監督作曲過程。

台上考官還在說明規則，一旁的邱儒玉突然拉我的衣服，悄聲說：「吶，有些話待會進去琴房就不能說了，我就趁現在說囉。」

進去就不能說了？

「妳手受過傷不能彈琴對吧？這場徵選請妳假裝討論就好，創作和演奏都由我來。」他以懶洋洋的聲音，提出令我難堪的要求，「為了讓我們兩人都能過關，這作法才是最合理的。」

要我假裝討論什麼也不做？因為我手受過傷會扯後腿？開什麼玩笑？這是開什麼玩笑！

豈有此理！

邱儒玉沒察覺我的怒氣，「妳想一下。」他將我的沉默視為思考提議。

竟敢對我這麼說，太羞辱人了！

我們被考官帶到獨立琴房，琴房內僅提供直立式鋼琴，考官見我們準備好，便演奏一段輕快旋律，速度不快，略帶慵懶，聽起來很簡單，考官彈完的同時，我已經想好三種不同的接續旋律了。

但考驗的難關不在音樂，困難從來都是人帶來的。

限時三十分鐘，開始。

我搶先說：「鋼琴演奏請讓我來。」我在邱儒玉的驚愕表情下，坐到鋼琴椅上，一邊調整椅子高度，一邊冷冷地說：「我手指是斷了，可不是廢了，如果你認為你能彈得比我好，我就接受你的提議。」

一時腦衝坐上鋼琴椅，我看著既陌生又熟悉的琴鍵，深深吸了一口氣，自從手指截肢後，我就再也沒碰過鋼琴了，明明也就沒多久前的事，我卻恍若隔世，在舞台上飛快彈琴的我，就像上輩子一樣遙遠。

夥伴啊，還記得我嗎？若你還認我這位昔日戰友，請給我最美妙的樂音吧。

當手指碰上琴鍵的剎那，塵封在體內深處的記憶被喚醒。我揮舞雙手，彈起〈Liszt Paganini Etude 6〉（李斯特帕格尼尼第六號練習曲），它是我練琴時常拿來彈奏的曲子之一，即使讓我在黑暗中彈奏，我也有不出錯的把握。

我飛快彈奏起來，鋼琴聲迴盪在琴房內，我留意到考官露出讚賞的微笑，快速在平板電腦寫下註記。彈奏狀態比我想得還好，心中有某種情緒在沸騰，感覺到體溫在升高，飛舞的手指像點在烈焰上，每一下都越發灼熱。我花費大半輩子學習的琴藝，深深刻進我的骨、我的肉，與我密不可分，我彷彿聽見身體在哭喊，失去鋼琴的手有如失去靈，如今肉與靈再次結合，失去的歲月如暴雨注入旱地，一發不可收拾。我加快彈奏速度，雙手在琴鍵上飛躍，快到眼睛快跟不上。我幾乎忘了現在正在聯合徵選，只想一直、一直彈下去。

「可以了。」邱儒玉不顧音樂禮節，直接出聲打斷我彈奏。靈與肉再次被拆散，我停下彈奏，狠瞪邱儒玉，腦中閃過數首難度更高的曲子，若他說這種程度他也會，我就彈更難的給他聽，彈到他願意妥協為止。

「夠了。」邱儒玉就事論事說：「這樣就夠了，妳彈得確實比較好，由妳演奏吧，我們還剩二十五分鐘，我剛剛想出一段旋律，妳聽聽看，有更好的想法就改。」

看來我的搭檔出乎意料地，是位很乾脆的人。

他走到鋼琴旁，我順勢讓開位子給他，他坐下後並沒有調整椅子高度，我看他稍微找了一下琴鍵，於是脫口問出：「你學多久鋼琴？」

「唔……不算久。」他回答得很含糊。

邱儒玉彈奏一段旋律給我聽。

琴藝稱不上精湛，從他的手指靈活度可以看出，他學鋼琴真的不算久，但他創作出來的旋律有些不錯的亮點。我請他再彈一次，同時思考怎麼改進。基於禮貌，我解釋我的想法給他聽，「我會以這旋律為核心進行重新編曲。」

他起身離開，我挪回琴椅中間，彈奏出個人認為比較好的版本。

一開始我賭氣扛下演奏職責，但隨著演奏越來越多次，受限的地方漸漸浮現，有好幾處我按不到琴鍵，只能改成別的和弦。邱儒玉一定也注意到了。我心裡很清楚，在專業領域的較勁，每個人都是把自己逼到極限，慢半拍就是起跑慢半步，差一個音就差一個名次。這細微的差距放到賽場上，就是無法忽視的巨大汙點。

「琴音亂了，專注。」邱儒玉的聲音把我拉回現實。

「我調整一些地方。」

我不願說出因為按不到琴鍵而必須改譜，邱儒玉沒有多說什麼，看不出他是打算讓我發揮，還是有其他想法。

還剩十六分鐘，時間不多了。

為了讓我能順利彈奏，我降低左手的複雜度，這意味著退而求其次。邱儒玉提出看法，「妳第一次彈的版本比較好。妳覺得，現在這個版本，可以嗎？」

他言下之意是「妳真的覺得刪減版比較好嗎」，現在可是在徵選，不是在寢室裡隨心創作，要彈就要彈最好的，他的目標很明確，讓我們兩人都能過關，不須思考其他事情，專注於如何通過徵選。可以的話，我一點也不想離開鋼琴椅，但這不是我一個人的徵選，現在是我和邱儒玉兩個人的徵選，徵選刻意將我們湊在一起，就是要讓我們學習配合。

我現在該煩惱的是「如何一起通關」，不要去思考其他事。

「邱同學，我剛剛的彈法，你有辦法彈嗎？」

我原以為主動說出這句話，會讓我自尊心受打擊，然實際講出來後，心情卻比想像中平靜。或許是因為，我並非向命運妥協，而是為了拿出最佳表現，才決定這麼做。

邱儒玉笑了，似乎就在等我這句話，「我試試，請妳再彈一次給我看。」

我不再彈奏刪減版，而是彈我認為最好的第一個版本，其複雜程度不是鋼琴新手彈得來的，但如果是號稱學習速度很快的邱儒玉，或許真有機會。

邱儒玉眼睛眨也不眨，很專注看我的指法。輪到他時，有如錄音機按下回放鍵，竟真的一個音不差地彈奏，就連我手指按不到、略為停頓的地方，他也在同樣的地方頓住，但他很快就開始修正。

由我編曲，邱儒玉彈奏。為了呈現最好的結果，我拋開無謂的自尊，攜手合作發揮最大效益。

時間倒數七分鐘。

邱儒玉飛快練習，最後那三分鐘他甚至加速演奏，趕在時間到之前把曲子給彈完了。最後那次，一個音也沒漏，他的學習能力真是驚人。

「時間到。」考官放下手上的平板電腦，「湘寒山藝術大學的邱儒玉，以及葉迦娣音樂學院的李蘋柔，兩位『雙人即興樂曲創作』項目徵選結果……合格。你們可以離開了。」

邱儒玉放在琴鍵上的手僵住，「合格了？你不聽我們彈嗎？」

考官拋出別具深意的笑容，「如果邱同學還不明白徵選的用意，那你最好多向李同學請教。」考官收拾好東西，將平板闔上保護蓋，便離開了。

我對還在錯愕的邱儒玉說：「合作愉快，徵選加油。」

外頭已天黑，其他考生陸續走出琴房，有些人興高采烈跑出來，有些組別臭著臉出來。

靠我最近的琴房門突然被用力打開，幸好我閃得快，才沒被門打到。從琴房裡衝出兩個男生，他們扭打在一起互相叫囂。

「都是你扯後腿！媽的瑯湖廢物！不會音樂就不要出來害人！」

「一個徵選項目而已，激動個屁啊！瘋子！」

他們那組的考官是個瘦巴巴的中年男性，面對此情他不知所措，阻止也不是，不阻止也不是。我不想介入他們的紛爭，準備繞開他們，其中一人被對方一推，剛好推到我面前——是吳深穆。

吳深穆瞪向我，那眼神之凶狠似乎下一秒就要脫口說出「看什麼看」。不過，當他認出是我以後，表情變得有些微妙。

瘦巴巴考官終於抓到勸架機會，趕緊跳到兩個男生中間，大喊：「兩位同學請冷靜，再爭執的話我們有權判定不及格！請各自回去吧！」

和吳深穆爭吵的男生被其他學生拉住，我身旁的吳深穆嘖了一聲，倒是沒再衝上去。

我很想裝作不認識，吳深穆卻喊住我：「喂，李蘋柔，妳通過了嗎？」他口氣雖不客氣，但我能聽出來，他對我沒有惡意，以他平時對人的態度來說，這是友善的表現。

他這是吃錯什麼藥？居然和我閒話家常？要知道我們上次見面時，因為愛麗絲和雀兒喜的事鬧得很僵。

「嗯，通過了。」我轉身要走，他卻跟在我旁邊，好像我們是朋友一樣。

「妳要回宿舍吧，我送妳。外面天黑了不要一個人走。」

「為、為什麼？」你真的是我認識的吳深穆嗎？

吳深穆瞥了我一眼，並沒有馬上解釋，他一直等到周遭沒有其他人時，才低聲對我說——

「看來妳當時真的意識不清，忘了嗎？妳帶雀兒喜逃出時我也在場。」

什麼？我和雀兒喜出來時？難道他是指從陳姐關押的地下道逃出來時？我隱約記得，除皮埃爾老師和瑪莉以外，在場還有其他人，後來我和雀兒喜被帶去淋雨，有其他人進入地下室找愛麗絲。

難道說？吳深穆他……

我悄聲問：「你知道多少？」

「瑪莉都和我說了，不管是雀兒喜的事還是妳的事，我是自願加入的，我只後悔沒有早點知道愛麗絲的決定。」吳深穆握緊拳頭，若不是我們在講的話題很隱密，他應該很想大罵，他壓抑情緒咬牙切齒說：「現在說什麼都來不及了，瑪莉答應過我，會讓我親眼看到害死愛麗絲的凶手死狀。」

原來，是瑪莉說服他的。她拉攏吳深穆究竟有何打算？

「她有和你說凶手被同伴劫走的事嗎？」我想起那晚雀兒喜的對話。

「劫走？什麼時候的事？」

這話由我說還真是沒有說服力，但我還是得告訴他。我說：「我不知道瑪莉和你說了多少，但我得警告你，最好多留點心眼。」

「彼此彼此。」他淡淡回：「和自己不樂意的對象合作，本就是因著共同利益，一旦利益達成，我們就沒有任何瓜葛了。」

我想起走廊上的事，「像剛剛的雙人組合嗎？」

「哼，那個瑯湖的一點也不懂音樂，彈那麼爛還好意思跟我爭演奏，要不是我在，哪可能順利通關。嗯？前面那是怎麼回事？」

我們來到教學樓大門，卻被眼前的景象嚇到。

「起霧？」

教學樓外霧濛濛一片，似是籠罩一層霧氣，依稀能看見街燈的朦朧光線，昏黃之中帶點異樣氣息。夜霧朦朧，猶如倫敦，這樣的濃霧不該出現在葉迦娣才是。

我伸手攔住要往外走的吳深穆，對他說：「等等。」說不上理由，但我就是覺得不太對勁。

吳深穆推開我的手，「什麼？不就起霧嗎？」他口氣略顯不耐煩，但還是停下腳步，沒有貿然走進霧裡。

其他學生陸續來到門口，他們看到霧也是嚇一跳，卻並未有戒心，逕自走進霧裡，幾乎是同時，霧氣散開了，消失速度之快猶如一場幻象，彷彿從未出現過一般。

我與吳深穆面面相覷，他取出手機撥通一組號碼，電話響了許久才被接通，「喂！看到外頭的霧了嗎？跟你們有關係？」

聽這口氣，應該是打給瑪莉了。

電話另端的人不知說什麼，吳深穆越聽表情越凝重，他掛斷電話後，對我說：「跟我來，緊急召集。」

吳深穆帶我從教學樓另側玄關離開，一路上我都沒有問話，他也沒有解釋的打算。我們來到演藝中心，裡頭的燈是暗的，出入口的電子鎖燈號顯示紅色。吳深穆確認四下無人，掀開電子鎖蓋，快速輸入密碼，指示燈亮成綠色，我們順利推門進入。

我跟著吳深穆進到無人的演藝中心內，門關上後重新回到紅燈狀態，演藝中心內空調還涼涼的，應是剛使用完不久。

四周很安靜，只聽得見我們的腳步聲，吳深穆帶我進到後方道具間，走進雜物堆中蹲了下去，接著人就消失了。我趕緊跟上前，原來在雜物堆底下有一扇活板門，吳深穆掀開活板門走了進去，我跟著進入狹小的暗道內，小心翼翼闔上身後活板門。

活板門完全蓋上後，吳深穆說：「這地方，妳不陌生吧。」

我打了個冷顫，沉悶的空氣壓得人喘不過氣，沒想到會重返關押雀兒喜的可怕地下隧道。道內只有一條路，任何聲響都會格外放大，我們清楚聽見隧道另一端有其他人在。

我們摸著牆壁，往前走一段路，來到一扇厚重鐵門前，門後透出昏黃燈光，吳深穆推開鐵門，裡頭不再是囚禁愛麗絲的牢房，日夜折磨愛麗絲的咆像已被處理掉，房間被整理乾淨，地上放著許多盞露營燈。

房間裡有很多人，絕大多數都是我沒看過的面孔，瑪莉和皮埃爾老師也在其中，除他們兩人外，其他人看起來都是學生。

吳深穆對裡頭的人說：「李蘋柔正好和我一起，我把她帶來了。」

「原來妳就是李蘋柔？比想像中不起眼。」有人如此說。燈光灰暗，我沒有看見是誰在說話，這些人看我的眼神和對吳深穆很不一樣，充滿打量和不信任感。

吳深穆倒是把腦中所想直接說出來，「哦？原來還有這些人在。」

瑪莉解釋道：「他們是趁著聯徵來的，這邊幾位是湘寒山的族人，那邊是瑯湖的族人。」

被點名的學生哼了哼，雖沒有惡意，但也感覺不到友善。我望著這群陌生的「同伴」。對於協助海龍氏族的事，我沒什麼真實感，他們想成就什麼大業，都是他們的事，與我無關，我加入只是為了雀兒喜，僅此而已。

這群「同伴」對我也沒有很熱絡。

「靸諚嚜癬鱰癰癯轎？」

「韄誓鰊怒輪。」

「黴鷉溓蘱戥戥犕聽鐦。」

他們用自己的語言聊起天，把我和吳深穆丟在一旁，我瞥見吳深穆皺起眉頭，若換作是一般同學，他搞不好已經上前吵架了。

門外傳來急促的腳步聲，雀兒喜快步抵達，她一來，那些嬉笑的聲音馬上停下。

雀兒喜並沒有看那些族人，而是把視線落在我身上，說：「是蘋柔遇到的？沒事吧？」

我頂著背後的視線壓力，盡量讓聲音聽起來夠冷靜，「嗯。」雖然在院聚時已見識過，但這番對比下來，我還是對雀兒喜的地位感到訝異。

雀兒喜只對我一個人特別關懷，這讓我有著些許優越。

她看了我半晌，確認沒事才移開視線。她說：「人到齊了嗎？那麼開始吧，皮埃爾，你說。」

皮埃爾老師說：「吳深穆和李蘋柔回報遇到奇怪的霧氣。」

吳深穆問：「那霧氣有什麼怪異嗎？」

「彼霧氏族。」

黑暗中有人開口說出一個字詞，那字詞一出，氣氛變得很凝重，唯獨我和吳深穆狀況外。

吳深穆不像我不敢開口，他直接表達不滿，「喂，什麼是彼霧，解釋一下。」

「彼霧氏族原本是我們的盟友。」開口的是雀兒喜，她緩步到我身旁，像是在用行動表示我有資格待在這，「近期局勢動盪不安，明面上我們還是盟族，但實際上他們已經不太理睬我們了。他們知道這座學校是我們的據點，卻沒和我們報備，就偷偷潛進學校，根本不把盟約放在眼裡。」

屬於人類結心者的瑪莉不安地問：「彼霧氏族食人，他們上岸的日子還不長，突然造訪有沒有可能要求在學校內『進食』？」

無人回答她。

密閉的空氣令人不適，移動腳步、呼吸、低聲談話，任何一種聲響都能產生回音。露營燈的微弱光芒不僅無法降低不安，反因照明範圍有限，增添一絲詭譎氛圍。

眼睛逐漸適應黑暗，我就著微弱的光源想看清在場有多少人。含我在內共有十人，除去認識的雀兒喜、瑪莉、皮埃爾老師及吳深穆外，還有五位學生樣貌的男女，他們看上去和普通人沒兩樣，衣著尋常，相貌平凡，沒有任何怪異之處，若是和他們在校內擦身而過，恐怕也不會多留幾分心。

我身旁傳來冷酷的指責聲，一個女生聲音說：「為什麼要讓三個人類加入？如果他們被彼霧『替換』怎麼辦？」

「蛤？」吳深穆被激怒了，他嗆回去：「誰啊妳！有本事報名字！別只敢在暗處講話！」

雀兒喜指示皮埃爾，將其他人介紹一遍。

皮埃爾指著說話的女生，開口道：「她是琊湖的同伴，謝午嵐。」

謝午嵐個子很高，站起來很有壓迫感，目測身高有一百七十幾公分，嚴肅的臉孔和她的聲音一樣無情，她冷聲說：「叫瑪莉的結心者就算了。這兩個人類若扯後腿，依規矩處決。」

我盡量不讓自己受她影響，維持面上平靜，這是我很擅長的作法。吳深穆沒有我沉得住氣，他瞪了回去。

謝午嵐沒打算理我們，她逼問皮埃爾，「我結心者的事查出來了嗎？是不是彼霧搞的鬼？肯定是他們對吧。」

皮埃爾厲聲說：「那件事還在調查，妳別輕舉妄動。」

「哼。」謝午嵐面露嫌棄，冷哼道：「是還在調查呢？還是事不關己，沒什麼好查？現在彼霧把手伸進葉迦娣了，我就等著看瀅鎮之首如何大展神威。」

謝午嵐瞪我，「連結心者都不是的人，閉嘴滾一邊。」

我內心隱隱希望，雀兒喜能為我說點什麼，任何話都好，然而雀兒喜不發一語。

他們接下來的話題，我聽不是很懂，聽著聽著有些恍神，我將注意力移到雀兒喜身上。雀兒喜站在這群人中心，冷淡的臉孔讀不出任何情緒，當其他人在報告事情時，她也只是公式化地應答，依照問題給予指令，與私底下的模樣很不同，現在的她看起來好陌生。

這些人，這個空間的氣氛，每一樣都讓人反感。哪怕一秒鐘也好，真想快點離開這令人窒息的地方。

我直搗核心，「我們要對付的是什麼？」

皮埃爾老師說：「彼霧氏族是我們的老盟友，或者該說是依附在我族保護下的小氏族。他們主要活動在無水界交界處，也就是你們口中的『海平面』。他們會在海面上召出水霧使船隻迷途，他們能幻化成吞噬過的生靈樣貌，模仿其生前求饒姿態博取同情，彼霧最喜愛幻化成弱小形象，女人、小孩、老人、有殘缺者，引誘無知陸民驅船靠近。陸民們不疑有他，在蒼茫大海上見到攀附在木板上的可憐孩子，即便是鋼鐵造的心都會為之軟化，等到他們進入彼霧的狩獵範圍……」

「就會被霧吃掉。」吳深穆嘖聲，「聽起來就像以前航海日誌上記載的海怪。」

皮埃爾點頭，「沒錯吳同學，正是如此。彼霧氏族無論肉體能力，還是學習適應力都遠比不上海龍，如今的陸民已不再乘著木頭船在海上冒險，彼霧卻依然守著舊習，試圖裝弱小接近敵人，這可以說是他們的傳統驕傲，也是刻在骨子裡的先天特性。你明白我想說的意思嗎？」

吳深穆突然踢倒地板上的露營燈，原地打轉的露營燈光源，像盞舞台聚光燈，輪番打在我們每個人臉上，有的人面無表情，有的人生氣他的無禮舉止，也有人露出玩味的笑意，等待事態發展。

吳深穆呸了聲，說道：「重要情報藏頭藏尾，只肯透漏一點訊息，還敢問明不明白意思？把人耍著玩也要有限度。我要找的只有害死愛麗絲的傢伙，其他與我無關。快說，害死愛麗絲的究竟是什麼人？人在哪？」

瑪莉擋在皮埃爾面前，「你還是這麼急性子，我和你說好了，一定會把凶手帶到你面前，急什麼啊。」

這些人，真的能算是同伴嗎？

我瞥向雀兒喜，她依然冷著一張臉，有如觀看表演的觀眾，欣賞滑稽角色們在舞台上爭鬥。她空有瀅鎮之首的頭銜，手底下卻只有這些互咬的「同伴」。

院聚回來那晚，雀兒喜嘶啞的求救聲，仍在我腦中迴盪。

雀兒喜啊，妳是否感到心寒？在這陰暗又潮溼的地方，由著各懷鬼胎的人攪亂妳的生活。

我學起雀兒喜冷眼旁觀一切。

我們如同一場假面舞會，戴上面具隨樂聲在舞池裡旋轉，為了自身利益聚在一起，貌合神離各有盤算。這之中又有誰是真正可信賴的同伴？誰又是將要被刺殺的目標？當樂音結束之時，又有誰能活著站在舞池中央謝幕呢？

緊急召集結束後，我和雀兒喜回到宿舍。

雀兒喜看起來有些疲倦，動作懶洋洋的，她緩慢脫下外出衣，換上較舒適的居家服，問我：「覺得如何？」

「沒什麼感覺。」我說。

「呵呵，少來。」雀兒喜嘻嘻笑，她一屁股坐到床上，床上的書本被回彈力道震得險些掉下床。她說：「妳的表情可不是這麼說的，這裡只有我們兩人，想說什麼就說吧。」

這說法很誘人，我差點把真心話說出來，但我轉了話題，「現在有敵人混進學校，妳打算怎麼做？像我這樣的一般學生很危險吧。」

我沒有忘記自己不是結心者這件事。不敢忘記，也不能忘記，我只是一般學生，必須銘記這件事。我反覆告誡自己。

雀兒喜突然拿起床上的書本，隨口說：「這本小說很迷人，妳看過嗎？主角到處追著看不見的敵人跑，到頭來卻發現，他所信任的同伴根本不是同伴。」

我沒聽懂她想表達什麼。

雀兒喜起身來到我面前，翻開書籍其中一頁，帶點磁性的低嗓說著令人迷醉的話，「如果妳也和我有一樣的感覺，那該有多好。但妳不會承認吧？我的蘋柔就是這麼倔強，所以我才喜歡妳。」

容不得我多想這句話的涵義，雀兒喜把翻開的那頁攤在我眼前，指著書內的句子——我們之中有敵人的內應。

我瞪大眼，雀兒喜對我比了「噓」聲的動作。

雀兒喜翻開下一頁，指著書中另段句子，藉由小說的內容向我傳達祕密訊息——我的身分不容許我出手，由你替我找出內應，我的私家偵探。

雀兒喜闔上書本，她親暱地用手背撫摸我的臉頰，被她撫過的地方有些發熱，她用著與聚會時不同的樣貌凝視我，美如彎月的微笑，恍惚間我將她的容貌與舞台上的莎樂美重疊，莎樂美深知國王對她的情意，藉此提出任性的要求。

雀兒喜說：「妳會幫我的吧，嗯？」

這叫我如何拒絕妳。

十♪暗夜探查

我躺在床上翻來覆去，今天一天接受到太多訊息，腦子亂哄哄的。

雀兒喜背對我睡下，我無法從她身上獲得慰藉，這讓我有點沮喪。我改成仰躺，盯著天花板發呆，試圖釐清思緒。

聚集於地下防空洞的人裡面，有接應彼霧氏族的人存在。

彼霧的目標會是誰？他會怎麼做？

皮埃爾老師與瑪莉？雖然不是毫無可能性，但我想不出背叛動機，皮埃爾是雀兒喜的陸地導師，單論勢力，海龍比彼霧強悍，他沒必要為了小部族背叛長年累積的信任。吳深穆？他的目標很明確，為愛麗絲報仇，如果彼霧對他提出有吸引力的條件，他很可能反過來幫助彼霧。

窗外傳來雨聲，我拉緊被子蓋到肩膀，卻還是覺得好冷。

不只肩膀很冷，我的手也冰得嚇人，不知是下雨天的緣故，還是內心所致。我對著冰涼的手呵出熱氣，用自己的體溫，去溫暖自己。這是我選的路，我不能軟弱，得振作點才行。

喀咚。細微的聲響將我拉回現實，我轉動身體查看聲音來源。

對床的雀兒喜不見了。

那聲音，是門關上的聲音。

認知到這點後，我套上鞋趕忙追出去。幽暗的走廊盡頭處，有人影站在那等我。

我關上寢室門，跟上雀兒喜的腳步，她身上還穿著居家服，只簡單套著一件大外套，當我跑到她身邊時，她脫下外套蓋在我肩上。

她輕聲說：「外頭冷，別著涼了。」語氣並不意外，好像我跟上來在她的意料之中。

她的外套留有餘溫，蓋在肩膀上很暖和，言語難以明說的眷戀之情悄悄萌芽，她不經意的體貼像毒，嚐過一次便會上癮。我果然……拿她沒轍。

夜色深沉，我拉緊外套，問：「去哪？」

她說：「事情和我們預想的一樣，蘋柔，得加快腳步了。」

我們來到教學大樓側門，大樓的保全鎖亮著綠燈，看來有人先進去了。

我們通過側門進到夜晚的教學大樓，室內沒有開燈，我好幾次都差點撞上堆在走廊上的雜物，走了一陣子後，逐漸看見遠處有光源，我們循著亮光來到一間普通教室。

教室內開著燈，遮光窗簾全拉上，緊急召集時見過的面孔再次聚集。

他們圍著一圈放射狀的黑色東西，當我們走進教室時，所有人都看向我們，或者說，是看向雀兒喜才對。

皮埃爾靠在窗戶旁，不時注意外面動靜，瑪莉穿著一雙毛茸茸的室內拖鞋，看起來像是急急忙忙跑出來，毛拖鞋上沾到泥灰，看來她的室內拖鞋得換了。

我朝他們圍繞的東西看去。

那是一圈扁平的放射狀黑色汙痕，模樣像營火燃燒後，遺留在原地的木炭焦痕，如果是在室外發現，八成會被當作是調皮學生烤肉燒木炭的痕跡，但出現在教室內就顯得怪異了。

我沒有傻到相信，這些人會為了尋常木炭痕，在三更半夜召集起來。

雀兒喜淡淡說：「有人死了。這是彼霧進食後殘留的餘渣，他已經用某個人的皮相混進校內了。蘋柔。」

我抬頭望向雀兒喜。

她對我說：「有什麼想法，直說無妨。」

這話表面上是看重我的能力，但是在我聽來，卻像是一道命令，她在催促我立刻提出應對辦法。

我問：「能看出是多久前留下的嗎？」

謝午嵐蹲在地上打量黑色痕跡，對雀兒喜報告：「依這痕跡來看，差不多是我們在地下會議時動的手。」

被彼霧吃掉的對象是誰？學校這麼多學生，又是開放外校人士的聯徵期間，範圍太大了。

如果是在教室動手的話，是彼霧把人找來教室後再偷偷下手？這樣很奇怪，還未獲得形體的彼霧，從外觀來看就是霧氣，就像我和吳深穆看到的那樣，它進食後會留下這麼明顯的痕跡，不會在大庭廣眾下動手，他是怎麼把人帶進來的？

「這間教室，當時是聯徵場地嗎？」我提出問題。

皮埃爾望向我，他是在場唯一的教職身分，他拿出一疊資料，我看見資料標題寫著「教職者用活動手冊」，他翻找活動摘要，停在其中一頁上仔細端詳。

「有！」皮埃爾聲音拉高，似乎為有進一步發現而高興，「是『模擬專輯設計』的項目，徵選方式為隨機配對雙人合作，對象是湘寒山的藝術學生與葉迦娣的音樂學生。」

範圍可以縮小到湘寒山和葉迦娣，且是有參與這場聯徵項目的人。

我進一步追問，「能查到有哪些學生參加那場聯徵嗎？」

皮埃爾卻搖搖頭，「我手上沒有聯徵名單，需要時間調查。」

「嗯，名單的事就交給你了。」雀兒喜說：「不只學生，連同活動人員和參與教職都調查清楚。」

我接著問：「彼霧知道雀兒喜的身分嗎？他們知道瀅鎮之首的模樣嗎？」

謝午嵐冷笑著回答：「當然，大家都知道。」她的口氣很鄙夷，彷彿聽見鄉巴佬問一件大家都懂的常識。

我不理會她，「那麼，你們認為他知道學校有分女生宿舍和男生宿舍這件事嗎？」

謝午嵐還想嘲笑我，倒是瑪莉聽懂我想問的問題，她接話：「妳想知道彼霧氏族有沒有可能，為了方便接近雀兒喜，而選擇變成女性樣貌，是這樣嗎？」

我點點頭。

瑪莉沉思一會兒，「有可能。」

雀兒喜點頭，「按照彼霧族那食古不化的腦袋，他們認為女人與小孩是容易引起同情的對象，既然學校沒有小孩，他們選擇變成女性的可能性很高。」

範圍再次縮小，對手的輪廓也越來越明顯。

雀兒喜對皮埃爾說：「找出當晚有參與『模擬專輯設計』聯徵的女性，彼霧氏族混在其中的可能性很高。」

我壓抑反胃的感覺，想像著一團從大海來的霧氣，在教室內找到落單的倒楣學生，吃光他的肉，磨盡他的骨，將活生生的學生，變成一團黏在地板上的黑色汙痕。

當晚，我睡得很差，一點風吹草動都會把我驚醒。

醒了又睡去，睡著又驚醒。我應該做了夢吧，夢中景象有如碎片，在那場夢境裡，雀兒喜燦爛笑著，朝我熱情的擺動雙手，她的笑容好溫柔，像正午的暖陽，雙眼如彎月一般瞇起。

啊啊，這果然是夢。雀兒喜從來不會這樣對我笑。

我緩緩睜開疲憊的雙眼，手機時間顯示剛過清晨五點，眼皮像被糨糊黏住似的，光是撐開就很費力。我艱難地轉動脖子朝雀兒喜的床位看去，想知道她是否也因思慮過多而睡不好。但是，對床已經空了，雀兒喜不知何時離開房間，留下我一人輾轉難眠。

她總是這樣，我永遠都在猜她的心思和她的行動。我有好多問題想問她。

早晨五點多，如果是這時間，她應該在游泳池。

那是我們初次坦誠的地方。

許久沒有造訪游泳池，我站在泳池門口，聽見裡頭有嘩啦啦的水聲，我使用她告訴過我的密碼進到裡面。

泳池的開放時間未到，空間內沒有燈也沒有空調，空氣既潮溼又悶熱。我在黑暗中尋找她的身影，很快地，我在一號泳道找到她。她把長髮盤起，僅留下兩束細絲在耳側，她身穿高領的削肩黑色泳裝，遮掩脖頸上的祕密，慵懶的姿態宛如童話裡的美人魚，放鬆地趴在岸邊閉目養神，弧度優美的下巴枕在雪白的手臂上，肌膚在波光下顯得晶瑩剔透。

「雀兒喜。」我呼喚她的名字。

人影睜開眼，她的聲音聽起來很驚喜，「蘋柔？妳怎麼來了？」

游泳池不管對我還是妳，都別具意義。在這裡，我們不用理會外界的紛擾和責任。在這裡，只有李蘋柔和雀兒喜。除了這，我還能去哪裡找妳。

我說：「我醒來沒有看到妳，就猜想妳應該在這。」

雀兒喜歪過頭，「找我有什麼事嗎？」

「嗯，有些事想聊聊。」

「我看妳睡得不安穩，在想什麼？來，和我說說。」

「我——」

嘩啦！泳池某處傳來打水聲，像有第三人在水中。

我嚇了一跳，在黑暗中尋找聲音來源。雀兒喜卻不怎麼驚訝，她好像早就知道有其他人在。

水面揚起水波，有如一條巨大的魚游過水下，一位陌生女孩從水裡冒出頭，她和雀兒喜一樣戴著手套，蒼白的臉孔面無表情望著我。

雀兒喜聲音冷峻，對女孩發出指令：「鮡婐䲡䨏龞檕，𧝠懹獑𩊱雋鼈翿，黢罷。」

女孩瞥了我一眼，什麼話也沒說，爬上岸離開了。

我看著這幕，一股鬱悶油然而生。

她是誰？為什麼會在雀兒喜的泳池內？妳們在這裡聊了些什麼？她為什麼和妳獨處？難道只有我一

個人覺得，這裡是我們兩人的獨處空間嗎？只有我一個人……這樣想……是嗎？

雀兒喜察覺到我的不愉快，她朝我揮揮手，像是招一隻乖巧的貓兒，「別管她。蘋柔過來吧，一早就急著找我，真不像妳。」

我走到她身邊，蹲下身試著與她平視，但她人在水裡，我再怎麼放低身子，她還是得仰起頸子才能與我對視。

我忘記原本目的，滿腦子只剩妒意，「她是誰？」說出口的聲音充滿怒氣與敵意，連我自己都嚇到。

雀兒喜坦言：「我招來的祕密使者，我請她去拜訪一位老面孔。蘋柔，這件事要保密，別對任何人說。」

「祕密使者。」我沉下臉。

雀兒喜觀察我的表情，說道：「妳不高興？」

我把惡毒的念頭吞回肚裡，用我最擅長的平靜表情對她說了兩個字：「沒事。」只要我這麼說，話題便到此為止。

雀兒喜手臂一撐，從水裡撐上岸，坐到岸邊與我平視，我坐到她身邊，她髮尾的水滴濺到我的居家服，我沒有避開，心想衣服全被弄溼也無所謂。

我說：「告訴我琊湖發生了什麼事。」

在地下防空洞時，琊湖的學生提到彼霧的到訪，可能和他們學校發生的事有關，我需要知道那件事，與葉迦娣的事件有多少關聯。

雀兒喜似乎沒想到我會主動深入，她露出讚賞的淺笑，回答：「謝午嵐的結心者失蹤了。」她示意我可以靠近一點坐，「她的求救訊號傳來時，我正被賽蓮囚禁自顧不暇，事後我派人去搜索，已經什麼線索也找不到了。謝午嵐對我很失望，她說若我有立刻出手，或許還能找回人。當然，我也考慮過陸民會遇到的狀況，例如綁架、逃學之類的，但謝午嵐堅持是別氏族的攻擊行為，一口咬定是彼霧氏族做的。」

「為什麼她能篤定是彼霧？」

「她曾在學校頂樓看到她的結心者，她說她很確定，那已經不是她熟悉的人了。」雀兒喜話鋒一轉，「如果蘋柔日後突然見到失蹤的面孔，最好不要貿然靠近，彼霧吞噬人不需要太多時間。」

我把這句話記著，在心裡調侃自己幾乎沒有朋友，自然也不會去主動靠近誰。我繼續問：「妳認為彼霧的目的是什麼？」

「大概跟我有關吧。我被當成目標也不是一、兩天的事。皮埃爾認為他們想投靠我們。」

「想投靠的話，偷偷摸摸行事不太合理。」

「如果我是彼霧，我會找機會吃了瀅鎮之首，直接接管她手底下的資源。」

我點點頭，「這是有效的作法，但挑在聯徵所有人齊聚的時刻？這不等於在最難出手的時候進攻嗎？」

「也是最好混淆視聽的時刻。如果只有葉迦娣的學生，平時相處久了的人一旦被掉包，身邊人多少會感覺到異樣，但選在外校人士造訪的期間，即使有出現異樣，也可以被解釋為受聯徵影響。」

「要查的事，有懷疑的對象嗎？」我沒有直接講出內應二字。

「的確有懷疑的對象，但我不會告訴妳，我需要妳從客觀角度去調查。」

這是不打算說嫌疑人的意思吧。

雀兒喜突然說起不相關話題，「我在書裡看過一個詞，那是一本奇幻冒險小說，主角遇到危難，必須通過試煉才能拯救大家，『命運的抉擇』，任何一個小小的決定，都可能對未來產生巨大影響。」

我靜靜聽著。

「是否要告訴妳嫌疑人是誰，這是我的『命運抉擇』，可能會對未來妳在看待事情時產生巨大影響。而我也做出選擇，那就是不要告訴妳。」

我不滿意地噘了噘嘴。

雀兒喜指著自己嘴唇，笑嘻嘻說：「除了這題外，還有其他問題嗎？其他人的嘴肯定都跟蚌殼似的，我不一樣，我的唇很樂意為妳而開。」

我輕笑。被她這麼一逗，原先想說什麼都忘了。

雀兒喜伸個懶腰，「晨間會談結束了，私家偵探。我們該回到校園生活了。」

我爬起身，準備跟著雀兒喜離開時，有個東西進入我的視線。

「那東西」在換水口附近左搖右晃，隨時可能被吸進網柵內，一旦被吸進去，就很難被找到了。我如果立刻去撈，「那東西」就能被我偷偷收起來，不會有人知道，雀兒喜也不會知道。

我該怎麼做？

雀兒喜剛說過的話在耳邊響起。這是考驗也是命運的抉擇，一個小小的決定，都可能對未來產生巨大影響。

該怎麼做？

我心跳得很快，渾身寒毛豎起，遠比看見彼霧留下的殘屍時還要恐懼。時間彷彿回到那惡夢般的日子，瘋狂、欺瞞、辱罵、醜惡的嘴臉，被關押在黑暗中等待死亡的記憶……

游泳池的排水吸口處。

有一顆小小的魚頭棋。

我像著魔似的無法將視線從魚頭棋上移開，它的存在強迫我面對瘋狂的校園生活。雀兒喜曾說，棋子已被他們回收了，為什麼這裡還有一枚沒有被處理掉？

它在那多久了？是否還持續播放摧毀心智的魔音？

或者，是剛才的女孩落下的？

腦袋還沒得出答案，身體先做出決定。

我抓住欄杆，滑入水中，泳池水淹過小腿來到大腿。我驚訝自己的成長，從什麼時候起，我變得不再害怕水了。

我撥動池水，告訴自己沒什麼好怕的，水帶給我的回憶，已不再只有恐懼，雀兒喜的明眸如水波蕩漾，看見水便想起她的魅影，是她引我進入水中——進入她的世界。

我深吸一口氣，把頭埋進水裡，水比我想像還重，我憋住口中的氣息，想潛下去撈起魚頭棋，手在水裡揮老半天，頭仍舊有半顆浮在水面上。我試著放鬆身體，慢慢吐掉口中的氣，一次一些些，緩慢地一邊吐出空氣，一邊使力把頭往下壓，才順利潛下去。

我潛到吸水口一帶，在口中空氣快耗盡前，順利撈到魚頭棋，握緊它浮上水面。

我「噗哈」一聲浮上水面，雀兒喜蹲在岸邊看著我。

她困惑道：「我發現妳沒跟上，怎麼下水了？」她朝我伸出手，我趕緊把魚頭棋塞進口袋，另一手故作沒事握住雀兒喜的手。她把我往上拉的力道很大，我順著拉力跌進她懷中。

「妳不是怕水嗎？在水裡做什麼？」她問。

我扯謊說道：「耳、耳環掉下去。」

「有找到嗎？」

「不，我想算了。」

「在哪掉的？我下去找。」雀兒喜將視線移到水下。

我有些心虛，「不必了，我們回去吧。」

「嗯，既然妳堅持。」雀兒喜收回視線，她伸手捏了捏我的耳垂，親暱的舉動使我耳朵發燙。她說：「妳怕水，下次別勉強，喊我一聲，我替妳找。」

「嗯。」心裡暖暖的，我忍不住去牽她的手，她沒有猶豫地回握我的手，我趁機將魚頭棋藏好，不讓她發現。

回到寢室。

雀兒喜換好衣服後坐到床上看書，她最近迷上偵探推理小說，她說有本書封面很吸引她，於是她拿起來讀了一下，從圖書館借來的原文版福爾摩斯精裝本全堆在床尾，幾乎把她的床壓到傾斜，我猜她把書堆在一處時，根本不知道福爾摩斯是多麼「重量級」的人物。

「我想再去看一次事發地點。」我說。

雀兒喜闔上書，笑道：「妳這句真像偵探的台詞。」

我提起令我在意的事，「妳還記得陳姐放置的小棋子嗎？我很好奇，為什麼妳不會受到影響？我意思是，妳並沒有像其他學生一樣，到處勾心鬥角。」

雀兒喜聳聳肩，「妳是問賽蓮的歌聲為什麼不會影響我？因為這副身體是『連軀』，我很難和妳解釋……嗯……緣由？原理？應該是這個形容詞彙……妳想成我的身體和精神並不在這裡，她的歌聲無法直接影響我，正因如此，她才會把自己藏著，讓一般學生來對付我。」

若我的假設能成立。

我往她靠近一些，急著從她口中問出答案，「那麼，彼霧會被賽蓮的歌聲影響嗎？他們對賽蓮的歌聲有反應嗎？」

雀兒喜想了想，「彼霧本就是生活在水面層的氏族，自古以來常和賽蓮有地盤爭執，他們不會認不得賽蓮的聲音。妳問起這個做什麼？」

我故作鎮定把手插進口袋，握緊口袋裡的魚頭棋，掌心傳來冰涼的觸感，很像金屬一類的東西。有了魚頭棋，我腦中有個瘋狂念頭想執行看看。

「沒什麼，隨口問問。」

我露出淡淡笑容。像瞞著大人準備驚喜禮物的小孩。

雀兒喜帶我回到昨晚發現黑色汙痕的教室。

沿路擦身而過的同學都在打量我們，更準確來說，是打量雀兒喜。

「好多人在看妳。」我說。

雀兒喜泰然自若說：「別理會就好。」

我們重回教室，雀兒喜先走進去，我跟在後頭把教室門關上，隔絕那些令人緊張的視線。

教室裡頭空無一人，門窗緊閉，空氣悶悶溼溼的，隱約能辨識出黑色汙漬原本所在。教室內擺放一些零散桌椅，目測只有五、六桌，桌椅全被挪到教室邊緣，教室中央空出一個空地，估計是用作聯徵使用的，當時黑色汙漬所在地就在空地中央。

我注意到有一組桌椅的椅子被拉開，除了那組桌椅外，其他桌椅都是椅子收好的狀態。我走近那組桌椅，桌面一處有灘深色溼痕，若不是翻倒飲料，就是有人曾趴在桌上打瞌睡，睡到流下口水印子。

「雀兒喜妳瞧，妳覺得這像什麼？」我叫上她。

她說：「有人曾趴在這裡打瞌睡？」

「這位學生或許是彼霧的目標。」我說。

椅子是舊式木頭椅，即便是熱衷傳統之美的葉迦娣，看見這張椅背都快散掉的老舊桌椅也是該換了，這或許是它們被推到教室邊緣的原因之一。木製椅子的接縫處已經鬆脫，一個不留意便容易夾到，我在椅背夾縫處發現一根黑色長髮。這根頭髮扯斷時肯定很痛。

我捏起黑色長髮，請雀兒喜暫時別動，我將那根長髮與雀兒喜的長髮做了比對。

「比我長？」她問。

我說：「比妳短一點點，黑色中長髮，曾在這間教室打瞌睡，或許是睡眠不足？」

「也或許是她提早完成考題。」

「如果是這樣，她肯定非常優秀，餘留的時間長到足夠睡到流口水。」

可惜那是她人生最後一場睡眠，在那之後霧氣滲進教室內，吞噬了她，還用了她的皮相在學校內晃來晃去。

雀兒喜的手機傳來震動聲，她拿出手機看了一眼，告訴我她的下一場聯徵即將開始。

我們回宿舍的路上有一搭沒一搭聊著，校內到處都是外校生，有的人結伴在樹下聊天，有的人抱著書本在階梯上閱讀。

雀兒喜分開前對我說：「蘋柔沒事盡量待在宿舍，瑪莉會照顧妳的。」

我說：「該注意安全的是妳。」

雀兒喜笑而不答，她拍拍我的肩頭，轉身離去。

我們一分開，原本在周圍各做各事的三、四位學生，不約而同擁上去，他們靠近雀兒喜也不是為了攀談，只是安靜跟在她身邊，幾雙眼睛隨時留意周遭，簡直就像護衛女王的騎士團。

我很驚訝雀兒喜在校內的勢力，是何時開始變得如此明目張膽。

在她心中，我在什麼位子呢？她始終不提結心者的事，我也不敢碰觸這一塊，我害怕一旦問了，將會破壞現有的平衡。

我們之間的情感究竟算什麼？

女王的寵兒？朋友？抑或……

「嗨。」突然，一個男生從後面叫住我。

我轉身，看見邱儒玉朝我走來，他手裡抱著很多書籍和卷軸，邊走邊小心翼翼扶著，不讓它們有半分折損，那副珍惜書卷的模樣，像極了書院老學究，或許他即將和我分享，他發現藝術家與宇宙間獨特的奧祕。

結果，他開口就是抱怨，「拿這些東西真煩人，自走型畫袋什麼時候才會被發明出來。」

我提醒他：「找我有事？」

「我剛剛看到妳跟雀兒喜・布朗走在一起，妳們很熟嗎？」

我真的熟悉雀兒喜嗎？我經常思考這問題；要說熟，我比校內多數同學都親近她，要說不熟，我經常不知道她在想什麼。我與她的親暱關係建立在共享祕密上，除去這層特殊因緣，我對她幾乎一無所知。她有喜愛的食物嗎？欣賞的曲風？閱讀以外還有什麼個人嗜好？這些我都不了解。

「我們，是室友。」我淡漠回答。

還只是室友。

十一♪逼霧現身

邱儒玉很驚訝，「妳們是室友！真巧，我聽說她很多傳聞，唔……好壞都有。妳看過她的專題採訪嗎？那本雜誌叫什麼忘了，寫什麼葉迦娣天才美女，音樂界爭相搶人，這麼聳動的內容要人不記住都難。」

我失笑出聲。聽起來是誇張了些，但放在雀兒喜身上就很合理。

邱儒玉很自然走到我身旁，距離近到讓我不自在。

他懷中的書籍貼有葉迦娣圖書館的條碼，《東方美學論》、《現代編曲進階篇》、《追憶李奧納多達文西》，從書名來看皆是藝術叢書，大概是從我們圖書館借出來的。

他緊抱著書籍，興奮地說：「你們圖書館太厲害了，隨便翻都是絕版書。」

身旁人越說越起勁，沒有要離開的意思，我不是很想聊天，卻又抽不開身，只能敷衍著陪笑，希望他能早點說完話。他拿出手機給我看好友欄，說：「聯徵活動真不錯，可以認識好多人，我加了好多人的LINE。」

「是嗎。」我敷衍道。

「妳看，這我女友傳給我的，她真是的，到底是來聯徵還是來聯誼的。」

他點開一張多人合照，拍照地點是我們的學生餐廳。我總是獨自在角落吃飯，很少坐到顯眼位置，照片中的人們挑選的位子是餐廳中央的大桌，是我絕對不會選的中心之位。兩排學生坐在長桌上對著鏡頭比愛心，每個人都笑得很陽光。

我說：「這是我們學餐吧，大家看起來好開心。」哪像我從聯徵開始一直繃緊神經。

站在畫面最前方，手持鏡頭的女孩臉上塗著浮誇的彩妝，我一眼便認出是雀兒喜提過的柳芳爵。照片裡的她笑很開心，向著照片另頭的人，炫耀新認識的朋友。

原來邱儒玉和柳芳爵是情侶，一位是學習力強的天才，一位是破框思考的天才，真是可怕的組合。

邱儒玉把照片關掉時，我瞥見他的LINE聊天畫面，在眾多聊天欄中，有一個對話群組亮起未讀訊息，吸引我的注意力。

群組名稱是「模擬專輯設計作戰小組」。

我連忙出聲：「等等！」

「什麼？」把手機按待機的邱儒玉愣住。

我盯著他手機，深怕他收起來，「那個……我剛剛不小心看到，你有參加『模擬專輯設計』的聯徵嗎？」

「怎麼可能，那場跟我們『雙人即興樂曲創作』撞時間耶，我又不會分身。」

「那你怎麼會有那個？」

那群組名稱，難道是我看錯嗎？

邱儒玉順著我的視線按開手機，恍然大悟說：「喔，這個啊，是我女友拉進去的，她要我幫忙出主意。」

「裡面有哪些人？參加那場項目的人全都在裡面嗎？」我急切問。

邱儒玉邊滑邊說：「嗯，幾乎都在吧，我女友號召力很強的。群組有十九個人，我不算在內的話，十八位。」

十八位，那晚在教室內被彼霧襲擊的黑髮女生，會在這些人之中嗎？

「有哪幾位是女生？有沒有黑色長髮的？」我問。

「妳問這些要做什麼？我看看……有些頭像看不出來，啊，這個美腿的原來是男的……」他點開群組成員列表一一查看，「這女的……這男的……這也男的……算一算大概十位吧，妳想認識她們？」

我沉靜在自己思緒沒理會邱儒玉。

湘寒山有十位女性參加「模擬專輯設計」項目，包含他女友柳芳爵在內，或許可以透過他牽線柳芳爵，從柳芳爵口中問出那晚的情況。運氣好的話，或許能得知那晚之後有沒有同學出現異狀。

邱儒玉連喊了幾聲，「所以呢？妳問這幹嘛？不會真的想約女生吧。」

被誤會成想搭訕女生了嗎？雖然這不是我的本意，不過既然他這麼認為，將計就計吧。

我回想在戲劇裡看過的搭訕台詞，努力裝出自然的表情，「我其實對女生比較感興趣，有聽說湘寒山的女生素質很高，一直想找機會認識，你方便幫我介紹嗎？最好是黑色中長髮的女生。」後半句說起來有些彆扭，希望他不要起疑。

邱儒玉露出笑容，「可以啊，我問我女友看看，她來聯徵主要是來玩的，那傢伙應該很樂意幫妳介紹。不過……這樣好嗎？」

隱隱聽見後方有腳步聲靠近。

我不解地問：「什麼意思？」

邱儒玉低頭看手機，說：「她不就符合妳要的嗎？妳的室友。」

我一時沒理解他想表達的意思。

「就妳喜歡的類型，身邊不就有一位嗎……雀兒喜‧布朗！」他最後幾個字是用喊的，彷彿受到驚嚇。

一隻手突然搭上我的肩膀，是戴著黑色手套的手。

我背脊整個涼起來。

「蘋柔喜歡的類型？」雀兒喜冷峻的聲音在身後響起。

雀兒喜與她的護衛們不知何時折回頭，一群人擁護著女王大人站在我身後，我感覺到背後有許多道視線盯著我。

雀兒喜搭在我肩上的手沒有移開，說話對象是邱儒玉，她說：「跟我室友聊什麼？怎麼見到我這麼驚訝？」

邱儒玉被問得很緊張，他老實回答：「就、就我們在聊聯誼，她問能不能介紹我們學校的女生給她。」

我感覺肩上的手收緊力道。

奇怪了？明明沒有做錯事情，而且我是在幫忙調查彼霧的事件，為什麼好像做虧心事被抓到。

「聯誼？」雀兒喜微笑著轉向我，「是指互相介紹親密對象的活動？」

她好像在生氣？沒什麼依據，就是有這種感覺。

我不知道她為什麼生氣，又害怕自己說錯話把事情變更糟，講起話來變得特別謹慎，我說：「我告訴他我喜歡女孩，請他介紹湘寒山的黑色長髮女孩給我認識。」

我以為說出黑長髮的關鍵字，雀兒喜就能理解我是在調查，希望她能幫我推進話題，讓邱儒玉願意說出更多。

「妳不需要。」

她搭在肩膀上的手收得更緊了，聲音裡的怒氣更加明顯。

我沒有勇氣看她，她聲音聽起來好生氣。

雀兒喜踐住我的肩膀，想將我強制拉離，我怕丟了邱儒玉這條線索，連忙喊：「我們先交換LINE，我再聯繫你。」

邱儒玉也察覺到雀兒喜的怒氣，他快速和我交換聯繫方式，「哦……哦哦……行啊，妳們喬好再找我……」

我被雀兒喜拉往宿舍，路上她一句話都不講。到了宿舍門口，有位女同學和雀兒喜交換視線，雀兒喜對她點點頭。我才了解是有人發現我沒有回到宿舍，和雀兒喜通風報信。

「晚點再談，我沒回來前，不准離開宿舍。」雀兒喜離開前對我拋下這句話。

宿舍大廳的水晶燈白天沒有開啟，室內照明仰賴落地窗照進來的自然光，暖光照在幾名女同學身上，她們正圍著舍監瑪莉七嘴八舌。

瑪莉見到我被雀兒喜推進來，她打發走那群女同學，堆起笑容迎接我。

她金髮垂肩，身穿柔美粉紅洋裝，完美詮釋老電影中模範女人的刻板樣子。我再次感嘆瑪莉是厲害的演員型人物，她清楚什麼行為能給人什麼印象，透過討喜的外貌拉近關係，如鄰居般問候學生上下課，偶爾做些小點心送學生吃，扮演理想的宿舍管理員，這能讓她從學生口中得到許多情報。

瑪莉主動牽起我的手，微笑說：「歡迎回來。」

她溫熱的掌心覆蓋住我的手。好噁心，明明曾想殺我，卻還裝沒事，好虛偽的人。

我握緊拳頭，像是隨時可以出拳的拳擊選手。

「嗯。」我冷淡回應。我不會忘記那晚，她是如何用同樣一副笑容將我逼到絕境，我很想叫她少裝熟稔，沒立刻甩開手已是我最大的讓步了。

「來吧親愛的，我送妳回房間休息，我還烤了小餅乾，一會兒給妳送去好不好？妳可以寫音樂時配著吃點。」

「我自己可以走。」

瑪莉維持微笑，金色髮絲順著臉頰滑下一縷，「我想妳已經知道了，宿舍許多地方都有監視器，如果有什麼狀況，隨時告訴我。」

「嗯。」我快速越過她，留在她面前一秒鐘都讓我覺得不舒服。

她講這段話用意再明顯不過，她在警告我，宿舍到處都有她的眼線。我一整天的自由時間，就因為雀兒喜女王一句話，被迫叫回宿舍軟禁，還有什麼比這更令人沮喪的。

我拖著腳步爬上二樓，剛才和瑪莉聊天的女同學在二樓走廊繼續聊，有幾位很面生，看著不像宿舍生，我猜想是湘寒山或瑯湖的外校生，趁著聯徵活動來找朋友玩。

我進入她們視線內，她們放緩交談速度，幾雙眼睛有意無意往我身上飄，其中一名女孩露出玩味的笑容，悄悄和她的朋友們比個手勢。

我回看她們，她們別開視線，裝作若無其事的樣子。

「——所以，妳房間真的有繩梯？」

「有啊，我和我室友晚上都去夜店玩到天亮！」

「真假啊，好扯喔妳們！」

「這就是貴族學校的黑暗面嗎？」

「等一下想去哪裡吃飯？我室友今天都不在，我帶你們去校外吃——」

我回到寢室內，將身後的房門關上，但她們說笑聲很大，隔著房門還是能聽見她們的談話。

我沒打算乖乖待在房間裡，但大門有瑪莉盯著，我不能走正門。我走到窗戶往下看，卻見不遠處的樹蔭下，有兩個學生立即往這裡看過來，他們手裡攤著筆記本假裝討論課業，但兩人抬頭朝二樓窗戶看的舉動，明顯另有任務在身。

雀兒喜從來不會告訴我她的行動，從什麼時候開始，我身旁被布置了這麼多眼線。

未來學校內有多少人是一般人，又有多少人其實是海民呢？

叮。手機跳出一則訊息，是邱儒玉傳來的。我立刻按下通話請求，電話那頭很快被接起來，邱儒玉聲音聽起來很錯愕。

「喂喂？」他似乎沒料到我會馬上打過去，他問：「妳可以講話嗎？」

我直切重點，「剛剛我們說的事可以安排嗎？我想今天與她們見面。」我的口氣肯定很不耐煩，窗外的監視者令我心煩，這股怒氣轉換成叛逆之心。雀兒喜的命令太過無理取鬧，她要我留在宿舍，我偏不想順她意。留在宿舍寫音樂是一種選擇，相信以我現在的情緒感受，能寫出很出色的新作品，但是我不想這麼做，我想採取另一種方式，表達我的抗議。

我對邱儒玉近乎命令地說：「幫我安排，我現在去找你。」

「現在？妳跟雀兒喜．布朗談好了？」

「沒有，她把我軟禁在宿舍裡。」

「軟禁？什麼鬼，妳確定妳跟她沒關係嗎？我話先說前面，如果妳是因為和女朋友不愉快想找人氣她，這渾水我可不蹚。」

「我說過了，我們只是室友。」

我們關係看起來緊密，只是因為我是她的守密者，是她的陸地盟友，事實上，我還救過她一次。

「妳確定？她那時候看起來生氣，她是不是喜歡妳？」

這句話像柄重鎚猛擊我的心。

「不！她……」我腦袋裡亂成一團，無法組好句子。

極於否認的心，與想要抱怨的心全混在一起，我聽見自己拚命反駁的聲音，「她沒有喜歡我，她沒有，她只說……我……」

邱儒玉連忙打斷我，「好好好，我知道了啦！妳冷靜點，我現在幫妳聯絡人，妳想怎麼跟我會合？」

大門有監視的人，舍監管理室的密道有瑪莉在，寢室窗外也有監視者。我現在該怎麼做？

走廊上的談話聲漸漸遠離，那群聊天的同學似乎離開了。我回想起她們的談話，有幾個關鍵詞令人在意，「房間內有繩梯」、「室友不在」、「帶妳們去校外」，連繫在一起，就成了我繞過瑪莉和雀兒喜眼線的突破口。

我向邱儒玉交代一個地點，結束手機通話。

好了，李蘋柔，一旦做就無法回頭，妳想清楚了嗎？我問自己。

我悄悄開起一條門縫，剛才還在走廊聊天的女生已離開，整條走廊沒有其他學生。住宿舍的人，其實很多都沒有鎖門習慣。我與雀兒喜是少數會鎖門的房間，同樓層的學生很多都只是把門闔上而已，大概是覺得宿舍很安全，沒什麼好警戒的。多虧這點，我要悄悄溜進某人房間，使用她們拿來偷溜去夜店的繩梯，也不是太困難的事。

「總覺我違反校規越來越熟練了。」我忍不住自嘲。

不久前的我，連翹課都感到罪惡，自從跟著雀兒喜偷偷摸摸行動，夜闖游泳池、私自解除保全、在學校地下祕密聚會……還真是什麼事都幹盡了。要是爸媽知道我闖了多少禍不知如何想。

我用最快的速度跑到對面的房間，她們寢似乎是使用繩梯的慣犯，那條結實的繩子直接掛在窗台旁，看得出來頻繁被使用。我確認這邊的窗戶外沒有監視者後，扔出繩梯爬出宿舍。

雙腳平安落地的那刻，我有種革命成功的勝利感。

這下雀兒喜肯定要氣炸了。

碰面地點是學校圖書館，葉迦娣的圖書館是百年歷史古蹟，平日僅對師生開放，採用巴洛克式建築，高聳的象牙白色圓柱撐起知識寶殿的氣勢。

圖書館大廳是挑高近四層樓高，兩側階梯通往二樓，從二樓開始牆面上全鑲滿書籍。同學們循著標示牌尋找書籍的身影；抱著書穿梭在書櫃間選書的身影；當學生們手指輕碰書頂，略使力將書抽出時，發現寶藏般雀躍興奮的身影。

原來如此，流連於此的每一個人都和雀兒喜一樣，或者該說，雀兒喜和他們一樣，都成為知識寶殿的信徒，拜倒在書香魅力之下，翻閱一本又一本書籍，置身邂逅珍稀佳餚的浪漫情感中。

我撥打電話給邱儒玉，電話另端的人回答他們在四樓的G號借閱室等我。

結束通話後，換雀兒喜打來了。我猶豫片刻，按下拒絕接聽。但她沒有放棄，馬上又再撥來，我幾乎可以想像她撥打電話的憤怒表情。我掛斷她二次電話後，第三通再打來的人，是皮埃爾老師。

這回我沒有掛斷，我按下接通，電話那頭傳來皮埃爾冷淡的聲音，問：「人在哪？」

我沒有回話。

「喂？李蘋柔？」

我無視他的問句，語氣平淡地說：「老師，別多問，請回答我一個問題。」

我向皮埃爾問了關於咆像的事，其實我知道答案，再次問他只是想確保所有步驟，這對我即將採取的行動至關重要。

我聽到想要的答案後，輕聲說：「事情辦妥後，我會自己向她說明。二十分鐘後，圖書館四樓G號閱覽室見。在這之前，拜託老師先幫我安撫雀兒喜。相信我，我做的一切都是為了她。」

「妳！等等，雀兒喜有話——」

我按下結束通話，將手機切換成靜音模式。我要進到圖書館了，圖書館內手機靜音是常識。

沒想到這麼快就被發現了，我自以為媲美詹姆士龐德的逃跑行動宣告失敗，我隨時可能被怒氣衝天的雀兒喜逮住。但現在還不行，我還有要做的事。在被妳逮住前，我會帶上「禮物」獻給妳，我摯愛的歌聲。

我詢問櫃檯借閱室的位置，順著華麗台階往上走，深入知識寶殿內部。所謂閱覽室，美其名是隔絕外界紛擾的安靜閱覽空間，卻經常被學生們借來當作免費聊天包廂使用，我剛踏上四樓，就聽見盡頭的閱覽室特別吵雜，抬頭再看看室牌，不意外就是我要去的地方。

「喔！來了來了！歡迎！」

我一推開G號閱覽室的門，裡頭的人朝我臉上撒撕碎的衛生紙，輕飄飄的白色紙屑像彩花般飄下。

我扯開微笑，說：「久等了。」

閱覽室內沒什麼裝飾，乾淨到近乎無趣，三張長型木頭閱讀桌和舊式桌燈，兩扇採光窗，就是閱覽室的全部。

我掃視一圈，室內有八位學生，除去邱儒玉是男生外，其餘七位皆是女性，她們幾乎都是黑色長髮。當中有些人滑著手機，有些人興致盎然地看著我。沒想到能在這麼短時間內把人找齊，我果然沒拜託錯人。

朝我撒衛生紙屑的染髮女孩便是柳芳爵，她一邊自己撿起紙屑，一邊興奮說：「我知道妳喔，英國來的李蘋柔，阿儒跟我說的時候我就知道是妳了！」

柳芳爵比外表印象好親近，我與她明明是第一次見面，她卻有辦法自然開啟話題，給我做足了面子，也讓大家更容易認識。

柳芳爵興奮地說：「坐吧坐吧，我來跟妳介紹大家。」

柳芳爵的熱情很快便帶動氣氛，她讓所有人輪流自我介紹，期間她會不停抛出問題延續話題，一輪聊下來，我對其他人有了基本認識。

召集人柳芳爵是系辦的公關，大小活動都能看到她活躍的身影。原本還懷疑柳芳爵被替換的可能，現在聽下來可以排除了。其他幾位中有四位參與度很低，不論柳芳爵怎麼引導，那四人依然惜字如金，僅願意回答必要問題。

彼霧是這四人中的一人嗎？她們之中哪一個人才是被替換的？

柳芳爵也看出那四人提不起興致，她故意點名其中一位問：「小區妳還在跟男朋友吵架嗎？」

被稱呼小區的黑髮女孩放下手機，嘆很大口氣，「黃白癡他瞞著我去約砲，妳猜怎麼樣？那個女生結婚了！現在女生的老公找上門，要求黃白癡支付破壞家庭的和解金，妳說說看，怎麼有這種蠢蛋？還想跟我借錢？鬼才要借你！」

「是上次妳說的那個？同一任？」柳芳爵說。

「對就是他，當時心軟沒有分手，這次我分定了！抱歉李同學，我知道妳想聯誼，但我有男友了，對不起啦。」

這人排除嫌疑。還剩三個人。

剩餘三人分別是瑟縮著身子不敢抬頭的柯茉雪、靠近窗邊滑手機的彭耀菓，以及坐在靠門口，看起來年紀很小的方諾綺。這三人還看不出可疑處。

但沒關係，早知道沒那麼容易找到人，所以我才會把「咆像」帶在身上，我要用它幫我逼出敵人。

如果我的猜想沒錯，彼霧對這個多少會有反應，按剛剛詢問皮埃爾老師的結果，如果發音正確，就算是陸民也能啟動。

我摸著口袋裡的魚頭棋——

「艤醘鷩奭僫鼅朙羚沓錭浥韍謌。」

我輕聲唸出，從皮埃爾老師口中再次確認過的啟動句。

唸完後，我沒有察覺到不尋常的聲音，其他人依舊滑手機聊天，彷彿什麼事也沒發生。

我輕咬下唇，等待。

雙手有些按捺不住，不安分的手指在裙襬上扭動。賽蓮的歌聲正在發揮它的作用，我能感覺到身體變得浮躁。

來吧，狐狸躲在哪裡呢？

腦內湧現各種念頭，我得繼續等待，耐心是淑女的美德，我會乖巧等候。

再等等。

等——

碰咚！

有人急忙拉開椅子站起身，「她」表情扭曲，想要往外門口逃跑，被我搶先擋住門口。

「原來是妳。」我壓住門把，不讓她有機會開門。

「她」不再演戲，厲聲大吼：「關掉！把那噁心東西的聲音關掉！」

其他人被眼前一幕嚇壞，還以為我們吵架的柳芳爵連忙上前想勸架，被我搖頭阻止。

我冷聲指責她：「是妳吃了這女孩，妳在那晚找到落單在教室裡，毫無防備趴著睡覺的她，吃了她，取代她，妳來學校有什麼目的？」

「關掉！我叫妳關掉！」她放聲尖叫。

柳芳爵被嚇到，「茉、茉雪？妳是怎麼了？」

「閉嘴！」柯茉雪一反畏縮模樣，整個人暴跳如雷，拚命想衝出去。

我擋在門前，故意出言激怒她，「妳果然聽得到咆像的歌聲，如何？我聽說你們和賽蓮關係不好，她們的聲音讓妳這麼排斥嗎？」

「啊啊啊！吵死了！吵死了！妳快關掉！妳想這裡所有人一起發瘋嗎！」

發瘋？所有人一起？我差點笑出聲來。

不管是氣急敗壞的柯茉雪，還是門後遠遠傳來的疾步聲，這所學校所有的一切都是瘋狂的。

想必我現在的表情扭曲到極點。醜陋的惡意如爬蟲般蔓延我的臉，讓所有的事物奔赴極樂之界的彼端，好啊，多麼美好的世界。

我笑得燦爛，說：「有何不可？我已經身處瘋狂之中了，與其我一個人痛苦，不如大家一起陷入深淵。」

二十分鐘時限已到，我聽見閱覽室外傳來很多人的腳步聲，整齊劃一的腳步聲像行軍一樣。無須多想，我已經知道領在行軍隊伍前的人是誰了。

門被敲了兩下。

我等待的援軍抵達了。

雀兒喜帶上十幾個人來，那陣仗一看就不是來讀書的。柯茉雪想逃跑，但雀兒喜的人馬占住走廊，不讓她有機會脫身。

雀兒喜環著手臂，站在一旁不發一語，從她冰冷的臉孔上看不出一絲喜悅。

柳芳爵看出氣氛不對，推了推她男友，似乎是在叫他想辦法說點什麼。邱儒玉被女友一推，硬著頭皮對雀兒喜說：「這裡是圖書館，有什麼恩怨出去再……」

雀兒喜女王直接越過邱儒玉，完全不把他放眼裡。

「壓走。」這是雀兒喜抵達後，說的第一句話。

柯茉雪被左右架住，他們在她嘴裡塞進布團，並戴上口罩掩飾。湘寒山的學生嚇傻，有人拿出手機想錄影，被雀兒喜的人強硬制止，我看到一大捲鈔票被塞進湘寒山的學生手裡。

「她跟我們有些恩怨。」隨雀兒喜來的同學冷冰冰說：「我們有話要問她，不會傷到她。至於你們，什麼也沒看到，什麼也不知道，聽懂的人自行離開。」

湘寒山的學生戰戰兢兢收下封口錢，低頭離開閱覽室。

邱儒玉走前很猶豫，頻頻看向我。我很感激他顧慮我，我示意他不用擔心，他才被柳芳爵推著離開。這麼糟糕的再見方式，我想這是最後一次見到他了吧。

「妳，留下。」雀兒喜瞪著我。

所有人都出去了，獨留我和她兩人。當雀兒喜把門「碰」的一聲大力甩上時，我出奇地冷靜。

還沒反應過來，她就朝我胸口用力一推，我重心不穩整個人往後摔。雀兒喜的陰影籠罩住我，寒如冰雪的語氣彷彿能凍結空氣，「給妳太多自由，搞不清楚立場了？李蘋柔。」

我似乎應該要緊張，向她解釋我為何這麼做，這麼做都是為了她，可話到了嘴邊，卻變成扭曲的笑容。我的笑大大激怒雀兒喜，她用皮靴踩住我的脖頸，把我整個人踩在地上，這一腳力道不大，但威嚇意味十足。

她說：「我說過要妳留在宿舍，為什麼忤逆我？」

雀兒喜果然氣炸了，她連憤怒的樣子都如此美麗。我心不在焉地想著。

她命令道：「回答。」腳上的力道稍微加大。

脖頸被施加的壓力，壓迫到呼吸氣管，我感覺到很想嘔吐，想吐又想咳嗽的不適讓我本能抓住她的腳裸，她把我的行為視為抵抗，踩在脖子上的力道加重幾分。

「啊……咳咳……」

我因為被踩住脖子，從嘴裡吐出不成句的聲音。

「呵呵……」

真有趣，原來捨棄倫理規範，忠於自我的內心，竟能讓一切看起來都可笑滑稽。

校規？宿舍規範？圖書館借閱規定？做個守序模範生？煩死了。

「呵呵哈哈哈哈！」

煩死了。煩死了。煩死了。煩死了。煩死了。煩死了。

她冷聲：「李蘋柔妳笑什麼？」

我鬆開握住她腳裸的手，將雙手攤平在身側，表示放棄抵抗。

「要我當偵探的是妳，要我找出彼霧的也是妳，咳……妳看，人抓到了，不是妳希望……的嗎……我成功抓到人了……結果呢，妳就是這樣回報我的？呵呵……把我踩在地上羞辱？我笑什麼？我笑自己蠢！」

我掏出口袋裡的魚頭棋展示給她看，讓她看看我為了幫她揪出彼霧氏族，使用什麼方法。雀兒喜看到魚頭棋，眉頭立刻皺起，她朝棋子說出一段句子，我想應該是關掉賽蓮的歌聲。

她關掉魚頭棋後，我稍微冷靜了些。使用魚頭棋是柄雙面刃，就結果來說順利抓出彼霧，但也對我的精神狀況雪上加霜。

她質問：「妳哪裡得到的？」

「是……咳……泳池撿到……」

雀兒喜沒說話，瞪了我好一會兒才收回腳，我立刻坐起身嗆咳。她這一腳不僅踩在脖子上，也狠狠輾踏我的心。

「妳還沒回答為什麼忤逆我的命令。」

我反問她：「我憑什麼聽妳的命令？」

講起這事我又想笑了，她真敢提。

「我不是妳的下屬，也不是妳的族人，妳說，我為什麼要聽妳的話？妳是我的誰？」

我不能在這時退讓，我必須讓她意識到，她應該要給我應有的尊重和承諾。

「結心者？還是朋友？哈，太好笑了……雀兒喜・布朗看看妳自己在幹什麼，我們之間什麼關係都沒有，妳憑什麼指使我做事？」

這句話比剛剛更加刺激雀兒喜，她跨坐在我身上，扣住我的手腕，不讓我掙脫，她的臉近在我眼前，狂亂的呼吸聲透露出她的心煩。

看到她「為了我」氣成這樣，我內心無比暢快。

葉迦娣的天才、高嶺之花雀兒喜、不敗聲樂女王、來自大海深處的強悍海龍，妳是校園受人景仰的偶像，是承擔一族期待的陸地領路人。妳到底有多少層完美的外皮，要把妳包裹到什麼程度才足夠。

她對我低吼，像隻被激怒的猛獸，「不許這樣跟我說話！李蘋柔！不要挑戰我！」

我不甘示弱，掙脫她的箝制，雙手攀上她的臉頰，她的臉龐好似古典繪畫中的女神，如此高不可攀，永遠絕美動人。

我用指甲狠刮她的臉，冷笑：「雀兒喜，外面的人知道嗎？妳完美外皮下那孤獨、傲慢、自私的真面目？妳等著吧，我會一層一層把妳的外皮剝下來。」

我要妳。

在我面前。

無從隱藏。

她被我的舉動嚇到，輕喃：「妳瘋了……」她沒有把我的手撥開，只是任憑我用指甲一遍又一遍刮她的臉。

她伸手扣住我的脖頸，當她收緊咽喉上的手，試圖讓我感到窒息時，我也用同樣的力道狠狠刮她的臉。我們兩人維持著病態般，互相折磨、互相傷害的狀態，好似兩頭巨獸互相撕咬，縱使戰到遍體鱗傷，仍執著於毫無意義的勝負，誰也不肯先鬆口。

她完美的面具裂開了，露出猙獰的獠牙，「妳太得寸進尺了，只要我願意，我可以不著痕跡除掉妳，妳知道我不是在開玩笑，妳不要一再刺激我，也不要在其他人面前挑戰我的耐性。」

「那妳最好快點下手，我個性執著又一意孤行，被我盯上的東西，我到死都不會放手。音樂是如此，妳……也是如此。」我把想說的話，一股腦兒全倒出來。

「妳以為我不敢動手？」

「妳不會對我動手的。」我語調很輕，「正因妳很自私，把自己放在優先順位，才更不可能除掉我。」

她有些動搖，「妳什麼意思？」箍住我咽喉的力道略為放鬆。

「除掉我以後妳會失去唯一的密友，妳將獨自一人面對空蕩的寢居，妳將會找不到人分享閱讀的喜悅，妳當然可以毀掉所有不聽話的棋子，但妳也別忘了，當妳把所有的不受控存在盡數毀去後，妳也將孤獨一人。」

我想逃離一切的那晚，是妳，自私地要求我留下來，是妳，吶喊著不要留妳一人。我們好比兩朵孤高之花，在最冰寒、最高聳的寂嶺相遇。誰都不願放開另一方，不願意自己一個人受凍。

她扭曲的表情很有趣，她的體溫透過掌心傳來，我細細感受雙掌下的溫熱。她的面具被我強硬扯開，我想看的不是完美的雀兒喜，而是隱藏在這副軀幹深處，那醜陋自私的一面。碰觸到那散發惡臭的靈魂，讓我有種獲得至寶的喜悅。

是我的，是我找到的，只有我能碰觸，是我的，是我的，是我的，我的，我的。

我冷笑：「妳慰留我時，就沒想過自己留下一個大麻煩嗎？」

十二♪強者孤寂

閱覽室的抓捕行動結束後，我與雀兒喜陷入冷戰。

說冷戰其實不精確，是我單方面冷落她，但我暫時想不出更貼近的形容，暫且稱之為冷戰吧。她嘗試發幾次訊息給我，內容都很公事公辦，說他們幾點幾分有什麼行動，或者是有些討論想聽我的看法，我看得出她很想跟我溝通，但我無視所有訊息。

以前我表現出拒絕之意，雀兒喜都會半騙半哄的，讓我照著她意思去做，經過圖書館那一吵，她不再對我提出過分要求，當我明確拒絕時，她也沒多說什麼。

我們之間的關係，產生了變化。

對我而言，是好的變化。雖然我不想用這種比喻，但我感覺像走出囚籠的寵物，終於擺脫惱人的項圈，可以在庭院裡盡情奔跑，想在草地上打滾就打滾，想回籠子睡覺就回去。若說從前的我，是被雀兒喜帶去聚會的寵兒，現在的我就像被放養，要去不去隨我高興。

抗拒沒有讓我失去與海龍氏族的聯繫，結果相反，雀兒喜比以前更常告訴我他們的行動，我從來都不知道，他們私底下有這麼多計畫。我一方面埋怨雀兒喜的隱瞞，另一方面害怕知道過多，會讓我與他們更加糾纏不清。在我不知道的時候，已經有許多海民進入校園了，他們有些是新上岸的族人，也有些是其他瀅鎮之首派來支援的人，教職員中也有不少新的協助者。

從前聽雀兒喜說，她想將學院納為海龍的據點，那時我只當她在訴說理想，如今她和她的族人不再藏頭藏尾，明目張膽在校內當著他校學生的面擄人，又聚集在一起大搖大擺彰顯勢力，我現在已明白，她不是說說而已，海龍是真的要掌控這所學校。

而我有預感，他們要的「掌控」絕不僅限於學生群，而是更加高位、更絕對的權力。

為期五天的聯徵，已來到第三天。

各處徵選項目如火如荼展開，校園內的氣氛也起了變化，現在到處都能看到三間學校的學生聚在一起，像柳芳爵那樣，趁著聯徵認識其他學校的人，比我想像中還多。一向劍拔弩張的葉迦娣學生，似乎也受到交流氣氛的影響，校內到處都能聽到談笑聲，或許這才是一所大學該有的樣貌。

過往的葉迦娣是不正常的——聽習慣的救護車聲音、爾虞我詐的競爭、互相陷害的人際關係。現在的光景，是因為誘人發狂的咆像被移除的關係？還是外校來訪讓大家比較收斂？又或者，是我的心境產生變化，過去看起來晦暗的生活，現在看起來竟變得明亮。

對雀兒喜放肆發脾氣，原來我也有這一面，從前被壓抑的、不敢宣洩的慾望，正一點一滴破繭而出。這變化並未讓我感到恐懼，內心甚至有些期待。

本以為聯合徵選季會是一場惡夢，現在看來，不盡然是壞影響，其中也有正向的影響被留了下來。

「天空原本有這麼漂亮嗎？」從寢室望出去的藍天，耀眼得令我發出感嘆。

今晚，雀兒喜他們要集會討論彼霧的處置。

我原本不想去，但想到人是我用計抓到的，還是去看一下她的處置結果吧。我在電話中回覆雀兒喜，得知我會前去觀禮，她聲音聽起來很開心，但她很快就繃起情緒，正經八百和我說其他事。

原來她也有纖細的一面，真是可愛。

她現在在想什麼呢？想著怎麼重新掌控我？還是民族大業為重，無暇顧及其他？罷了，多想也沒用，這不是我該煩惱的。

參加完下午的徵選項目後，我與吳深穆在教室走廊偶遇。

我還是不習慣他對我親切，當他主動靠過來時，我會站開一步跟他保持適當距離。我不討厭他，憑良心來說，他比心思各異的海龍族人好相處太多了，他是真心把我當同伴在看，可能是我們都是人類的關係。他聽說了我抓到彼霧，還公然惹雀兒喜生氣的事。

「看不出來妳挺有種的。」他語帶讚賞。

被混混模樣的人誇獎說有種，這感覺真特別。

我心情還算不錯，罕見地回嘴說：「沒種的話，怎麼敢考進葉迦娣。」

「哦？還懂得開玩笑了！」他用力拍打我的肩膀，大笑道：「看到妳的樣子，我更加確信這所學校真的有病！妳給我的第一印象很不爽，穿得那麼正式，行為死板板的。哼，誰知道瘋起來最脫序的，往往是妳這種乖寶寶。」

吳深穆神情微變，試探地問：「欸，我問妳，妳認真回我，妳不會真的……對雀兒喜有意思吧？」

「問得真直接。」我說完這句，就沒再開口了。

他等不到我正面回應，嘖了一聲表示不滿便沒再提。

自從進來葉迦娣後，我內心極端的那一面蠢蠢欲動。

雀兒喜說我瘋，我還當她說氣話，現在連吳深穆也說我瘋。
……
……
呵。
可能真的有吧。
這感覺。
還不壞。
我為掩飾內心的狂瀾，隨口問：「晚上你會去嗎？集會。」
吳深穆卻搖搖頭，說：「我被派了其他任務，今晚不會去。之後再告訴我結果吧。」
「任務？」
吳深穆口氣有些酸，「哼，那些人要求的還能是什麼？當然是嚴重違反校規的任務了，細節我不能講太多，欸，不是我不想講喔，是這件事很麻煩，非常難搞！少一人知道少一個麻煩，我現在只能跟妳說，和學校高層有關，詳細等事成再跟妳說吧。」
「嗯。」他都這樣說了，我便不再多問。我聽得出來，他不希望我覺得他刻意瞞我，而是真的有苦難言。
他語氣突然變得消沉，「李蘋柔。」
「嗯？」
「我打算收手了。」

收手？他打算脫離海龍氏族，不再當協助者嗎？

「那愛麗絲呢？」

他聽到逝去女友的名字，表情變得柔和，那是他保留給一位女孩的專屬溫柔，他平靜地說：「我當然想為她報仇，同樣也是為了她，我要照顧好自己，如果我為了報仇，置自己於險境，她一定會很生氣，搞不好還會來鬼壓床呢。從他們交付給我的任務來看，他們根本不把我當一回事，繼續跟著這麼一群人，遲早會被當棄子。」

脫身，我們能嗎？

險些被瑪莉殺害的那晚歷歷在目，我已經失敗了，那他呢？吳深穆不像我與雀兒喜牽扯不清，如果是他的話，或許有機會……

「我希望你能脫身。」我說。

連著我的份，重新回去當普通大學生，好好完成學業，交幾個朋友，在無傷大雅的範圍內闖幾個禍，出社會後，謳歌年輕時做過的蠢事，再也不要踏足海民的複雜世界。

「嗯，謝了。感覺真怪，我向來討厭模範生，卻能跟妳相處得來。」

「嗯，我也沒想過會和小混混講上幾句。」

「哈，小混混？我？妳總算講出口了是不是？果然道德崇高的傢伙就是討人厭。」

「彼此彼此。」

他提出邀請，「我有點餓了，要不要去學餐吃點東西？」

「嗯。」我點頭。

「我回宿舍拿錢包，妳等我一下。」

我們在往學餐和男宿的岔路短暫分別。

望著跑遠的他，我後知後覺地發現，他似乎能算得上我在葉迦娣的第一位友人？我們初遇時非常針鋒相對，到後頭身處同一條船時，他卻能前嫌盡釋，對我釋出善意。

在這所學校裡，一位不會從後面捅刀的友方，宛如得來不易的珍寶。

難熬的校園生活，似乎有些曙光照進來了。

沒多久，吳深穆回來了。

他離開時是小跑步，回來卻是低著頭，拖著緩慢搖晃的腳步。

不太對勁。

「怎麼了？」似乎有不好的事發生了。

他不由分說抓住我的手臂，把我拖到一旁暗處。

他臉色白得嚇人，嘴唇微顫，冷汗直流，像是目睹某種可怕的事物。他支支吾吾說：「我……看到……不可能……」他似乎很混亂，結巴了半天，無法拼出完整的句子。

「妳一定會覺得我瘋了……可是我真的……李蘋柔……如果是妳，會相信我的吧？」

我被他的樣子嚇到，「怎麼了？相信什麼？」

「愛麗絲！我看見愛麗絲了！就在男宿外！我發誓那就是她！不是幻影，是真的！妳能相信我吧？那一定是愛麗絲！是、是真的……但她不可能還……不可能、不可能、不可能……李蘋柔……妳說……我是不是瘋了……這是怎麼回事……我腦子還正常嗎……」

他一位平時囂張跋扈的校園混混，此刻卻瑟縮著身軀，顫抖的喃喃自語，不斷重複說「我看到愛麗絲了」、「我一定是瘋了」。

而我也像腦袋被丟了炸彈般，亂哄哄的無法思考。

一陣狂風襲過，吹得樹葉枝椏沙沙作響。

葉迦娣的瘋狂從來不肯放過我們，它嗤笑我們的天真，風聲在耳裡化作尖銳的嘲笑，笑我們自以為能擁有正常的校園生活。

愛麗絲不可能還活著。

發生賽蓮族咆像事件時，我可是親眼看見愛麗絲的屍體，變成那副模樣的她不可能還活著，我見過她的末路，若真到了那地步還有人試圖讓她苟延殘喘，那不是拯救也不是憐憫，而是純粹的惡毒。

我安撫陷入混亂的吳深穆，問：「冷靜點，你在哪看到她的？她是什麼樣子？」

吳深穆在我的引導下做了幾次深呼吸，漸漸恢復冷靜的他，嘗試將看見的景象整理成句子。

「我在……我從宿舍出來時，她在遠處，在樹下，她看起來就像以前一樣，和我們交往時一樣，但是有一點怪怪的，是哪裡……對，是衣服，衣服不同，我沒見過她穿那樣的裙子，這樣說妳聽不懂吧，她以前說過她很討厭那種款式的裙子，我不會形容樣子，反正妳可以理解成是愛麗絲絕對不會穿的衣服，可是我看到的卻是……」

我努力讓聲音聽起來冷靜，問：「你真的百分之百確定，那人就是愛麗絲？」

「我確……」吳深穆反射性就想回答，話到了嘴邊，他卻突然自嘲似的笑了。

他態度轉變為否定，「不，那不可能會是愛麗絲，我一定是看錯。畢竟她變成那個樣子了，不可能還……當我沒說吧，這件事……不可能的……」

他否定掉看見愛麗絲的事，明明是自己親眼所見的事實，他心裡卻抗拒接受。

「吳深穆……」我不禁同情他。

對他而言，承認看見還活著的愛麗絲，將會毀滅現況，他為了替愛麗絲報仇加入海龍族。為了手刃仇敵，答應去執行危險任務。他為了她，自願踏入校園的陰暗面，說什麼都無法回到純白的狀態。

既然無法回去，就沒必要勉強接受了。閉上眼，摀住耳，讓愛麗絲維持死去。

吳深穆彷彿說給自己聽一般，低唸：「我看錯了，是我看錯了，當我什麼也沒說過，我不餓了……先走了……」

我沒有挽留，靜靜目送他離開。

我嘗試解讀他說的話，我不認為他在說謊，從他的反應來看，他是真的看見本該死去的人。如果是聯合徵選季以前發生這事，我也會覺得是他看錯，但現在不同了，學校裡混進名為彼霧的海民，那是會吞噬人，變換成被噬者樣貌的霧身怪物。

如果說吳深穆看見的人，真的是愛麗絲……我想，我已經知道雀兒喜在找的內應是誰了。如果是「那人」，就不難理解雀兒喜為何有所顧忌。

離晚上還有些時間，我想在夜晚聚會前，與雀兒喜當面談談這件事。

據我所知，這時間雀兒喜在演藝中心參加聯徵。

演藝中心門口擠滿人，許多同學想擠進去看熱鬧，卻連門口都進不了。擁有吸引這麼多人觀看的魅力，放眼整座葉迦娣找不到第二個人。

既然演藝中心大門走不了，我便把歪腦筋動到地下密道去。我很幸運，瑪莉人不在宿舍管理室，我趁四下無人，悄悄溜進去，穿越黑暗的地下密道進入演藝中心。

曾囚禁愛麗絲的黑暗房間，已被整理成海龍氏族聚會所。但是我不曾忘懷，我至今仍能回想起，沾黏在手臂上的陰冷溼氣，孤獨無援的絕望感，以及那聲將我喚醒的溫柔聲音。

我推動暗道盡頭的活板門，掀開一條縫查看外頭狀況，確認活板門周圍沒有人，才推開活板門爬上去，地下密道連通演藝中心的道具間，我趴蹲在舞台道具箱之間，觀察四周情況。

道具間裡擺滿舞台戲服，經典名劇《羅密歐與茱麗葉》、《魔笛》、《卡門》、《蝴蝶夫人》、《尼伯龍根的指環》等道具整齊排列，雀兒喜曾穿過的《浮士德》惡魔服和魅惑的《莎樂美》薄紗都在其中，它們被仔細收納在防塵袋裡，按照戲劇名稱掛在相應架子上。

從道具間外傳來歌聲。

這場聯徵是舞台獨唱，每個人輪番上台演唱，台下評審會當場給出分數，所有聲樂系的學生都報名了。

我溜到無人的側幕，透過幕間縫隙查看台下狀況，台下的座位和走道全數坐滿，甚至有同學和座位上的人協調好，讓他能跪在座位前，坐在座位上的同學放不下腳，勉為其難盤腿坐，委屈到這地步也想一睹風采，大概只有雀兒喜能做到這點。人潮還很多，雀兒喜的演出應該還沒開始。

我在一幕的列隊中找到雀兒喜，她身穿紫色貼身長禮服站在隊伍末端，大概是壓軸出場。演唱者一位接一位登台，鋼琴伴奏者是位面生的蓄鬍男人，看起來應是外聘，每隔幾位表演者，他便起身離場短暫休息五分鐘。

我正要去找雀兒喜時，注意到鋼琴伴奏趁休息時間，偷偷摸摸跑去找一名參加學生，兩人交頭接耳不知在說什麼。

「好……知道……是最後一個……我會找藉口離開……」

「不能讓她……演……」

我聽到他們的片段對話，雖然聽不清完整內容，但已足夠拼湊出他們將要執行什麼計畫。總是會有人眼紅雀兒喜的才華，想方設法要拖她下神壇，聯徵前學校特地發出公告，禁止學生耍手段，這才安分幾天，有人的手已經忍不住伸出口袋作怪了。

他們打算讓雀兒喜沒有伴奏吧？呵呵，真可愛，是外校的？這麼無傷大雅的小心機，該說是善良還是天真呢，他以為這點程度的妨礙，在葉迦娣發生過多少次？

結果會如何，已經很明顯了。雀兒喜定會毫無遲疑，以完美無瑕的清唱技壓全場。

我什麼也不用做，雀兒喜自己也能搞定，她一直都是這樣，昂首闊步在荊棘之路上，無所畏懼的女王。

我輕喃：「一場完美的演出，若少了伴奏，未免太可惜了……」

雀兒喜脆弱的表情在眼前浮現。

強大的人，總伴隨無人理解的孤獨。

從前沒人陪伴她，這回我人就在這裡，我有能力改變事態。

這一次，她可以不用孤軍奮戰。

我看向道具間裡的戲服，腦中閃過一個大膽的想法。

在我「準備」時，外頭的工作人員已經唱名到最後一位了。

#

「下一位，葉迦娣音樂學院，雀兒喜・布朗請上台！」

台下傳來交頭接耳聲，零星的鼓掌聲皆來自外校人士。葉迦娣的同學一如繼往，各個像是飢腸轆轆的野獸，不懷好意地盯著雀兒喜登台。好似荒野上的狼群，當狼王傲視群雄時，底下伏首的狼又有多少是心甘情願的，恐怕牠們心裡都想著下一次的爭鬥，必將現任狼王撕爛。

他們堆起虛假的熱情，手裡拿著竊取技術用的錄影設備，記錄下他們永遠學不來的高難度演唱。

「什麼！你再說一次……怎麼回事？喂！這叫我怎麼交代……」

後台傳來吵雜聲。

和我猜想的一樣，伴奏出了狀況，他們有人不想讓雀兒喜完成演出。工作人員急急忙忙向雀兒喜說明，我整裝完畢，悄悄走出道具間。

工作人員站在雀兒喜身旁，嘗試和雀兒喜解釋現況，「抱歉布朗同學……那個……出了點狀況……伴奏者那邊……很抱歉妳的演唱恐怕沒有伴奏……我去跟評審說，妳等一下……」

評審及台下觀眾也都察覺出狀況，他們在看雀兒喜打算怎麼處置，或多或少有看好戲的心態，事情朝著對雀兒喜不利的局面發展。

「無妨。」

雀兒喜平靜的聲音聽不出波瀾。

「常有的事，直接唱吧。」

她越過工作人員，踏著高跟鞋，甩開華美的裙擺，毫無畏懼走上舞台，正面迎擊所有向她襲來的攻擊。

絕不服輸，也絕不妥協表演品質。當別人使手段害她只能演出八十分，她定會用一百五十分的壓倒性成績拔得頭籌，她就是這樣的人。

這就是雀兒喜，我的室友。

我所愛的歌聲，我渴望獨占的歌聲。

當她就演唱位置，準備獨自奮戰時，我抓準時機，跟在她身後踏上舞台——戴著《歌劇魅影》的半遮假面具，穿上《浮士德》中梅菲斯特的哥德式小禮服，微笑著迎接所有驚呼聲。

雀兒喜非常驚訝，她似乎從未想過，會有人站出來幫她。

我迎著她的目光，在眾目睽睽之下，撩高禮服裙襬朝她走去。道具間裡沒有找到合適的鞋子，於是我赤著腳上舞台，在舞台強光下，我的腳尖有如吸收所有光芒，淡淡光暈覆罩住我的肌膚，這就是舞台的魅力，是聚光燈的魔咒，讓人嚐過一次就無法忘懷。

我走到雀兒喜身旁，壓低嗓音輕聲說：「我說過了吧，妳的歌聲，只能用來唱我的曲子。」

雀兒喜倒抽一口氣，她還想說些什麼，但我已經轉身往鋼琴走去了。

我搶走所有人的焦點，成為比雀兒喜還要受矚目的存在，鋼琴前的伴奏師不知所蹤，空出來的鋼琴椅正在等待新的彈奏者。

來吧，聽眾們，睜開你們的眼，豎起你們的耳，聆聽我李蘋柔的音樂，拜服在我的琴音之下。

我會讓你們所有人都聽清楚，只有我，有資格彈奏雀兒喜的音樂。

曾經恐懼鋼琴的我，曾經被舞台捨棄的我。

因為妳，回來了。

我甩開裙襬，調整鋼琴椅高度，赤裸的腳底壓上冰涼的踏板，我留戀似的來回挪動腳尖，用裸足感受曾經最熟悉的延音踏板。雙手像初生嬰兒伸展手指般，翹翹小指頭，甩甩無名指，前後搖晃中指頭，讓食指與拇指貼合摩搓，我的指頭，作為身體一部分，乘載我的想法與精神。

我將八根指頭併攏，雙手覆住臉，從我口中呼出熱流，將生命力注入每一根指頭。

好想知道雀兒喜現在是什麼表情，我悄悄從指縫間偷看她，才看過去，便立刻與她熾熱的視線四目相交。禮服貼合她身材曲線，在聚光燈下散發點點晶瑩。

她凝視我的表情很嚴肅，似乎在觀察我是否有能耐與她並肩。全場都在等待，這場演唱將由我來主導。

準備好了嗎，雀兒喜？讓所有聽眾臣服於我們音樂之下。

雀兒喜對我點點頭。

我高舉雙手，做出像要重擊琴鍵的動作，落下的指尖卻無比輕盈，以蜻蜓點水的巧勁飛快敲出旋律。聯徵的雙人即興演奏提醒了我，苦心鑽研過的技藝不會離我而去，它就像泥沙淤積在深潭，等待有人投下巨石激起。

中請葉迦娣時，我提交的初評結果不樂觀，學校對受過傷的我，是否具備進入葉迦娣的實力感到懷疑，那時我為了爭取進入葉迦娣的資格，附上鋼琴演奏的影片給校方，十二小時後，我收到錄取通知。

我放縱我的手，任由它們像脫韁野馬般奔馳在琴鍵上，不顧一切彈奏。我要所有人明白，我雖是傷兵卻仍有戰鬥意志，我會戰，不斷戰，戰到渾身浴血為止。

我拋開雜念，忘記自己是在伴奏，忘記台下聽眾，眼中只剩鋼琴與我的音樂。

彷彿在告訴我不用顧慮，雀兒喜的歌聲適時加進來，她聽到前奏就明白我想彈奏的曲子，她知道我想做什麼，也有能力與我配合，我們之間不需要過多言語。

盡情演奏，暢快高歌，讓音樂替我們發聲。

「沉浸吧！來到幽冥樂園，獵豹教師狩獵無力逃跑的人，猛鷹教師挑出無力反擊的人！」她發出咆哮。

雀兒喜唱出我編寫的〈歡迎來猛獸樂園〉原創曲，創作當下我精神很混亂，這首曲子完整將瀕臨崩毀的心緒記錄下來，整首曲子都在瘋狂轉音，逼近人類演唱極限的刁鑽高音，雀兒喜一聽就知道是這首，還唱得這麼完美。

「瘋狂樂園！外界謬論！這裡是天堂，相信這裡是天堂，吾等皆是樂園一分子！」

舞台下傳來驚嘆聲，同學們議論我的身分，說我的彈法很瘋，根本不是伴奏，而是喧賓奪主的主旋律，但是他們更驚訝，雀兒喜絲毫沒有被我的氣勢壓下去，她傲氣的唱法與我放縱的琴音相輔相成，兩人非但沒有互搶，反而融合得相當完美，甚至比完美還要更完美。

台下討論相當熱烈。

「她是誰？彈得也太好了，我們學校有這號人物嗎？」

「居然可以和雀兒喜並駕齊驅，那可是雀兒喜・布朗耶，彈鋼琴的到底是誰？有人見過嗎？彈得這麼好怎麼會從沒看過？」

「不過她漏了好多音，程度也不過如此嘛。」

我在內心冷笑。

你們當然不會知道我是誰，我只是邊緣無名小卒，是被舞台唾棄、退居幕後的失敗者。我對什麼都放棄了，放棄青春，放棄交友，拋下世上最愛我的父母，孤身留在異地拚搏，唯獨音樂，唯有音樂，人生的上半場我為音樂而活，將來也將為音樂鞠躬盡瘁直至腐朽。

訕笑聲來自葉迦娣的學生。

「可惜啊，彈錯一堆，丟臉。」

「漏掉那麼多音，虧她還有臉繼續彈。」

如同雀兒喜在課堂上的回擊，她曾反問要她停課一個月的學生，難道她止步一個月，實力就能被追過嗎？可笑。

我雖失去兩根指頭，照樣能考進葉迦娣，還能與雀兒喜同台演出，不知道是哪邊比較丟臉。用了見不得人手段，卻還是居於人後的人，才是最可悲的。

我把嘲笑聲拋到腦後，待雀兒喜唱完副歌後，我獨奏一段炫技，將演奏速度再提高，我的手指被琴鍵摩擦得好熱好燙，但我的心暢快無比。

眼裡只剩黑與白的世界，我一定是世界上最受鋼琴眷顧的人。

還沒呢，還可以更快，還沒到我的極限，我還可以，可以，我可以！

「你們不覺得漏音的部分反而更添瘋魔感嗎？好霸道的情感表現……」

「好強……太強了……她是葉迦娣的？有人知道她是誰嗎？」

啊啊，這是多麼淋漓盡致的感受啊，原來我如此深愛著音樂，愛得如此熱切，愛得如此狂熱，可憐又可悲。

曲末收尾時有一段獨特旋律，雀兒喜意會過來，她換成哼唱，轉向襯托我的琴音，讓我無後顧之憂，盡情彈奏到結束，最後一個琴鍵敲下，她也同時收住音。

演出結束。

我微喘著氣，腦中第一個念頭是聽眾的反應。

聽眾席愣了幾秒，緊接著爆出轟雷般掌聲！

十幾位學生陸續站起來鼓掌，深受感動的心化為具體行動，向來不輕易讚好的葉迦娣學生也罕見拍了手，就連席上評審都被氣氛影響，跟著聽眾拍手表示讚賞。

感覺像作夢一樣，我真的和雀兒喜共同演出了？就在剛剛？她唱了我的音樂，是真實發生的？

確認過觀眾的反應後，我緊接著尋找雀兒喜的身影，回頭才發現，她演唱一結束就往我走來，眼下已站在我面前。

「雀……」我正想說點什麼。

話句在雀兒喜敞開雙臂當眾擁抱我時停住了。原本要說什麼，都忘了。

我嚇呆，「咦？雀兒喜……等等，妳這是……」

台下的同學們發出驚呼，我聽見拍照聲此起彼落。

雀兒喜完全不管那些人，她將我緊摟在懷中，用臉龐磨蹭我的肩頭，搔得我很癢。她身上飄出令人迷醉的香氣，是我們一起在椿月精品街買的那支味道。

我的手從琴鍵上移開，在音樂領域裡，我既目中無人又狂傲自負，但只要離開音樂，我心態便回到想瑟縮在角落的邊緣學生。

雀兒喜當眾抱住我的舉動，讓我大腦斷線，我似乎該推開她，提醒她眾目睽睽之下別這麼做，但我的手臂從剛剛起就被她緊緊箍住。

她對我耳語：「妳懂了，對吧？妳懂了我的孤獨，願意站到我身旁與我並肩作戰。蘋柔，我的蘋柔，妳果然是最棒的！怎麼辦，我一點也不想放開妳，也不想讓那些人多看妳一眼。」

我輕喃：「雀兒喜……」

她和我一樣輕喘著，雪白透肌隱隱泛紅。

我們真的，一起完成了很棒的演出。

曾經以為，出意外截肢後，我再也不受音樂之神眷顧，永遠失去享受演奏的資格。但雀兒喜的出現，打破我給自己設下的牢檻，她的歌聲喚醒我對音樂的熱情。

雀兒喜說：「告訴我，演奏時妳在想什麼？」她的情緒比我還亢奮，炙熱的眼神一刻也不想從我身上挪開。

我感到雙頰染上緋紅，「我根本不想管是不是伴奏，我只想彈琴。」

雀兒喜美麗的臉龐近在眼前，「不是想著我？」

我低語著心得，比較像是說給自己聽，「果然……妳的歌聲是最棒的，從《莎樂美》那時我就想……如果是妳就好了，妳的歌聲和我的音樂，多麼棒的組合……」

雀兒喜抱得更緊了些，「從那時就想我了？轉學來第一天？真貪心，呵呵。」

台下的喧鬧聲強制將我們拉回現實。

我緊張起來，「我不想暴露身分。」

「我也不要妳曝光，這樣就好，這樣就可以了，妳真正的樣子只有我能看到。」

「他們等等一定會問妳。」

「他們問我就答嗎？我不會透露半個字的。」

我看見工作人員朝我們走來，我慌忙提醒她，她這才依依不捨鬆開手。

雀兒喜臨走前輕撫過我的臉頰，輕聲說：「去吧，這裡我處理。」

我撩起裙襬，像逃離午夜咒語的灰姑娘，逃離所有人目光，消失在道具間的黑暗中，一直到蓋上密道活板門，我的心跳仍然跳得好快。

「啊……」我拍拍熱呼呼的臉頰，懊悔地說：「忘記告訴她內應的事了。」

♯

逃離工作人員時，我只來得及拿衣服，卻來不及拿我的鞋子。我躲進地下密道脫下梅菲斯特的禮服和半遮面具，換回原本的衣物，沒有鞋子可穿的我，只好赤腳穿過地下密道回宿舍。

保險起見，我回寢室再次換了衣服，去淋浴間洗去一身塵汙。

回到寢室時，雀兒喜已經結束聯徵回來了，她手裡拎著一雙短靴，在我面前晃啊晃。

雀兒喜調侃道：「我的仙杜瑞拉，這是妳掉的鞋子嗎？」

我哭笑不得接過短靴，看到雀兒喜的臉，身體很自然聯想到她擁抱我的體溫。我有些不自在的別開視線，跟她說：「我找妳是想講重要事，碰巧聽到有人想害妳沒伴奏，一時腦熱就……」

雀兒喜微笑，「無妨，評審給我很高的分數，雖說鋒頭被搶走讓人不是滋味。但，那人是妳的話，我沒關係。」

她心情很好，坐在床沿一直盯著我看，我被她盯得更加不自在。

她提醒道：「我沒透露妳是誰，但聯徵期間妳最好少露面比較好。有那麼多人拍到妳，曝光是遲早的事。」

對此我多少有心理準備了，在這網路社群猖獗的年代，一旦被拍下照片，被搜出來只是時間問題。

比起這件麻煩事，我想還是先處理眼下事情。我起身走到書桌，從抽屜拿出筆記本跟筆。

雀兒喜告訴我有內應的那天，用手指比書籍上的字給我看，還提醒我不要發出聲音，刻意迴避談話的舉動，恐怕當時門外有人在監聽吧，說到可以在宿舍內，監看監聽我們的人，我只想到一個人。

我在紙上寫下：內應，是瑪莉。

雀兒喜笑意更深，點了點頭。

十三♪陰風湖的她們

海龍族中存在著與彼霧私下有聯繫的內應，我試著反向思考，誰最適合當內應，這人要能取得彼霧想要的情報，必然是能接觸到雀兒喜的核心要員。

得出的答案是，現任女生宿舍舍監，雀兒喜心腹皮埃爾老師的妻子——瑪莉・懷比恩。如果是她，不但能接觸核心會議，也能利用職務之便，近身掌握雀兒喜的行蹤，她不是海龍氏族的族人，對族群的忠誠不如真正海龍族那般死心塌地，是最理想的內應。

雀兒喜的視線掃過門口，輕鬆地說：「她現在不在宿舍，我們可以用談的。」雀兒喜的說法肯定我的猜測，那晚瑪莉人就在寢室門外偷聽，雀兒喜不願打草驚蛇，才用打啞謎和筆談的方式要我私下去查。

我都能想到瑪莉是內應，雀兒喜肯定更早就懷疑她了。但她的舍監位置很重要，又是皮埃爾老師的結心者，她沒有辦法輕易動她，她需要有重大事件才能對她出手。瑪莉應該知道雀兒喜在懷疑她，她暗中觀察雀兒喜的一舉一動，想掌握雀兒喜的了解程度？還是另有所圖？

我往門邊看去，雀兒喜擺擺手，示意我現在安全，可以放心講話，但我還是不安心。

「我去妳旁邊。」我說。

她的單人床不大，床尾擺著兩疊從圖書館借來的精裝書籍，我將那些書籍暫時挪到地板，空出位置後，我坐到她的床上與她並肩而坐。

我們倆手臂自然而然貼在一塊兒，她溫熱的體溫順著手臂傳遞過來，她的鬢髮飄出香水氣味，古老的東方辛香材，寧靜濃郁的雪松香，神祕、沉穩、黑暗、高不可攀，很襯她的氣質。她如同幽夜中的晚燈，我如同徬徨於深宵的迷途人，受她吸引，眷戀她的溫暖。

得知雀兒喜上台表演時選擇噴這支香水，令我喜不自勝。若非時機不對，我極渴望撩開她垂在細頸上的柔順長髮，仔仔細細、循序漸進地嗅聞她的香水。氣味很玄妙，看不見摸不著，卻能在一呼一吸間與身體感官緊密聯繫，孜然的前調牽繫她的甜語，雪松的中調誘出她的體溫，柏木的後調喚醒她的高雅，我對這支香水的身體記憶，已全被雀兒喜占滿。

單調的消毒藥水，不再是她身上唯一的味道。我親自挑選的香水成為妳的氣味，我由衷希望，當妳將香水瓶從珍藏的盒中取出，對準頸項、貼身衣物、髮絲噴出芬芳時，能夠聯想到我。我想化作香味的一部分，擁抱妳，標記妳，讓所有聞到香水味的人都知道，這是我選擇的味道。

她注意到我在聞她的味道，掩唇輕笑，由著我從髮梢聞到耳側。

「喜歡？」她刻意壓沉聲音，帶點磁性的低嗓，有著說不出來的性感。

「嗯，很喜歡。」

我很想繼續聊香水，但現在還有更重要的事要說。

雀兒喜說：「告訴我蘋柔，是什麼讓妳想通內應的身分？」

「愛麗絲。」我在她耳邊細語，「吳深穆今天看到愛麗絲，雖然他極力說服自己是看錯，但我知道他對愛麗絲的感情，他不是會拿這種事胡說的人，表現出的震驚也不像裝出來的，我認為他真的看到和愛麗絲長得一樣的人。倘若這是真的，我想只有一種可能——愛麗絲的身體被彼霧吃了。」

雀兒喜蹙眉，喃喃自語：「是這麼回事……」

我帶雀兒喜逃出密道時，接應我們的人是皮埃爾老師和瑪莉。仔細想便能明白，處理學生屍體這麼重大的事情，應當會交給能信任的人，若交給生手或在校內綁手綁腳的人，處理時留下痕跡的機率很高。結合瑪莉殺我滅口時曾說過，她說總是會有像我這樣的孩子，她也提及逃走的米蘭達——曾收賄毒害雀兒喜的第一位室友——從她說過的話，可以推測瑪莉對滅口一事駕輕就熟。

我問：「愛麗絲的屍體，是交由誰處置的？是不是瑪莉？」

雀兒喜陷入思考，「她將被處理掉的屍體供給彼霧，彼霧的能力能替她完美又迅速處理掉屍體，達成雙贏。」她將過往發生的事連繫起來，「她應該很久前就跟彼霧搭上了，謝午嵐說過她見到披著結心者樣貌的彼霧，如果這件事屬實，那彼霧的出現不是突發，而是始終在我們周圍。不過為什麼？瑪莉背叛我們有何好處？」

真的是背叛嗎？瑪莉加入海龍氏族是因為皮埃爾老師，她真的會冒著危害丈夫的風險，與外族勾結？

我說：「不對。」

「不對？」

「順序不對。雀兒喜，我記得妳們曾說，彼霧和海龍是盟族。」我提出另一種可能性，「或許她不覺得與彼霧合作是背叛，至多是和盟族私下有聯繫。彼霧氏族動靜怪異是近期的局勢，若從這點來看，瑪莉不是叛徒，而是長期私下合作後，兩族關係有了變化。原本她與彼霧合作不是什麼大不了的事，是彼霧單方面毀約，突然對海龍伸出獠牙，這件事對她不利，她沒辦法這時候說出她與彼霧往來密切。」

地下聚會時，包含謝午嵐在內的其他海龍族人，都把擅自闖入的彼霧視為敵族，若這時瑪莉被發現與他們裡應外合，即便她無意背叛，也很難洗清懷疑。她和我一樣是人類之身，一個弄不好，排外的海龍族人可能再也不會信任她。

雀兒喜嘆氣，「彼霧雖然貿然闖入，但兩族間的和平盟約並未撕毀，在圖書館抓到的彼霧，我只能嚇阻遣返，並不能真的對她怎樣。」

我問：「妳打算怎麼處理這件事？」

「我自有盤算。」

我點點頭，沒有追問。

「蘋柔。」

她突然喊了我的名字。

「如果……」

她伸手過來，撥了撥我的瀏海，我微瞇起眼，險些錯過她一閃而過的複雜表情。

「如果說，我無法給妳應得的名分。」

這話使我心跳漏了一拍，惡寒令指尖發涼。

「屆時，妳會原諒我嗎？」

嗡——

我們的談話終止，雀兒喜翻出手機查看，她說是皮埃爾老師打來的。

簡短通話後，她說有要事需要處理。

雀兒喜匆匆收拾外出包，臨走前對我說：「晚上見，蘋柔。地點還記得吧？來時注意不要被無關人士看到。」

我目送她離開。

今晚聚會的地點，是在校內景觀湖泊——薰風湖。命名取自蘇軾的初夏詩「綠槐高柳咽新蟬，薰風初入弦」，湖旁種植許多柳樹呼應詩文。薰風湖的所在離校舍群有段距離，不在我平時活動範圍，來到葉迦娣後我一次也沒去過薰風湖。

除了不在上學必經路這個原因之外，其實還有一項原因，讓我對薰風湖敬而遠之。葉迦娣的學生私鬥頻繁，學生間流傳許多在薰風湖發生過的慘案，有被霸凌丟入湖中，有受不了壓力跳湖自盡的，各種流言真假難辨。

我曾上網查新聞和論壇，想知道薰風湖是否如傳言所說，發生過多起嚴重案件，滑來滑去卻只有找到，在湖邊舉行典禮之類無關緊要的新聞。

雖沒有確切證據，但學生間的流言蜚語必有其根源，我傾向確實有過嚴重事情，但都被校方壓下來，關於湖周圍鬧鬼的靈異傳言也不少，若問葉迦娣的學生，多半不稱它薰風湖，而是賦予它另一個名稱——陰風湖。

「今晚似乎會很漫長。」我輕聲嘆息。

我前往學生餐廳吃晚餐。

晚上學生餐廳比較少人，多數學生會選擇到校外用餐，我很快就尋覓到令人心安的角落位置，一個人坐下來安靜用餐。不知道是不是錯覺，我總覺得有很多視線在看我，抬起頭張望，卻又沒和任何人對上眼。我以為是想太多，頭才剛低下，叫人坐立不安的注視感再次襲來。

可能是雀兒喜的眼線吧。我裝作不在意，繼續悶頭吃飯。視線感直到我離開學餐都沒有消失。出學餐時天色已經暗了，校內街燈亮起，路上的學生明顯變少。

「妳好！」突然有位女同學朝我走來，大聲對我打招呼，熱情的像是多年好友。

我渾身警戒起來，這女生我從未見過。

「嗨，晚上好，一個人嗎？」又一個招呼從我旁邊傳來。

「真是巧遇耶！妳都吃學餐嗎？」

我轉身想跑，背後又一個陌生同學靠上來。

這群不認識的同學一邊熱情的和我攀談，一邊把我團團圍住。我想逃跑卻被他們壓住肩膀，他們有男有女，前後有五人，全都是沒見過的面孔。

「你們是誰？是不是找錯……」我正想辯解，一支手機舉到眼前，手機螢幕上播放著一位戴面具的禮服女生，在舞台上飛快彈奏鋼琴的影片。

舉手機的女生冷笑，說：「找錯？不是吧，多虧妳的『幫忙』，我們成了偉大的雀兒喜・布朗的陪襯者。妳知道台下有多少贊助商嗎？我們苦練好幾年，每天只睡四小時，就是為了這一刻，妳知道我們為了遊說廠商來現場看表演花了多少錢嗎！現在全被妳毀了，礙事！」

我大感不妙，「放開我！」

「喂喂，妳不要喊成這樣，會被別人誤會我們欺負妳的，只是開玩笑而已。」他們像是早有計畫，我一喊叫，他們立刻用戲謔似的話語掩蓋過去。

遠方有其他同學朝我們看來，卻在聽到那些人說是開玩笑，便以為真是朋友打鬧，沒有人想過來關心。

我掙扎著想逃跑，他們卻前後左右把我包夾，為掩人耳目故意一邊聊天，一邊強硬推我往前走，將我帶離明亮的走廊，往街燈少的路段走去。

我想起轉學來第一天被同學誣陷的記憶，恐懼與不安感同時湧上。那時有雀兒喜救我，現在她不在身邊。

他們注意到我在神遊，用力推了我的背，冷諷道：「小看妳了，藏得這麼深，要不是聯徵那一手，還不知道學校有妳這號人物。把她帶去陰風湖，那裡人比較少，方便我們好好談談。」

他們打算把我帶去陰風湖！我燃起一絲希望，那裡是今晚海龍氏族的聚會地點。

但我的喜悅沒維持多久，他們帶我來到離主道路很遠的湖畔，是一處人煙稀少的荒涼地，這一帶沒有任何路燈，四周漆黑無比，草地僅保持在最低限度的整理，一腳踩上去雜草長至小腿，沒有學生會來這裡逗留。

我心涼了半截，這地方空曠到大聲呼救也沒人聽得見。

陰風湖的湖面並非空無一物，於湖中央有座小小的湖心島，島上建了一座華美戲台，唯一的上島方式是搭乘小船，該戲台歷史悠久，可從四面八方觀賞，是貴族學校時期的雅興，現已不再舉行活動，只打了幾盞暖黃色底燈，成為校內著名景觀。

領頭女生拽住我的手臂，把我推倒在草叢裡，粗硬的雜草刺得我很不舒服，我掙扎爬起身，卻再次被推回地上。他們高高在上，說：「怕水嗎？會游泳嗎？」不等我回答，有人用力踩上我的手指。

「唔唔！」我咬緊下唇不想順他們意，但手指被成人重量踩上去實在痛得我冷汗直冒。

領頭女生看我面露痛苦，得意的發出笑聲。

另個女生湊上前，說：「給我看她的手，哇！真的是斷的耶，截肢嗎？可憐啊，還以為多了不起，敗犬也敢這麼猖狂。」說完又是一腳狠狠踩上我的手。

「唔啊啊啊！」實在太痛了，我這次沒忍住，眼淚險些流下來。

他們刻意挑截肢過的那隻手往死裡踩，明知道我會彈琴，卻還……他們是打定主意想毀了我，毀掉我好不容易拾回的琴藝。

「礙眼！礙眼！礙眼！」領頭女生邊洩憤似的狂踩我的手指，邊喊：「喂，過來幫我，我要脫了她衣服扔進湖裡。」

我試圖掙脫，但終究敵不過五個人，他們把我的衣服全扯掉，把我脫到只剩內衣內褲，衣服像髒抹布般被丟進泥巴裡糟蹋，我的下場也將和它一樣。領頭女生很滿意，她慢條斯理用手機拍下我的模樣，喀嚓喀嚓，相機閃光燈閃個不停，將我不堪的一面用鏡頭留存下來，轉化為難以抹滅的數位資料。

她對我說：「李蘋柔，今晚的事不准傳出去，妳若敢告發我們，我就把妳在湖邊的裸照，發到影音平台及所有音樂相關組織的信箱，有這項醜事在，我倒要看看業界誰敢跟妳合作。」

他們圍著我，對著赤裸的我指指點點，幾次掙脫失敗後，我失去掙扎的動力。精神逐漸抽離，他們對我的軀體拳打腳踢，而我只是睜著眼，不吭一聲凝視虛空，等待暴力結束。

已經不是第一次了，和院聚時一樣，我又一次因雀兒喜的緣故，被迫露出狼狽的模樣，承受肉體和心靈汙辱。

他們把我拖到湖水邊，我的腳裸浸到冰冷的湖水，黑漆漆的水面和游泳池完全不同，沒有消毒藥水的乾淨味道，令人作嘔的水草和腥味衝進鼻腔，水裡飄著浮萍和噁心的腐草。

「雀兒喜……」許是水面讓我產生聯想，我呼喊出雀兒喜的名字。

領頭女生見我求救，發狠踢我的後背，喝斥：「發什麼呆！下去！」

「咕嚕！噁……咳咳！咕嚕——」散發腥臭的湖水一下子淹過我的頭，我嗆咳出聲，雙手不停往上高舉，想攀住任何一樣東西，卻是什麼也抓不到。

我聽見湖岸邊傳來驚呼，「欸！這水太深了吧？妳不是說它很淺嗎？」

「咕嚕嚕嚕！救……救……」我腳底下深不見底，我不停打水花往上浮，好不容易讓頭浮出水面，搶吸一大口空氣後我又沉了下去，水淹過我的口鼻，刺得眼睛睜不開。

我聽見領頭女生發瘋似尖叫：「少囉嗦！閉嘴！都做到這地步了你不會怕了吧？沒什麼好擔心的，這裡是我的地盤，我熟得很，不會有人發——」

「哦？妳說誰的地盤？」

突然，一道不屬於現場人的女人聲音傳來。

所有人都被突如其來的女人聲嚇到，岸上那群人同時回頭看，想找尋是誰這時間來到湖岸邊，卻什麼也沒看見，他們東張西望，最後才發現，聲音不是從陸地來的，而是——

披頭散髮臉色蒼白的女人，從水裡無聲地、緩慢地浮出！

女人的臉龐有細微皺紋，看上去有些年紀，她的上半身幾乎一絲不掛，美妙的腰身扭出水面，暴露在眾人眼前。

「咳咳……」我停下掙扎的手腳，不是因為我終於踩到水底，而是有某種東西托住我的身體，將我舉至頭部能浮出水面的高度，我貪婪地大口呼吸空氣。

女人露出詭異的微笑，「說話啊，妳說這裡是誰的地盤？」

岸上的同學早已嚇傻，他們支支吾吾指著從水底下突然出現的女人，有人嚷著有鬼，有人嚇到想逃卻動不了。

女人說話的同時，我感覺水裡有不尋常的流動，陣陣水流從遠方打過來，簡直就像水裡有龐大的東西游過。在眾人驚訝下，又一位女人從水面無聲無息浮上來。她浮出的方式非常不尋常，普通人進到水裡多少會吐出氣泡，這些女人卻一點聲響也沒有，安安靜靜，有如水中鬼魅。

一位、兩位、三位……越來越多女人從水裡浮上來，每人臉上都掛著陰森的笑意。從水裡出現的女人越來越多，我的四周不知何時已出現十幾名披頭散髮的女人。

我感覺腳被什麼東西搔過，滑溜溜的，像魚的……

「李同學妳怎麼了？臉色很難看喔。」似曾相識的關懷聲音湊到我耳邊，從水裡出現的女人游到我身旁，是她托住我的身體，讓我的頭能呼吸空氣，我看不見她的雙腿，她的下身在水下不是兩條腿，而是黑壓壓的魚尾巴，在水裡一下一下擺動著。

我不敢置信，「陳姐？」

「好久不見。」女人說。

記憶裡總是儀態優雅的舍監不復從前，徒有類似人類的外貌，內裡卻是另一種生物。她的皮膚蒼白無血色，溼漉漉的長髮披散在肩頸，上頭沾黏著腐爛水草，雙眼眨也不眨直瞪著我，好像魚一樣。

陳姐裂嘴笑，我看見她嘴裡布滿細尖牙，「我跟姊妹們原本在看好戲，聽到妳喊雀兒喜的名字，好奇過來看看，原來是李同學，呵呵，這麼晚了怎麼會想來湖邊玩呢？這樣很危險喔，手也是，這可是音樂家的手，怎麼可以這樣讓人糟蹋。」

岸上的同學發出慘叫。

我立刻轉頭看，只見那些披頭散髮的女人爬上岸，她們的下半身是兩條黑紫色的長魚尾，長長的魚尾是上半身兩倍長，她們用魚尾撐起上半身，張開雪白的雙臂，像擁抱戀人般抱住岸上的五人，我看見她們軟嫩的唇瓣貼上那些人的耳朵，毫無掙脫機會的強迫他們聽進使人瘋魔的賽蓮歌聲，曾聽過賽蓮歌聲的我見到這一幕，全身起惡寒，那種精神被暴力攪亂的感覺回到身體，使我不住發抖。

「啊啊……啊啊啊……啊啊啊啊啊哈哈哈哈！」

近距離聽見賽蓮歌聲的五個學生發瘋似的亂喊亂叫，賽蓮們將到手的獵物拖進水裡，長長的雙魚尾在岸上留下怵目驚心的拖曳水痕。

「說這裡是她的地盤？」

陳姐望著姊妹們把活人拖下水的樣子，說出來的話帶著不屑。

「這裡是我們的地盤才對，呵呵。」

回想起剛來到葉迦娣時，她是少數知道我截肢經歷的人，多次出言鼓勵我不要氣餒，我曾經信任過她，直到她和雀兒喜產生立場衝突。

如今與我面對面的女人，早已不是當時的陳姐，她變了，變成潛伏在深湖裡的怪物，嗤笑旁觀學生間的霸凌。她不再是溫柔守候學生的舍監，而我也不再是一無所知的普通學生。

我疑問，「妳為什麼幫我？」

陳姐發出詭笑，「因為妳是雀兒喜的人，若讓她知道我們放任妳溺死會有麻煩的。如果在這裡的人不是李蘋柔，我們會等妳溺死後再圍上來大快朵頤。這次算妳走運。」

她讓我把衣服頂在頭上，溫柔地從腰側環抱住我，讓我頭部保持在水面上，和她的賽蓮姊妹們一同朝湖心島游去。

從遠方看不出來，待我們靠近湖心島時，我才看清島上聚集非常多人，他們都隱藏在暗處，低聲交談著我聽不懂的語言。有些是見過的面孔，如謝午嵐等海龍族人，有些則很陌生，年紀看上去都還是學生。

賽蓮們上了岸雙魚尾便化作人的腳，我上岸後悄悄用外衣擦乾身體再穿上衣服，我們一群人出現後，島上交談的人有微妙的變化，他們讓開一條路讓賽蓮們上岸，當中沒有人要上前攀談，賽蓮們也沒有要跟他們對話的意思。

儘管現場氣氛怪異，但所有人都有一個共通點，那便是身上都是溼的，所有人都是游過湖水登島。換是一般人，全身浸溼成這樣定會感到不適，島上的「人們」卻沒有這種感覺，由著衣角、頭髮不斷滴水。

諷刺的是，我也和他們一樣全身溼透，好像我是這群非人生物的一分子。

把我推下水的五名學生也被帶上島。他們驚駭的模樣讓我感到同情，恐怕今晚他們都無法平安離開了。

領頭的女生最先清醒，她嗆咳一陣把嘴裡的水吐出來，發現被帶到湖心島上，周圍盡是陌生人，她尖嗓大叫：「這是怎麼回事？你們是誰？我在哪？」

她的尖叫引來所有人的關注，另外幾名同學也醒了，跟她一樣面露恐懼，搞不清楚現況。

其中一人指著我，尖叫：「李蘋柔！這是怎麼回事！是妳搞的鬼？放我們回去！這些是什麼人，妳跟他們是一夥的？」

我算是跟他們一夥嗎？這問題我自問了無數次，直到現今都得不出答案。我不知該如何將複雜心緒整理成語言，只能沉默望著他們。

詭異氣氛使那五人臉色鐵青，他們意識到這裡是湖心島，沒有外援，也沒有可離開的小船，萬一發生什麼事，不會有人發現他們。

皮埃爾老師適時出現，他身後跟著披毛毯的瑪莉。瑪莉和我相同，一身溼、受寒發抖，她裹緊毛毯的模樣似乎逗樂海龍氏族的人，竊笑聲斷斷續續傳來，隔了一段距離的我能聽見，瑪莉肯定也聽見了，她臉色僵硬，將毛毯收起來，抬頭挺胸瞪向那些人。

和迷惘的我不同，瑪莉很努力在這群非人生物間求生存，表面上和他們同化了，卻在許多細微處顯露難以忽視的差異。瑪莉往我這邊看過來，起先我以為她在看我，但她的視線卻是落在我身旁的陳姐，陳姐也在打量她。

瑪莉說：「妳是前任舍監？」說到前任二字時她特意提高音調，頗有挑釁的意味。

陳姐回：「妳是現任舍監。」陳姐雖面上帶笑，陰沉的口氣卻已洩漏她的心情。

賽蓮族的陳姐和海龍族的瑪莉，兩任和我有過衝突的舍監，現在竟同處一個地方。我的表情八成很複雜。

皮埃爾老師沒注意到兩任舍監劍拔弩張的氣氛，他對我說：「李同學，妳怎麼會跟她們在一起？我在岸邊等妳等不到，這五人是怎麼回事？」

我正想說明經過，陳姐卻已發言：「我們受邀來此，自然要帶點見面禮了，這是我們要給老朋友彼霧氏族的禮物。」

有道人影從暗處走出，女孩面無表情，靜靜往海龍氏族的人走過去，我認出那女生，她曾在游泳池與雀兒喜祕密會面。當時雀兒喜告訴我，那女孩是她的祕密使者，受差遣去拜訪老面孔。陳姐說她們是「受到邀請」來的，這解釋了為何游泳池裡出現本該被銷毀的咆像。

雀兒喜暗中派人請賽蓮族來會面，而賽蓮族也應了邀約，來到湖心島上參與聚會。

也就是說，現在這湖心島上，聚集了曾與海龍氏族敵對的賽蓮氏族，以及與海龍有同盟關係，近期卻頻傳越界的彼霧氏族。我記得他們曾說過，彼霧氏族和賽蓮氏族常有紛爭，這兩族關係並不融洽。

今晚的聚會將牽動三族之間的關係，雀兒喜打算怎麼做？

從湖心島最耀眼的戲台所在處，傳來雀兒喜洪亮有威嚴的聲音，「人齊了，便過來吧。」學習聲樂的她聲若洪鐘，竊竊私語的人們停止說話，齊步往戲台方向走去，拖著溼漉漉的身體不吭聲前行。

我正要跟著人群過去，卻聽見腳邊傳來微弱的聲音，「李蘋柔……」是五人中的領頭女生，她氣焰盡消，跪在地上狼狽地看著我。

她說：「吶，李蘋柔，你們是什麼東西？看在同學一場，放我們離開吧。」

我面無表情，淡淡說：「嗯，他們會讓你們離開的。」

「真的嗎？我們可以平安離開？」我的回答令他們喜出望外。

周圍空氣有些變化，湖面上突然起大霧，不尋常的濃霧片刻間籠罩整座湖心島，直到剛才都還能看見遠處岸邊的燈火，現在已經什麼也看不見了，湖心島成了與外界隔闔的孤島。

「嗯，可以離開。」我漫不經心地回答。

能離開的只有你們的外表。

濃霧往我們這靠近，背對濃霧的五人還沉浸在可以離開的喜悅中，濃霧將他們幾人覆蓋住，「嗚嗚嗚嗚……咕……嘎嚕……」從濃霧裡傳出使人毛骨悚然的咀嚼聲，前後約莫不到十秒吧，或許更短也說不定，當霧散去時，不久前還活生生與我講話的五人，成了地面塵屑。

濃霧在我面前凝聚，起先像團煙霧，煙霧收緊成棒形狀，棒形狀前凹一些後凸一些，人的形貌逐漸成形。彼霧吞噬了那五人，用了他們的皮相化成人形，他們雙眼澄澈，像初生嬰孩般，從喉嚨深處嘶啞出咿呀咿呀的叫聲。

我應該感到恐懼，但親眼見識彼霧吞噬化人的過程，那副不自然、超出常理的異樣光景使我移不開視線。這些人為自己的行為付出生命代價，啊啊……該如何形容此刻的心情呢。

我緊握發疼的雙手，指甲裡填滿被踐踏時沾上的泥汙，那些人圍住我時在想什麼？想著今晚可以打擊一個礙事者出口惡氣吧。結果卻是如此，不論多麼囂張頑強的人，面對難以理解的事物，脆弱得比泥地裡蠕動的蚯蚓還不如。

一直到皮埃爾老師過來拍我的肩膀，我才發現酸澀的眼睛眨也沒眨一下，他催促道：「走吧，她在等我們。」

湖心島戲台與其說是戲台子，更像是涼亭，雀兒喜就站在亭中央。

以她為中心，現場與會人分成三派人馬。

頂著五位同學皮相的彼霧們，默默加入其中一群人，在那群人對面的賽蓮族朗聲對他們說了幾句話，彼霧們沒有反應。我隨皮埃爾老師加入海龍氏族的人馬。

聚會過程很肅穆，海龍壓出柯茉雪時，彼霧顯得很焦躁，可惜他們使用的語言我聽不懂，他們討論了什麼、總結出什麼，我無從得知。

三族的人對於柯茉雪的處置很快有定論，他們釋放了柯茉雪，讓她自行回到彼霧。

賽蓮中有個女人站出來，與雀兒喜爭辯事情，彼霧的柯茉雪見狀，也跳出來搶著與雀兒喜爭論，三方似乎正為了某件事爭吵不休。

皮埃爾老師嘆口氣，「果然變成這樣了。」他擁著瑪麗，低聲說明狀況給她聽，我豎起耳朵聽他們的談話。

「他們在爭奪誰有資格與雀兒喜結心，瀅鎮之首的結心者是強力的羈絆，賽蓮族同意附屬在雀兒喜麾下與她結盟，作為不背叛的條件，是要雀兒喜和賽蓮族長結為結心者。」

我心臟狂跳，偏偏這時想起雀兒喜臨走前說「無法給妳應得的名分」，原來她早知道會這樣了？她身分特殊，成為她的結心者將鞏固地位與權力……那我呢？在她的宏圖大業中，我在哪裡？

皮埃爾老師接著說：「彼霧急了，他們認為過往的盟約不再具有效力，應該重新締結新的盟約，條件也是要瀅鎮之首的結心者大位。」

選彼霧？還是選賽蓮？哪一方有資格成為結心者，眾人皆在等雀兒喜的選擇。

皮埃爾老師視線有意無意往我這看。

我……嗎？我真的，有在雀兒喜的選項中嗎？

突然我身旁有人往前站，我朝那人看了一眼，是謝午嵐。她雙眼充血，表情扭曲，宛如見到仇人。

她面對彼霧的方向，喃喃自語著我聽不懂的話。

事情發生僅在瞬間。

謝午嵐衝進彼霧人馬中，勒住一位彼霧男性的脖子。

三族之間本就有許多矛盾，緊繃的氣氛變得越加劍拔弩張。

賽蓮族露出利牙，散髮女人們兩腿轉化成雙魚尾，立起身發出威嚇聲。遭受襲擊的彼霧團團包圍住謝午嵐，嘴裡發出刺耳的嘶吼。被勒住脖子的彼霧男性看起來像學生，他臉部猙獰使勁掙扎，但謝午嵐抓得很死，不管其他人怎麼扯她，她都沒有鬆手，她充血的眼睛有些溼潤，明明掐的是別人，看起來最痛苦的卻是她自己。

謝午嵐大喊所有人都聽得懂的話：「他們殺了我的結心者！這種盟族根本不值得結交！」

海龍被眼前情況嚇到，有幾人見到謝午嵐被圍，反射性想上前幫助同族，全被皮埃爾老師厲聲阻止。

彼霧族長柯茉雪見海龍攻擊他們的人，大聲對雀兒喜喊話，語氣聽上去像在質問。

被彼霧壓制住的謝午嵐高聲喊叫，她聲音悲憤，似歡呼慶祝，也似哭喊求饒。

雖然我與謝午嵐相識不過幾日，但我能感覺出，那位結心者對她是很重要的存在吧。結心者，海龍們在陸地上最為信任的人。我悄悄看向雀兒喜，幾乎同時間，她也往我這看過來。

雀兒喜，對我而言，妳是不是海龍氏族瀅鎮之首根本不重要，我不在乎妳有沒有盡職責，也不在乎妳是否為族群謀利。我眼裡的妳，喜愛讀書學習，喜愛在舞台高歌，偶爾耐不住寂寞，會對人撒嬌耍任性，雖然個性古怪難以理解，卻總是把我放在心上。

妳知道嗎？當妳直視我，眼裡倒映我身影的時候，真的好迷人。

但是雀兒喜啊，妳有時也殘酷得令人心碎。當族群利益擺在眼前時，妳定會毫不猶豫捨棄我吧？妳的身分注定妳只能選擇大義，不能拘泥小情，在瀅鎮之首結心者角逐戰中，我一位小小的室友李蘋柔，連參戰資格都不具備。

如果有一天，我像謝午嵐的結心者一樣，被彼霧吞噬、屍骨無存，妳會為了我不惜代價復仇嗎？

雀兒喜的視線別開了。

賽蓮族的族長出聲質問她，她不得不轉頭應付。

我的心聲她聽不見，自然也不會對我的問話做出反應，但我無可避免地，在她別開視線時感到心痛。這端的我還有空閒胡思亂想，處於風暴中心的雀兒喜無暇思考多餘事。所有人都在看她打算如何處理這局面。

雀兒喜姿態優雅地抬起手，她用手背掩唇，做出很吃驚的樣子，她這番舉動很刻意，就我所知，這點程度的意外嚇不到她——除非她這麼做，是即將上演一齣好戲。

追捕的獵物露出破綻，像待宰羔羊般，只待她亮出利齒，大肆啃食。

她望著謝午嵐的方向，笑了。

「糟糕。」雀兒喜故意用所有人都聽懂的語言大聲說：「彼霧族長，我沒聽錯吧？您放任手下的人擅自吃了我族的結心者？這是撕毀盟約的舉動，敢問彼霧族長，這是與我們海龍宣戰的意思嗎？」

柯茉雪發現被反咬一口，她氣急敗壞往我這裡指，確切來說，是指向我身旁的瑪莉，她喊：「少血口噴人，海龍怎麼不問問自己族裡的叛徒，問問她把自己人供給我們時腦子在想什麼！」

所有人往瑪莉身上看去，海龍裡有些人第一次聽見這事，他們看向瑪莉的眼神變得很猜疑，皮埃爾老師握住瑪莉的手，表達與她同進退的決心。

瑪莉深吸一口氣，被當眾指出叛徒行為，她依然保持冷靜，沒有自亂陣腳。

她與雀兒喜交換一個眼神。

瑪莉朗聲承認，「沒錯，我確實和彼霧氏族有往來。」不給眾人竊竊私語的空間，她緊接著說：「但是彼霧族長，您搞錯對象了，我合作的對象不是您……」

突然，從雀兒喜所在方向傳來極度不自然的「喀」聲悶響。

聲響很小，不仔細聽很容易忽略過去，在眾人聚精會神，神經敏銳度被放到極大的這時刻，這不自然的聲響引起所有人注意。

柯茉雪脖子斷了。

雀兒喜趁著所有人都在看瑪莉時，瞬間繞到柯茉雪身後，雙手扣住她使她無法動彈，賽蓮族長抓緊機會用魚尾撐起上半身，強而有力的雙手握住柯茉雪的頭，打算近距離對她唱歌。

頭歪向一邊的柯茉雪發出可怕的嚎叫，全身化散成暗色霧氣，往湖的方向逃逸。

雀兒喜面露獰笑。她脫掉手套，雙手往湖的方向伸去，滿布鱗甲的手掌憑空做出抓握的動作，隨著她的手勢，湖面起了變化，我聽見不尋常的翻騰聲從四面八方傳來。

我曾親眼見過雀兒喜的海龍之姿，剔透的美麗軀體，晶瑩如珠寶的鱗甲，她是我這生見過最美的幻象。在游泳池中溫馴凝視我的龍啊，我親愛的雀兒喜，如此神聖高不可攀的她，此刻卻展現截然不同的面貌，充滿肅殺與威脅性，湖面掀起濃霧，但這不影響雀兒喜控制湖水，翻攪的湖水宛如兇猛獵犬，在濃霧中狩獵逃竄的柯茉雪。巨浪聲此起彼落，像隆隆戰鼓團團包圍這座小島。

當雀兒喜做出抓取的動作，水浪便跟著動作聚攏，當雀兒喜做出抵擋的手勢時，水浪便跟著手勢攀高擋住去路，將堂堂一族之長玩弄於股掌之間。

賽蓮族長故作輕鬆，說：「有這樣壓倒性力量，瀅鎮之首又何必大費周章，用力量讓陸民屈服不是更簡單？」

雀兒喜獰笑著回應：「讓心靈屈服比讓肉體屈服更重要。靠蠻力得來的地位不會長久，得深植恐懼與敬畏，才能得到真正的統治。」她話題一轉，句句針對，「如同賽蓮族長現在對我產生畏懼心，妳我之間的上下關係才算正式成立，往後還有諸多事有勞賽蓮族了。」

賽蓮族長露出苦笑。

一團黑影從高空摔落到我面前，沉悶的重擊聲像有人將一袋沙包扔在泥地上。半霧氣半人型的柯茉雪奄奄一息，雀兒喜見狀滿意地收回手，她收手後水浪聲退去，湖面慢慢恢復平靜。賽蓮族長將柯茉雪的身體拎回戲台，當著所有人的面將她身首異處，被高舉的柯茉雪頭顱死不瞑目，瞪大的眼睛寫滿不甘，沒多久，頭顱與身軀化散成霧氣。

雀兒喜和賽蓮族長，聯手殺死了彼霧現任族長。

本以為會保護族長的彼霧氏族，竟一點動靜也沒有，整個氏族沒有一個族人站出來，全都眼睜睜看著柯茉雪被殺害。從彼霧中走出一位女孩，那女孩十分秀氣，面容白淨素雅，帶點大家閨秀的氣質。雀兒喜往她看去時，表情很是懷念。

皮埃爾老師對我說：「李同學，妳沒正式見過吧？那位的樣貌就是愛麗絲。」

愛麗絲？那位女孩就是愛麗絲？我記憶裡的愛麗絲已經是遭到賽蓮算計，發瘋失控的可憐人，這是我第一次看到她原本正常的模樣。

愛麗絲，我無緣認識的，雀兒喜的前室友。但，愛麗絲已經死了，現在我眼前的愛麗絲不是她本人，而是吃了愛麗絲的身體，藉著她樣貌出現的彼霧族人。

愛麗絲走上戲台，替代柯茉雪的位置，站到雀兒喜和賽蓮族長身旁。

十四♪雀兒喜的結心儀式

愛麗絲。踏進校園以來，她的名字無數次被提起，我對這位素未謀面的前室友充滿好奇，彼霧使用愛麗絲生前模樣作為外皮，她的外貌、聲音、口吻，都是為了讓人降低戒心，是為狩獵而生的能力。我敢說這能力正發揮用途，雀兒喜望向她的眼神變得不一樣了，那是面對信任對象才會顯露的柔情。

有著愛麗絲容貌的彼霧對兩人說：「我為前族長毀約殺害海龍族人，深深致歉。兩位願意不計前嫌，重新與我族約定新盟約嗎？」

愛麗絲的發言僵硬地如同唸誦台詞。

雀兒喜不以為意地說：「您很有誠意，由您帶領彼霧氏族，我很放心。」

賽蓮族長彎起笑容，說：「瀅鎮之首沒意見，我也沒意見。」

雀兒喜和賽蓮族長同樣唸出她們的台詞。

原來一切早已串通好。有著愛麗絲面貌的彼霧族人，才是瑪莉私下合作的對象。從其他彼霧族人沒有反對看來，她已經擺平內部，就差將現任族長拉下台，雀兒喜和賽蓮族長幫了她一把，給她一個名義除掉現任族長，條件是同意與雀兒喜等人建立同盟關係。

在能預見的未來中，這三位領頭者將以共犯的關係互相制衡。

雀兒喜說：「彼霧的新族長，結盟的事辦完了，該來處理前族長留下的爛攤子——交出吃了我族結心者的傢伙。」

吃掉謝午嵐結心者的彼霧大驚失色，他轉身想逃，卻被海龍族人攔下。

皮埃爾老師對謝午嵐說：「這是我們約定好的條件，妳的仇人就在這，任妳處置。」

謝午嵐從懷裡取出一把摺疊露營刀，二話不說刺進那男生的太陽穴，用行動說明她想要的處置方式。那男生顫抖了一下，身體慢慢散成水霧，霧氣失去凝聚力，不消多久形體潰散，逐漸消逝，化為虛無。男生的衣服及刀刃掉落在地上，謝午嵐回收刀刃，並將衣服拋進湖水裡。她雖眼眶泛紅，仍強忍住情緒，不讓淚水流下，冷靜自持地完成所有動作。

謝午嵐朝雀兒喜做出一個手勢，看起來像行禮。雀兒喜回以微笑，似乎很滿意謝午嵐的舉止。

瑪莉走到我身旁，輕聲說：「那是宣示忠誠的行禮，謝午嵐追隨雀兒喜已久，這是她首次對雀兒喜行忠誠禮，她認可雀兒喜了。」

雀兒喜一直想培育自己的勢力，有人願意發自內心追隨她，我很替她開心。

賽蓮族長這時說：「瀅鎮之首，妳派來的使者明明確確承諾我，妳願意與我結為結心者，姊妹們都能為我作證！」

她的族人高聲起哄。

賽蓮族長瞥了眼陳姐，說：「但是，有一事讓我很好奇，族裡的姊妹和我報告，妳有一位很信任的陸民，從前我們彼此冒犯時，也是那位陸民出面阻撓，這是真的嗎？這不會影響我們倆人的結心條件，對嗎？瀅鎮之首？」

我心臟劇烈跳動，知情的人紛紛往我看過來。

雀兒喜面對質問，面不改色說：「自然不會影響，我已決定好結心的對象了。」她斬釘截鐵的態度讓賽蓮族長不再說話。

雀兒喜會選賽蓮族長。我很肯定事情會這樣發展。我無法帶給她任何利益，她沒有理由選我。我可以明白她的選擇，真的。

她昔日對我的一顰一笑，她牽起我的手的模樣，她被我的任性激怒的模樣，她排除眾議讓我參與她的世界的模樣，以及，她為了族群利益，當著我的面選擇其他女人，與我以外的她攜手成為結心夥伴。

我真的、真的、真的、真的可以明白，真的……

「李同學。」皮埃爾老師的聲音聽起來很溫柔，「妳如果聽夠了，我可以先帶妳離開。」

皮埃爾老師看出我的憂傷，他的提議一來體貼我，二來保全我體面離席，與其讓沒有名分的「寵兒」留在現場尷尬，不如一走了之。

「嗯。」我悶聲說。

就這樣吧，我不想留下來看雀兒喜走向另一個人，現在離開最好，當作什麼也沒看見。等明日太陽升起，我會如常對她微笑，這樣對彼此都好，已經夠了……

我與皮埃爾老師轉過身，準備離去。

「蘋柔，妳過來。」雀兒喜卻在這時開口。

雀兒喜這一喊，所有人都往我們這裡看過來，我們陷入進退兩難的局面。她朝我招招手，那副手心朝下的叫喚方式，像在招一隻搖尾乞憐的狗兒。或許我在她心底始終是一隻逗她開心的寵物吧。

我苦笑，對皮埃爾老師說：「是我傻了，竟忘記我的室友有多殘忍。」

皮埃爾老師同情我，「妳可以選擇不要過去。」

我失笑出聲。

讓心靈屈服比讓肉體屈服更重要。是這樣沒錯吧，雀兒喜？

「老師，我會過去的。因為……她是雀兒喜。」說完，我挺起胸膛，壓下即將溢出眼眶的淚珠，頂著眾多視線，朝雀兒喜走去。

賽蓮族長嘗試從雀兒喜的舉止解讀她的意圖，雀兒喜臉上帶著自信的微笑，她朝我伸出的鱗手在戲台燈的光照下反射出淡淡銀藍光澤。沒人知道她打算怎麼做，這場戲的完整劇本只有她知道。

我瞥見海龍族人嘲弄的笑容，不僅是他們在笑，賽蓮族的女人們也竊竊私語，在他們眼裡我是什麼模樣？被寵幸的小丑？是大業下的棄子？或者更可笑一點，是攪亂當權者的禍端？

所有人都在等雀兒喜摸摸我的頭，像是逗弄寵物的主人般，安慰似的說「好乖，蘋柔」或者是「我快忙完了，等一下陪妳玩」諸如此類。我們不再是平起平坐的室友，而是上對下的主僕關係，我的地位將淪落成雀兒喜・布朗的小愛寵，可憐又可悲。

因為是妳，我才願意。即便在妳族人眼裡，我是隻沒有名分的寵兒，我也認了。誰叫妳是雀兒喜。

無法給妳應得的名分。這句雀兒喜曾說過的話，像跳針的唱片機似的，不斷在腦中重複響起，就是今天了吧，雀兒喜終究還是為了族群利益，破壞與我的關係，結束了，都結束了。

就在這時，雀兒喜卻笑了。

如徐徐微風般，很溫暖的笑容。

她原本朝下的手心，轉為掌心朝上。她的手，不再是對著寵物招手的動作，而是宛如邀請女伴進入舞池，充滿禮貌和欣賞的邀請之姿。

幽暗夜空，雲層散去，柔美月光降下。

我有些猶豫地朝她伸出手，她鼓勵似的笑容融化我的疑慮，我放下不安的心情，輕輕將手搭上她的手心，她優雅地牽住我的手，本該帶點冰涼的鱗手，此刻摸起來卻是熱的。

她緊握我的手，當著三個氏族的面，恭恭敬敬對我彎腰行禮，親吻我的手背，對我獻上面對他族族長都沒有展現的高度禮數，彷彿這世上只有李蘋柔能讓高傲的她低下頭。

她這番舉動讓所有人倒抽一口氣，在即將與賽蓮族結盟，互立結心者之約的這時刻，雀兒喜的行為代表什麼意思，再愚鈍的人都能理解。

我被認可了。

了解她的用意後，我差點沒忍住淚水。

雀兒喜見到我快哭的樣子，笑道：「蘋柔，怎麼哽咽了？來，過來站好，結心儀式要開始了。」她的語氣很溫柔，內容雖是斥責，口氣卻滿是寵溺。

賽蓮族長緊張起來，「瀅鎮之首妳……」

「我的結心者對象，是賽蓮族！」雀兒喜不給她逼問的機會，直接說出眾人最想聽到的答案。

果然是雀兒喜會做的決定，我一點也不意外，可是現在是什麼狀況？為什麼……為什麼雀兒喜沒有放開我的手？

雀兒喜大聲宣告：「賽蓮族長厄庫絲，妳願意與我結心，無論發生何事都不拋下彼此嗎？」雀兒喜雖是面對賽蓮族長，卻很故意的，牽起我的手放到唇邊，我的手背觸及她柔軟的唇瓣，難以言喻的酥麻感透過手臂傳來。

賽蓮族長不敢相信雀兒喜竟然這麼做，她語氣僵硬地回：「我願意。」視線不斷往我這位「第三者」看。

雀兒喜繼續說：「賽蓮族長厄庫絲，妳願意與我結心，榮耀與共，艱困同行，共謀兩族之間更美好的未來，妳願意這樣做嗎？」她說話時，將我的手背壓在她的唇上，我可以感受到她雙唇的溼潤與呼出的熱氣。

她的雙眼明明凝視的是賽蓮族長，我卻產生她在對我說話的錯覺。當她問「願意這樣做嗎」的時候，我險些要回答我願意。

賽蓮族長冷下臉，「我願意。」

雀兒喜被賽蓮族長的表情逗樂了，她輕笑著說：「賽蓮族長厄庫絲，妳願意與我結心，忠誠無二心，全力支援彼此，信任彼此，當世界與另一人為敵時，願意挺身站出來為她抵擋攻擊，成為她的後盾，不讓她孤獨，妳願意這樣行嗎？」

雀兒喜的手指滑進我的指間，對著賽蓮族長，與我十指緊緊交扣。

賽蓮族長臉色很難看，每一字都說得咬牙切齒，「我、願、意。」

我忍不住笑出來，知道這樣很失禮，我趕緊低下頭，但還是忍俊不住，過於開心而止不住笑意。

雀兒喜竟然這麼大膽，真是受不了她。好開心，幾乎要喜極而泣的心情，這就是所謂的幸福感嗎？

雀兒喜往賽蓮族長跨出一步，說：「很榮幸與您結盟，賽蓮族長，最後完成結心者的誓約之印，我們之間的盟約就成立了。」

賽蓮族長狠瞪身為「第三者」的我，我沒有迴避她的視線，直瞪回去。

賽蓮族長冷哼一聲，在我還沒意識過來什麼叫誓約之印時，她們倆的唇已經貼在一起了，像蜻蜓點水般，兩人短暫的接吻後立刻分開，接觸時間短到讓人懷疑算不算一個吻。

她們吻過彼此後，我看見雀兒喜的身體起了變化，她的皮膚變得豐潤，雙眼泛光，紅潤的雙頰比從前看起來更加有活力。

當中最明顯的變化是她的雙手，冰冷的鱗甲像蛻皮般脫落，她暫時鬆開握住我的手，將捲曲的舊皮剝下，露出一雙白裡透紅的粉嫩雙手。她用那雙手重新牽起我的手……是暖和的，讓人著迷的溫熱暖意。

雀兒喜轉過來面對我。

她熱切地擁抱住我，炙熱的雙唇像是等上一世紀那麼久，不顧一切吻上我的唇，說：「我等這一刻……好久……好久……實在忍耐得太久了……」她邊說邊激烈地吻著我，帶著水腥味的舌尖捲上我的小舌，翻攪地我幾乎喘不過氣。

雀兒喜邊吻，邊模糊不清地說：「抱歉蘋柔……我沒辦法給妳結心者的位子……妳願意原諒我嗎？」

我被她吻得呼吸不過來，缺氧的腦袋昏昏沉沉，腦中還是她宣誓時的問句，「嗯，我願意……」不管她說什麼，我都願意。

我被吻得沒辦法，輕推她的肩，稍微喘口氣。雀兒喜雙頰泛紅，眷戀不捨離開我的唇瓣，雙唇間留下一絲曖昧的唾線，她貪婪地伸出小舌舔掉它，將混雜她與我的唾液盡數吞進口中，她的紅唇像朵豔麗綻放的玫瑰，一滴唾珠留在她唇花上，像沾了夜雨水露，明眸水光粼粼，像包容萬物的海洋，即將淹沒小小的我。我推開她想呼吸空氣，才吸兩口氣，她又按耐不住地吻上來，這回更扣住我的後腦不讓我有機會逃，無處可逃的我雙手所幸緊扣她的纖頸，由著她予取予求，她烏黑色的長髮還沾著水氣，帶點湖水腥味，再往深處嗅聞，隱約能聞到我挑選的香水味。

我想起她變化後的雙手，我唇上繼續吻著她，手摸索著尋找她新生的軟嫩，我在我的後腰找到她不安分的手，我將她的手握到我面前，讓我看個仔細。還覆蓋鱗甲時，雀兒喜的手又硬又冰冷，經過結心儀式後，她的手已變得與常人無異，白嫩帶有體溫的雙手，怎麼看都是人類的手。

「軟綿綿的，好暖和。」我握住她的手在臉龐上磨蹭，「雀兒喜，妳的手好美。」

雀兒喜滿意地說：「我們有結心者以後身體才算穩定下來，以後我不用再去游泳池了，我會想念那裡的。」她貼上我的耳朵，用旁人聽不到的音量，只對我一人說：「我特別想念妳坐在岸邊看我時，雙眼映照水光的模樣，妳都不知道妳看我的眼神有多誘人，好幾次我都差點……」

我感到雙頰火辣辣地燙，雀兒喜注意到我臉紅了，故意在我臉頰上親一口，嘲笑我：「蘋柔變蘋果了。」

賽蓮族長冷哼一聲。雀兒喜想與誰交好不是她關注的點，她要的只是海龍族瀅鎮之首結心者的身分，眼看沒必要留下，她朝族人喊了聲，領著賽蓮們躍進陰風湖裡，消失在眾人視線中。

彼霧氏族的新族長回到族人裡，經歷改朝換代的他們現下有很多事要處理，沒多久也紛紛化回霧形態，離開湖心島。

雀兒喜牽著我回到海龍族人中，他們看我的眼神充滿恭敬，在他們心裡，認定我才是瀅鎮之首真正的結心者。

雀兒喜對眾人宣布她與各氏族間的協定。

「葉迦娣的薰風湖歸屬賽蓮族。」她說。

賽蓮族的外貌大多為成年女性，難以偽裝成一般學生，她們會以薰風湖為據點，向校外擴張勢力，共享資源和情報。至於彼霧族，則負責維穩校內，他們的仿造生者能力能發揮極強功用。

有人問處決柯茉雪會不會有後顧之憂。

雀兒喜冷笑一聲，說：「那位前族長隱瞞彼霧氏族『城市上浮』的事。」

聽到城市上浮幾個字，海龍的族人全體靜默。

雀兒喜說：「要不是瑪莉告訴妮比希雅——有愛麗絲面孔的那位新族長——關於城市上浮的事，彼霧還不知道大難臨頭。妮比希雅將真相告知其他族人，從內部說服彼霧繼續與海龍同盟，以免兩族關係產生裂痕，害彼霧孤立無援。」

雀兒喜此次聚會別具意義，不僅化解和彼霧的暗鬥，還拉攏了本該對立的賽蓮，一股作氣穩定三個氏族的同盟關係，也讓對她能力存疑的底下人服氣，可說是大獲全勝。

當我這麼跟雀兒喜說時，她笑著說：「我很高興收穫兩個盟族，這對大家都有好處，時限迫在眉睫，之後會有越來越多海民到訪，我們勢力越大，就越經得起考驗。不過有一事我得坦承，今晚最讓我開心的，其實是抱得美人歸。」

我舔舔唇，殘留的餘溫使今夜格外美好。

♯

收到吳深穆的消息，是在次日清晨，聯合徵選季的第四日。

為此我相當懊惱，吳深穆說要執行祕密任務時，我就該有警覺了，誰能想到？那次竟是我最後一次看到他。

不用再偷偷摸摸去游泳池的雀兒喜，一早天還未亮就摸到我床邊，我睡眼惺忪往前摸去，一雙柔軟的手溫柔握住我，我故意撒嬌，握著她的手貼到臉頰上，享受她手心的溫暖。

「蘋柔，剛剛收到消息。」

「嗯？」我還有些恍惚。

「吳深穆死了。」

我睡意全消。

雀兒喜拉著我前往教職員辦公大樓，一路上我不停追問她是怎麼回事，以及吳深穆到底接了什麼任務。

雀兒喜說明的同時，腳步飛快前進，一刻也不耽誤，她說：「蘋柔，這件事需要由葉迦娣的人去做，昨晚瑪莉和妳在聚會中扮演重要角色，葉迦娣裡大部分的族人都還在適應陸民生活，不夠格參與重大行動，去除妳和瑪莉後，還能派出的人就只剩吳深穆，我才會同意瑪莉交派給吳深穆去處理。我說這些是希望妳能理解，我絕無刻意為難他的意思。」

雀兒喜慌忙地解釋，讓我越聽越糊塗。我想起與吳深穆最後一次談話，他一直數落海龍氏族故意派危險任務給他，雀兒喜是想解釋這點嗎？到底是什麼任務非得用一條人命去換？

我們來到教職員辦公大樓，等在門口的皮埃爾老師為我們解了鎖。

這棟樓只有二層樓，卻裝潢的十分華麗，進了大門以後，正面迎接一座二十世紀西洋式階梯，一樓左右兩側走廊通往各個教師辦公室，提供教職員備課和空堂休息，普通學生很少有機會踏足，除非是被老師盯上的問題學生。我想起吳深穆曾翹課在校內抽菸，依他那副目中無人的樣子，想來有許多機會出入教職員室。

皮埃爾老師低聲對我們說：「在二樓。」

走上第一層階梯，盡頭牆面裝飾著一幅女人彈鋼琴油畫像，畫中女人穿著合身洋裝，坐在鋼琴前對著畫家方向微笑，若我沒認錯，這女人便是創始校長葉迦娣，鋼琴後方坐著一排神情冷漠的男女，他們年紀看起來和葉迦娣校長相仿，甚至有幾位眉宇看起來很相像。底下畫作標題寫著：葉迦娣與敗選者們。

雀兒喜的催促聲從上方傳來，我收回看畫的視線，跟上她的腳步，腦中還在消化敗選者的意思。

二樓整層都是校長室，除了校長辦公座位外，設有賓客接待區、會議空間、撞球娛樂室，甚至有臥房和衛浴空間，方便長期在外地的校長，回校處理公務時可直接住下。校長室陳設相當富麗奢華，視線所及盡是造價高昂的裝飾造型，校長座位後方是整面玻璃落地窗，從落地窗望出去，是葉迦娣主要校舍群、花園、大門口，遠方隱約能看見陰風湖。

不知歷代校長從這面落地窗望著校園全景時，心裡在想什麼，這疑問我怕是沒有機會得知了，因為——胸口刺著一把水果刀的葉華奈校長，坐在宛如王座的紅絨椅上，奄奄一息。

葉華奈校長臉色慘白，無神望著天花板，雖然還留著一口氣，卻離死期不遠了。

校長身邊圍著許多面孔，謝午嵐、瑪莉、彼霧族的愛麗絲都在，我們進到校長室時，沒人理睬我們，他們的視線全望向一個方向，我順著他們視線望去，看見倒臥在地的吳深穆，「怎麼會……」我不敢置信，他的脖頸被刀刃劃破，微張著眼仰躺在地板上，從脖子致命傷滲出的鮮血將豔紅色地毯染成腥臭的暗紅色。

瑪莉略帶壓抑的聲音說：「我們趕到時只剩一口氣了，脖頸這道太致命，救不回來……對不起……」她低聲不停道歉，不知是對誰說的。

有著愛麗絲外型的彼霧族長跪在吳深穆旁邊，我注意到吳深穆的手緊緊握著她，他唇角微微帶笑，面容平靜而滿足，似乎在最後一刻終於見到心心念念的女孩。

吳深穆被交派的任務，是潛近校長室制伏葉華奈校長，讓彼霧有機會吞噬她，取得葉迦娣實權統治。一開始潛入還順利，豈知吳深穆剛要通報任務達成，葉華奈卻暗藏一把水果刀，掙開束縛與吳深穆激烈纏鬥，打鬥間吳深穆脖頸被劃開，他咬牙一刀捅在校長胸口。

有著愛麗絲外貌的彼霧族長說：「他一直喊著愛麗絲，好像是這副樣貌原本的名字，於是我便……我想這樣會讓他好走些。」彼霧族長闔上吳深穆的眼皮，想抽回被握住的手，吳深穆握得很緊，她試了幾次才成功抽出來。

我感到胸悶，一口鬱悶之氣卡著，說不出是什麼感覺。

怎麼可以這樣，我好不容易才跟他說得上話了，還以為在這所壓抑的學校裡，我終於有朋友了，不是說好要脫身了嗎？

我聽見皮埃爾老師輕聲的嘆息。

雀兒喜與其他人低聲交談，無人理會重傷的葉華奈校長，校長面如死灰，胸口的傷染紅她的名牌衣，她有氣無力說：「你們……誰……為什……」

葉華奈校長的表情滿是不甘願，我想起她在聯徵開幕時的致詞，以及前往校長室階梯上的怪異油畫。承襲校長數代的葉氏家族，鼓勵學生互鬥爭取勝利。

腳下堆積的屍身早已腐爛，上位者卻還一意孤行，背風俯看，聞不到犧牲者的朽臭。

雀兒喜走到葉華奈校長面前，用力捏住校長的下巴，強迫校長看她的臉。她說：「許久不見，葉校長，記得我嗎？」

葉華奈校長狠瞪雀兒喜，貌似心裡有底。

雀兒喜語氣冰冷，「看來是記得了。我被前室友米蘭達下毒的事，別說妳已經忘了，當時就是妳指使她做的。讓我想想理由是什麼……噢，對，因為我即將參加的比賽，妳女兒也是參賽者。托妳的福，我倒在宿舍大廳嘔吐不止，被同學冷笑圍觀時，心裡清明許多。妳讓我了解到這學校裡，沒有人會救我，沒有人是可信的。妳是不是很納悶，米蘭達下完手後，為什麼還沒去找妳領錢人就消失了？呵呵，答案很明顯吧，她被處理掉了，就像妳一樣。來，看清楚眼前的人，今日的雀兒喜是在妳的養蠱式教育下誕生的，無與倫比的強悍、屹立不搖的實積、立於眾人之上的權力。感覺如何？被自己的造物扳倒的心情？」

葉華奈校長冷笑一聲，沒有為自己的行為辯駁。

雀兒喜說：「永別了，敗選者葉華奈。」

愛麗絲上前將雙手放到葉華奈頭部，她的掌心冒出黑色霧氣，霧氣從葉華奈校長的耳朵滲進去，她痛苦地拚命掙扎，嘶啞著不成句的辱罵詞，掙扎扯動胸口的傷，更大量的鮮血湧出，將她身下的紅絨椅染得更加絢麗刺眼。

大量出血的葉華奈雙眼無神，從她口中吐出最後一口氣息。

愛麗絲化為霧型態籠罩住她的身軀，一位新的校長誕生了。

彼霧族長葉華奈揉揉太陽穴，似乎還在消化校長的記憶，她皺眉呻吟一聲，「這女人腦袋裡塞的祕密真多，她正打算換掉路易・皮埃爾，讓自己歸國的兒子接替。有意思……」

從今往後，葉迦娣將以雀兒喜的勢力為中心運作，再無人能撼動她。我往雀兒喜看去，她接觸到我的視線，主動靠過來牽起我的手，我自然地回握她。

我對她說：「妳成為學校的王了。」

「預料中的事。」她笑說。

從我轉學來到現在，雀兒喜從不知道溺水是什麼的缺乏常識者，一步又一步，飛快學習各種知識，初遇時的她，身邊只有皮埃爾老師，被賽蓮困住時還必須仰賴我的幫忙，但是現在已經不同了，從什麼時候起，她不再像從前偷偷摸摸行事。

雀兒喜被踐踏汙辱過，同儕冷嘲熱諷、被下毒、被耍手段妨礙、被謊言欺騙，她獨自挺住所有攻擊，從陰溝裡的笑柄，靠自己爬上高位，最終帶著所有人立於校長室，俯瞰整座學院。

她見我若有所思，柔聲說：「蘋柔什麼都不必擔心，我會處理。」

我想雀兒喜是想守護我的世界吧，她想將我保護在她的羽翼下，不讓我過多接觸海龍族的行動。她以為這麼做，我就能安然無恙，她卻不知道，我的世界早已因她而崩毀。

葉迦娣學院將雀兒喜逼成「校園女王雀兒喜」。這點我也一樣，現在的我和入學前的我已經不同了，精神置之死地而後生，歷經破壞與再造，不斷磨練、磨練再磨練，最終淬鍊為「葉迦娣學院的李蘋柔」。

♯

第四日，聯合徵選季進入尾聲。

傍晚最後一項徵選項目結束後，學生們毫不掩飾興奮，拋開樂譜課本，聯繫手機裡的親朋好友，一同約聚餐唱歌，歡天喜地展開各式慶祝會。

聯徵期間發生好多事，光怪陸離的事接連襲來，樁樁件件都荒謬到不似真實。有時我會閉上眼，反覆回憶整件事，一遍又一遍，強迫自己去接受所有已發生的悲劇。

吳深穆的死亡很安靜。

海龍族設計一段精妙的劇本給他，說他遭同學算計受傷住院，住院後再次轉院，因傷勢嚴重無法繼續從事音樂，心灰意冷的他不想與任何人告別，黯然辦理好退學，從此消失無蹤。

幾天前還活生生的人，就這樣無人追思、無人祭奠地離開了。

他在管樂組的朋友們找上我，想問我知不知道他的行蹤。

扛法國號的女生問：「妳知道深穆去哪嗎？他自從聯徵開始就怪怪的，常一個人神祕兮兮不知去哪裡，我看到妳最近很常和他走在一起，你們是不是在交往？」

在旁人眼裡，我和吳深穆的互動像在交往嗎？

相似的場合，相似的質問內容，那時是吳深穆和他的朋友問我，知不知道愛麗絲的行蹤。現在卻換成他朋友問我，知不知道吳深穆的行蹤。

我盡量穩住聲音不露餡，淡然說道：「我們只是朋友。」

扛法國號的女生不放棄，繼續追問：「我們去問了雀兒喜・布朗，她說深穆受傷住院，好像嚴重到必須放棄音樂。可是無論我們怎麼打他電話他始終關機，我們去附近醫院問過了，醫院沒有他的入院資料，和愛麗絲一樣，很突然就不見了。」

因為他和愛麗絲都已經……

我沮喪地說：「抱歉，我也聯絡不上他。」我從他的朋友眼中看出失落，罪惡感刺痛我的心。

送走管樂組的同學後，我悄悄上社群軟體，找到他的個人頁面，他的照片牆上留有許多和愛麗絲的親暱合照，兩人一起在麥當勞讀書，一起去吃到飽餐廳，一起去熱門手搖飲料店打卡拍照，春青洋溢的幸福小情侶。

我截下其中一張吳深穆與愛麗絲的合照，去校內便利商店影印出來。走回宿舍的路上我看見日日春開得茂盛，隨手拾起一朵掉落在地的日日春。和管理室的瑪莉打過照面後，我獨自進到地下密道。

我在地下密道的房間尋了個僻靜角落，撥乾淨沉積灰塵，將兩人合照倚靠牆面輕輕放下。

「抱歉，沒辦法給你們正式的告別。」我在心裡默唸禱詞，將日日春花朵置於照片前，當作獻花。照片上的兩人笑容燦爛。但願他們走得無痛無苦，相伴彼此，來生再續前緣。

我退出房間，闔上沉重鐵門，將它們封鎖在幽暗無人的地下。

緊繃的考試結束後，學生們迎來盛大的晚宴活動。

在這場社交晚宴上能見到各界頂尖名流，學校方面出手闊綽，燈光、飲食、餘興節目……等，方方面面都用上最好的規格。師長們明示暗示學生們，過往有許多學長姐從社交晚宴上得到合作機會，要學生們別扭捏，盡量把握機會展現自己。

我和雀兒喜從中午開始整裝到傍晚，敷臉上保養品、梳洗、穿禮服、化妝、梳髮，為今夜晚宴盛裝打扮。

我試好幾隻唇膏才挑中滿意的色號，「雀兒喜，幫我看看眼線有沒有畫好。」

雀兒喜放下梳子，湊過來捧起我的臉仔細端詳，她的面容近在眼前，近到能聽見她的呼吸聲，我有些羞澀地憋住氣，這舉動被她發現了，她掩飾笑意，輕拍我的臉頰，示意我記得換氣。

雀兒喜畫上紅色系的妝容，目光流轉如水波，受了煙燻妝的雙眸，更加突顯黑白分明的大眼，嬌柔的粉鶴色自她的雙頰暈染開，媚中帶俏，俏中帶厲。她於唇瓣抹上絳紅色唇膏，豐潤而飽滿，好似碰一下能滲出玉滴。

雀兒喜端詳著我的臉，沉聲說：「眼頭的地方沒畫好，筆給我。」她取過我手中的眼線筆，捏住我的下巴，在我眼頭補上幾筆。

她專注凝視我，目光炯炯，神色嚴正，似乎在思考要怎麼幫我補畫眼線，反觀我，卻有種被她扒光身子裡外看透的害羞感，滿腦子都在胡思亂想。

「好了。」雀兒喜很快放下眼線筆，捏著下巴左看右看，滿意的點點頭。接著從我的梳妝盒拿起唇膏，說：「妳內唇沒有畫到，嘴巴張開。」

她這是要幫我化妝嗎？我略為猶豫，勉為其難撐開一條唇縫。

雀兒喜不滿意，輕聲命令道：「張開，蘋柔。」

她伸出拇指壓住我的下唇，半強迫似的將我的唇瓣撐開，說：「這才叫張唇，我親愛的蘋柔。好了，別亂動，我要抹唇膏了，妳要是亂動小心畫歪。」

雀兒喜轉開唇膏，抹去多餘唇液，準備替我抹上。我卻因為太緊張，雙手握成拳頭，閉上眼不敢正眼看她。

我聽見雀兒喜噗哧一笑。還沒來得及睜眼查看，她柔軟的雙唇便覆了上來。她溫柔吻著我的唇，如同蜜蜂汲取花蜜，輕輕吸吮，我反射性想往後閃，雀兒喜卻直接壓上來，捧住我的頭不讓我躲。

我放棄閃避，乖順回應她的吻，她的唇膏嚐起來有太妃糖的味道。

她含住我的下唇，毫不客氣地把她的紅唇印在我身上。我被吻得頭暈目眩，忍不住嚶嚀：「雀兒喜……妝會花掉……」

「讓它花。」

我們相擁彼此，雀兒喜忘我深吻，軟舌交纏難分難捨，若非手機鬧鈴響，恐怕她不會這麼輕易放過我。

雀兒喜不開心地離開我，走回自己座位關掉鬧鈴，我舔了舔殘留在舌尖的太妃糖唇膏，有些意猶未盡。她沮喪地說：「我該走了，有幾個廠商約我見面。」

我故意拿她的唇膏自己化補妝，手鏡裡殷紅朱唇嬌嫩欲滴，我抿抿唇暈開唇膏，鏡裡的我和她的唇色是同一色了。

雀兒喜眼神如火，半玩笑半認真說：「妳這模樣害我不想離開了。」

我起身替她順了順禮服，她的紅唇因熱吻而抹花，看上去竟格外嫵媚動人，我用化妝棉布替她把唇角擦乾淨，對她說：「晚點見。」

她寵溺地輕碰我的鼻頭，笑說：「嗯，晚點見。」

♯

聯合徵選季重頭戲，社交晚宴盛大舉辦。

由於賓客眾多，晚會從室內移至室外，舉辦地點在花園旁，百花爭豔，千燈齊亮。自國外邀聘來的國際樂隊於舞台區奏樂，禮賓餐桌擺滿星級飯店贊助的茶點，賓客們穿上量身訂製的華美禮服，穿戴從比利時專機送來的珠寶首飾，拿上義大利國際級設計師的手拿包，踩上從巴黎運來的限量高跟鞋。

爭奇鬥豔的背後，是以慶祝之名，行社交之實，不知今晚舞會中，又有多少筆生意將被談成。

我穿上在椿月精品街買的雪白貢緞短禮服，脖頸繫上綢緞，繞至頸後打上蝴蝶結。

許多人都是攜伴參加，我遠遠看見莊夢禾挽著一名高䠷男性的手，舉著雞尾酒杯開心談話。餐點桌前有一群外校生歡聲暢談，邱儒玉和柳芳爵也在其中，邱儒玉看到我來了，迅速別開視線，他的迴避反應在我意料之中。

我從餐點桌上拿起水果雞尾酒，遠離人群，退到靠近花園的休憩區獨自坐下。舉辦在花園旁的晚會別有風情，流風撫過髮絲，一輪圓月高掛天際。

今晚，至少有月娘相陪。我對月舉杯，一飲而盡。

樂團一曲奏畢，演奏起華爾滋。校長葉華奈現身舞池，她看上去沒有異樣，無人發現內裡已被掉包。她與前來赴宴的瑯湖表演藝術學校校長擔任開舞，有了校長們開舞，蓄勢待發的學生們陸續進入舞池，一時歡聲四起，盛裝出席的女士們暗送秋波給心儀男士，西裝筆挺的男士們四處邀舞。

人群中讓開一條路，一位英俊男士領著雀兒喜進入舞池。

雀兒喜身穿墨藍色長禮服，布料上鑲了水鑽和亮片，晶瑩透亮，絢彩奪目，像星夜一樣閃閃動人。她甫跳完一首，又有其他男士接著邀請，一連好幾首沒有停下過。我縮在邊緣，遠望她一首接著一首跳，她看起來很樂在其中。

跳得那麼開心，留我一人獨自喝酒，雀兒喜真過分。思及此，鬱悶感升起。我決定再去拿幾杯酒。

喝到第三杯時，樂曲已從快舞換成慢舞。舞池內的人漸漸退去，剩下幾組男女賓客，親暱地靠在一起，順著樂音隨心搖擺。

我在舞池內沒看見雀兒喜，她去哪了？

「妳在這，我到處找妳。」雀兒喜的聲音從旁傳來。

我歪著腦袋瓜看著搖晃走來的雀兒喜，「妳走路怎麼晃來晃去的？」雀兒喜的臉好像分裂成兩張。

「我搖晃？蘋柔，妳怕是喝多了吧。一、二、三……六杯？我說妳啊，縮在花園喝悶酒，難道是在等我嗎？呵呵，真可愛。」

什麼六杯，我才喝三杯而已……吧？

雀兒喜牽起我，微笑說：「走吧，我們去花園裡，那兒沒人打擾。」

我被她拉起身，才剛從座位上站起來，身體便朝左邊歪過去，被雀兒喜眼明手快撈回來。

我們一同穿過人潮，樂音迷醉，酒香濃烈，我感到有些睏意，彷彿還在雲端裡作夢。望著同學們歡樂慶祝的模樣，我有種不現實的脫節感。許多事在無人知曉的情況下靜靜結束了。

他們都不知道，至少七位學生離世，柯茉雪、吳深穆，以及當時找我麻煩的五名同學。

他們都不知道，有許多非人生物深入校園，在教室內、走廊上、宿舍裡，甚至陰風湖中。

他們都不知道，校長室內的最高權力者，被替換成外表相同的不同人。

雀兒喜的聲音帶著醉意，「在想什麼，蘋柔？」

我坦率地說：「想妳的事。」

終是人生如戲，戲如人生，這齣荒誕的校園劇接下來又該如何發展呢？

而我，將於首排貴賓席，見證一切。

十五♪骸心浮島

悲喜交加的聯徵畫下句點。

社交晚會後約莫一星期，郵便車送來一疊疊厚重的徵選結果通知書，把舍監櫃台塞到寸步難行的程度，瑪莉連接聽櫃台電話，都得翻山越嶺才碰得到話筒，或許是擔心被有心人動手腳，瑪莉沒有找人幫忙，獨自消化堆得跟山一樣高的信件，連著幾天忙到很晚。

我去領取徵選結果通知書時，看見一名同學坐在大廳沙發上默默哭泣，她捏在手中的通知書很薄，想來結果不樂觀。通知書使用有厚度的黃色公文信封，封面蓋上葉迦娣、瑯湖和湘寒山三座學院校徽，並印有學生的科系和名字，信封裡裝有每一場徵選的評比結果，成績優異的人，會直接附上大企業的面試邀請書。櫃台醒目處疊了數個厚重信封包，我悄悄瞥看，都是喊得出成就的明星學生，他們的信封包又沉又厚，能猜想信封裡塞滿各大企業的邀請書。

領取隊伍輪到我了，瑪莉拿出兩包通知書給我，一份很厚，一份很薄，她說：「雀兒喜說她的那份交給妳。」

我接過兩包厚薄明顯差異的通知書，雀兒喜的通知書不出意外，鼓脹到好似塞了字典在裡頭，我的通知書連她的四分之一厚度都不到。

我把通知書塞進包包內，打算先填飽肚子再來面對結果。外校生離開後，學生餐廳恢復以往人流，隔壁桌正在談論聯徵通知書，他們有人拿到嚮往已久的企業入職邀請，一群人吵吵鬧鬧開起慶祝會。

餐廳內的電視正在播報午間新聞。新聞標題寫著：又見神祕海上巨物！海怪？幽靈船？各國搶探查！

記者播報說：「國際新聞台為您播報最新消息，轟動一時的海上巨物再次出現，根據目擊者描述，海上巨物遠看就像一座山，巨物周圍氣候異常混亂，越接近海上巨物風浪越強，各國爭搶派出探查船隻，目前尚未有船隻成功靠近，究竟這座龐然大物是什麼呢？是海怪？幽靈船？抑或海市蜃樓？本台獨家播放目睹巨物的漁船船員拍下的這幕——」

新聞播放一段劇烈搖晃的手機影片，拍攝者所在的船隻正遭受猛浪襲擊，整艘船劇烈搖晃，畫面中許多船員打扮的人大喊聽不懂的語言，他們朝鏡頭拚命揮手，似乎要拍攝者趕緊避難，但拍攝者沒有退縮，畫面一步一步往前，來到視野開闊的甲板，從甲板望出去是一片迷霧，迷霧彼端隱約有奇特的輪廓顯現。

「咦？」我看到海上巨物的輪廓時大吃一驚，叉子從手中滑落，連帶吃到一半的義大利麵條掉到裙子上。我嚇得趕緊用紙巾抹掉食物漬，眼睛卻移不開電視畫面。

迷霧中的輪廓我曾經看過，或者說曾置身其中。

「是海龍族院聚的那座城市。」我驚訝到脫口而出。

那座城市不是幻影，是真實存在現實世界？腦中有些念頭竄起，從前模糊不清的想法逐漸明朗。

雀兒喜的家鄉因「城市上浮」的原因瀕臨崩毀，為生存海民將未來寄託在陸地上。海民的城市出現在海面上，這意味著什麼？是正常現象嗎？如果是正常的，為什麼雀兒喜一次也沒提及？

雀兒喜等人所說的「城市上浮」，莫非是指「海民的城市上浮到海面上」？海民們無法阻止家鄉上浮到無水界，為了民族存亡，他們必須提前做好上岸準備。由「提燈者」做開路先鋒，「瀅鎮之首」坐鎮穩固根基，等到所有條件就緒後，下一步呢？

下一步是什麼？我想我心中已經有答案了。

根基穩定後的下一步，就是……迎接主力。海民們大舉上岸的日子，恐怕已經近了。屆時世界會變成什麼樣子？

我抱著這些疑問，心不在焉回到宿舍寢室。

寢室裡空無一人，這時間雀兒喜應該要回來了才對，我把外出包放到座位上，注意到桌上有張紙條，上頭寫著「有急事外出五天，有事可到薰風湖求援」紙條內容頗感意外，是什麼事急到只來得及留紙條？

「她接下來五天都不在啊……」我感到失落，本來想和她討論海上巨物的事，怎麼這麼不湊巧。

我取出聯徵通知書，拆開封面有我名字的那份。

逐一攤開每個項目的成績單，單就分數來看不算差，約莫中上的程度，但在葉迦娣學院，考出中上的成績是應該的，我相信葉迦娣每一個同學都能拿到一樣成績。我的成績放在群體裡一點也不醒目，不過是群星裡的其中一顆小星星。

我將信封反倒，期望倒出任何一間企業邀請書，但我只倒出一本書刊，大概是哪個贊助商的廣告文宣吧。信封袋中沒有邀請書，我奔波勞碌的聯合徵選季，換來一場空。

「唉……」我躺倒在床上，總覺得今天特別難熬。我拿起那本書刊隨意翻看，希望內容能撫慰我難受的心靈。

是世界十大藝術期刊之一的《藝文蕨起》，書刊上的出刊日是下個月分，我上網搜尋市面上最新一期，並沒有看到這本的內容，也就是說，這是一本還未在市場露面的未上市期刊。原本就有追蹤期刊消息的我，順勢看了起來，翻著翻著，我注意到期刊的重點報導，是葉迦娣主辦的聯合徵選季特集，裡頭詳細記錄聯合徵選季的大小事，刊登多位學生的訪談紀錄，讀起來頗有意思。

我翻到下一頁，刊物中赫然滑出一張精緻的摺疊邀請卡。

卡片上的字跡不是電腦打字，而是使用鋼筆一筆一畫書寫而成，收件人是我的名字。內容寫著：

親愛的李同學，首先恭喜妳完成聯合徵選季的考驗，希望妳有取得理想的成績。葉迦娣是很棒的學院，學生們在這裡互相砥礪，激發出無限潛能，我每年都很期待熱情的學生們帶給我無法想像的驚喜。而在今年，我注意到群星中有一顆星特別閃耀，那就是妳的光輝，妳那富有爆發力的才華，令我十分佩服。妳為布朗同學編寫的《浮士德》尤為精妙。那一日，當我問及何人作曲時，妳與布朗同學皆保持沉默，我深感遺憾卻也予以尊重。此次聯合徵選季，我有幸現場聆聽妳與布朗驚豔四座的演出，我不希望再次錯過機會。我認為一封親筆信最能表達我的誠意，誠摯邀請李同學來我們《藝文蕨起》的音樂部門。

備註：希望妳能原諒我們自作主張使用妳的照片，我希望能讓妳親眼看看加入我們刊物的成果，後續連繫時會和妳談論授權事宜。

歐陽蕨親筆

夾著邀請卡的那頁，是一幅跨頁照片，照片中戴著面具身穿梅菲斯特禮服的我，與表情投入的雀兒喜共演，內文大力稱讚我們的表演具職業水準。精湛熟練的演出技巧，令人難以置信是仍在求學的學生，文中更信誓旦旦說，放眼現今業界內，能達到此水平的演出者屈指可數。

我翻開下一頁，竟然是雀兒喜擁抱我的照片，羞澀感湧上心頭，雖然照片裡的我戴著面具，但親眼看到這麼清晰的照片被刊登在知名期刊上，我仍舊羞紅了臉。

笑意止不住，被肯定的喜悅衝上心頭，化解掉一整天的煩悶。

「富有爆發力的才華，呵呵。」我開心地反覆回味內文。

我的作品被看見了，努力沒有白費，曾走過的辛苦路都值得了。

♯

早晨鬧鐘還未響，我先被窗外的雨聲叫醒。天空下起綿綿毛雨，雨勢有變大的趨勢。可惜雀兒喜不在，這是她最喜歡的下雨天。

她說會外出五天，今天已是第六天了，她仍沒有回來，撥打手機卻發現手機被留在寢室內。

自從那天她留下外出紙條後，我發現校內少了很多人，走在路上都能感覺到學生比以往少，為此我聯繫入學時的引導員，想知道聯合徵選季之後，學校是否有安排學生放假。

引導員在電話裡很疑惑，說：「經妳這麼一提，確實感覺少了很多人，職員辦公室也是，幾位老師不約而同請假，啊！該不會集體約去玩吧？討厭，害我工作量變多。」

我問：「請問皮埃爾老師也請假嗎？我有課堂功課想問他。」

輔導員停頓了一下，似乎在看職員班表，接著回答：「嗯對，路易老師也提出請假唷，不只是他，我們辦公室少了快一半的人，這是怎麼回事啊……真搞不懂大家都去哪了。」

我結束通話後陷入思考。

難道海龍族的人都離開學校了？這是怎麼回事？早上透過窗戶看雨時，沒有看到監視的人，之前雀兒喜都會安排一、二位學生在窗外盯著，現在卻一點動靜也沒有。

「這種平靜的感覺，真是久違了。」白天要留心同學的算計，深夜常常跟著雀兒喜到處跑，身體時時刻刻處於緊繃狀態。窗外的陰雨帶來涼爽天氣，自然的雨聲使人不知不覺放鬆下來。偶爾這樣也不錯，許久沒有好好感受寧靜時刻了。

入夜後。

雨仍在下，稀哩嘩啦的雨滴敲在玻璃窗上，我躺在寢室的床上，聽著雨聲入睡。

叩叩。

隱約聽見敲打聲，起先我以為是夢，沒有多加理會。

沉悶的女人聲音說：「李同學，開窗。」

我睜開眼，抬眼對上一雙異常明亮的眼睛，窗戶外有個全身溼漉漉的女人，正攀在玻璃窗上，不斷用手敲打窗戶，嘴裡陰森森喊著：「快開窗。」

我瞠大眼，如果是來到葉迦娣以前的我，肯定會嚇到奪門而出，但如今的我已是見怪不怪了。

「陳姐？」我認出那是賽蓮族的前舍監，跳下床小跑步去開窗。

玻璃窗一打開，外頭的雨氣被強風吹進來，幾片沾上雨水的樹葉順風溜進來，室內一下子變得溼冷，窗台邊也被雨水打溼。陳姐全身溼透，一頭長黑髮緊貼在身上，和深色溼衣融為一體，分不清哪邊是頭髮哪邊才是衣服，她臉上帶著自然的微笑，她溼漉漉的模樣與其說是淋雨造成，更像是剛從湖水裡爬上岸，她笑得越是自然，就越顯得怪異。

窗戶打開後，她像條鰻魚一樣滑進室內，在地上拖出長長的水痕。

陳姐直切主題，「雀兒喜有和妳說『𦪙覭鰗鱸』的事嗎？」

我聽不懂她的意思。

陳姐看出我的困惑，「看來是沒有了。那妳知道世界各地出現海上城市的事嗎？」

這句我聽懂了，我回答：「新聞上說的海上巨物，和雀兒喜……和你們有關嗎？」

「雀兒喜都沒和妳說？真是的，這麼重要的事。我們明早出發，路上邊走邊談吧，如果妳對雀兒喜的『來歷』有興趣，妳應該走這趟。」

陳姐說的話我似懂非懂，關於雀兒喜的來歷是什麼意思？

我想起雀兒喜脖頸上的接合痕跡。她為了夢想，捨棄掉自我，捨棄原本的生活，最後連臉孔都換成別人的樣子，從海底深處來到陸地。她曾神色哀傷地要我「找到真正的她」，那代表什麼意思？成為瀅鎮之首前的雀兒喜是什麼樣的人？

我似乎……從未好好思考過這些問題。明明我們如此親近，全校這麼多師生，只有我能與她同住在一間房，我卻一點都不了解雀兒喜的過去。

或許一切的答案，都將與海上巨物相連結。

#

隔天仍是雨天，我撐著傘，來到校門口等候陳姐。

雀兒喜說過，我不能擅自離開學校範圍，如果沒在她允許下離開，她的族人會視我的行為為背叛者。不過現在狀況特殊，她會理解的吧，有賽蓮族的陳姐同行，應該不會出什麼差錯。

站在校門口的「眼線」只剩一位，而且那位「眼線」跟我一樣，不清楚發生什麼事。

撐著粉紅色大傘的瑪莉和我在校門口相遇，她用怪異的表情看我，問說：「妳也是被賽蓮通知的？」

我點點頭。

簡短交談後，我得知瑪莉的狀況和我差不多，皮埃爾老師走得很倉促，只大略說會和校內的海龍族人遠行，具體回來時間並未交代。

我們各撐著一把傘在雨中並肩站立，沉默地任由時間流逝。

我不知道要和瑪莉說什麼，我們之間除了海龍族外，沒有其他共通話題，也沒有想拉近距離的想法，瑪莉表面上不動聲色，但我能感覺到她始終用眼角餘光窺探我。

瑪莉這時突然開口，「我沒想到妳會走到這一步，妳確實和過往的孩子都不同。」

「我不懂妳的意思。」我裝傻，想看她會怎麼回應。

瑪莉說：「妳真的很喜歡雀兒喜。」

「嗯。」我回答得很快，幾乎是反射性同意了她的說法。

「雀兒喜自從妳來了以後改變許多。」瑪莉感慨地說：「她變得更有野心了。」

「這算好的改變嗎？」

「雀兒喜剛上岸時什麼也不會，我和路易從頭教導她，說話方式、語氣、用詞、世界的常識……她要學的東西太多了，有時候我顧不到她能不能完整吸收，拚命灌輸知識給她。說來好笑，有一次我告訴她去麵包店可以買到食物，躺到床上後突然想起沒告訴她，付錢之前不可以提前吃掉食物，我跳下床摸黑到她的房間，想把她搖醒告訴她這件事，卻發現她還打開燈在苦讀書本，她說她正在了解麵包店是如何運作的，她當時背出所有麵包種類和歷史給我聽。」

我起了興趣，「很像她會做的事。」

瑪莉的表情變得柔和，這是我第一次聽說瑪莉教導過雀兒喜，她說起這些事時，彷彿母親分享小孩子的成長過程，「我始終很遺憾……普通的孩子尚有時間慢慢學習，從不會走路，到會爬行，接著是站立，最後學會奔跑。但雀兒喜不被允許慢慢來，她的一舉一動牽涉民族大業，她自己也明白肩上的擔子有多沉重。剛進葉迦娣學院時，雀兒喜很迷惘，她雖然沒有說，但我能看出來，她很疲憊，不清楚自己是誰，也不知道這條路何時到盡頭。」

原來，瑪莉是這樣看待雀兒喜的。

瑪莉說：「愛麗絲遭難後雀兒喜很受打擊，聽路易說，大概是那個時期開始，雀兒喜染上怪癖，像是喝泳池水之類的，我聽路易說泳池的氣味和他們家鄉一種飲品很像，我想這是她的舒壓方式吧。」

「後來妳出現了。」瑪莉突然看向我，「妳不在意海龍族會怎樣對吧？不用裝蒜，我從妳的眼神看得出來，妳只在意雀兒喜一個人。」

「嗯。」我本就沒打算隱瞞。

「雀兒喜需要像妳這樣的陪伴者，一位不會督促她行使種族大業的人，肯定她的藝術才華，能與她在台上並肩作戰的人，妳的出現讓她重拾前進的動力，我原本很擔心妳會讓她分心，結果正好相反，她變得更積極、更有野心，這些都是在妳出現以後發生的改變，這些改變對於她必須實行的責任，是好的影響，我很高興看到她的成長。」

沒想到瑪莉會和我聊這麼多。我想這代表，她認同我與雀兒喜的關係了。

其實換個立場想，瑪莉對我的敵意只是履行職責罷了，她很清楚雀兒喜需要什麼，她可以為此手染鮮血，執行最煎熬的清除任務，甚至為了幫助雀兒喜，冒著被海龍族人誤解的風險，與彼霧合作，清除妨礙者。因為有瑪莉在，雀兒喜才能無後顧之憂，一步步往上爬。

聽完她的話以後，我好像稍稍理解她的心情了。

一輛汽車恰好這時駛到校門口。車窗降下來，露出陳姐的笑臉，她對我和瑪莉喊：「上車吧！」

瑪莉將她的粉紅雨傘舉到我頭上，說：「妳先上車吧，我替妳撐著，妳慢慢收傘。」

我沒有拒絕她的善意，開了後座坐進車內，我將溼透的雨傘輕甩後再拿進來，期間瑪莉都站在門旁幫我舉傘，因為有她的幫忙，我沒有淋到雨。

陳姐打開車內廣播，播報指出有颱風在外海盤旋，陸上和海上警報尚未發布，但從風雨漸強的情勢來看，這時間靠近海邊不是明智的選擇，攔下我們車輛的警察就明白這道理，警察苦口婆心和陳姐勸說不要靠近海邊，被陳姐隨口打發掉了。

陳姐在駕駛座專注開車，副駕駛座上的瑪莉凝視窗外，若有所思的表情讓人難以搭話。我學著瑪莉放空思緒，車子從都市一路開往郊區，幾個鐘頭過去後，海平面映入視野內。

見到海岸線後，陳姐才開口道：「海上有變化。」她說完後停頓了一會兒，似乎在思考要怎麼說明才能讓非海民的我們理解，「城市上浮的進展比預期還快，關於城市上浮的事，我不清楚妳們知道多少，我從頭解釋給妳們聽。在過往的認知中，我們與無水界本不該有交集，尤其是深層海民，在我族賽蓮的傳承裡，我們稱深層海民為觸不及的血親，他們好幾代人都安穩生活在深層，對無水界別說是感興趣了，有些頑固的海民甚至不相信有無水陸地存在。」

我靜靜聽著，陳姐說的這些事，雀兒喜也提過一二，我不明白的是，城市上浮代表的含意。

陳姐說：「城市上浮是命運的捉弄，也是無法抵擋的天災，海龍氏族的層域是建立在鎮雨龍母消亡後遺留下的晶骸，一次巨大震盪下，維繫城市根基的鎮雨龍母晶骸產生裂痕，大震盪的原因至今不明，如今也已不重要，它造成的災害已無法逆轉。」

瑪莉沒有過多驚訝，似乎早就知道城市上浮的事，她接在陳姐後頭繼續說：「晶骸裂災導致根基不穩的狀況，不僅發生在海龍的家園，許多小氏族的城市也受到大震盪波及發生異變，最終導致深層海民的家園脫離控制，往陸地上浮。」

我低語：「新聞的海上巨物果然是……」

瑪莉點點頭，「那座城是海龍族第一座上浮的城市，建於龍母晶骸的核心之位，歷經漫長時光，曾一度失去蹤跡，傾全族之力搜尋亦無果，如今重現於海面上，稱為『不毀的骸心城』。有一點妳可能會想知道，那座城就是海龍院聚時使用的原型，妳曾在院聚中到訪的城市，就是不毀的骸心城原本樣貌。」

不毀的骸心城。我暗自默唸一遍。

「骸心城，是雀兒喜的故鄉。」

瑪莉說完這句話時，車輛停下了。

陳姐載我們脫離主要交通幹道，停在一處荒涼的山道上。我打開車門，聽見海波聲，這裡離海邊應該不遠，或許在愛跑山的人之間，還是看海祕密景點也說不定。陳姐領著我和瑪莉穿過草木叢生的獸徑，我撥開從頭上掠過的枝藤，跨過被海風刮得光禿禿的碎石地。

越是往前走，海風便越吹越強勁，等待在我前方的，是座臨海懸崖。

懸崖邊聚集十來位女人，女人們面容白皙，細軟如絲的長頭髮任由海風吹亂，我直觀地認為她們都是賽蓮。

不過，比起聚集在此的怪異女人們，我較在意躺在女人們中間的男性。

一名年紀看起來和我差不多的男生倒在地上，寬鬆的休閒衣著沒有特別之處，奇特的是他的狀態，他仰躺在地，神情放鬆，雙手交握在腹上，乍看之下就像找到看風景的好地點，看著看著就睡著似的——如果他的雙眼沒有睜大凝視虛空，我真的會這麼以為。

他睜著眼睛，胸膛沒有呼吸起伏，那神情讓我很在意，似乎曾在哪看過這樣狀態的人。面色平靜，沒有痛苦掙扎的跡象，也沒有明顯外傷，有如失去懸絲的人偶。

我想起來了，我曾經在雀兒喜身上看過一樣的神情。

賽蓮們對後到的我們說明狀況，「他失去『連驅』了，這個人是葉迦娣學校裡的海龍族學生。」失去「連驅」意味著海民的精神與陸民的肉體之間的聯繫被切斷，為什麼葉迦娣的海龍族身軀會留在這裡？他看起來不像是缺水導致連驅中斷。

瑪莉也和我一樣疑惑，她問：「身體看起來無礙，難道是自主切斷聯繫？」

賽蓮們聳肩，「我們來時只有這副身軀留在懸崖上，應該是吧。」

只有這副身軀留在懸崖上？這是什麼意思？

我越過賽蓮們，戰戰兢兢地走向懸崖邊，海風吹得我東倒西歪，前搖右晃的樣子被看不過去的瑪莉伸手扶住，我對瑪莉點點頭，示意她放手讓我過去看看。

為了不被海風吹落懸崖，我蹲下身往懸崖邊前進，到了崖邊時伏下身子，將頭探出懸崖往下看。數層樓高的懸崖下，是好幾顆巨大岩石，海浪一波又一波打在巨岩上，激出白浪花和低沉碰撞聲。

而在那些巨岩上，我看到十幾個人，有的仰躺在岩石上與我四目相望，有的掛在岩緣隨時會被海浪捲走，他們皆雙眼無神，失去生息，拋下肉體的原主似乎不在乎身軀安危，任由它們自生自滅。

瑪莉蹲到我身旁，一一確認底下失去連驅的人身，她不解地說：「全部都是葉迦娣的學生。」

海龍族的人拋下肉體究竟有何打算？我望著這些屍體似的身軀，不安感漸漸湧起。

「答案就在浮島上。」陳姐說。

我們在賽蓮的幫助下出海，目的地即是傳說中的海上巨物。

瑪莉和我各抱住一位賽蓮，她們游泳的速度極快，傾刻間陸地就成一條地平線，她們視風暴為玩物，隨著起伏的海濤嬉笑玩鬧，苦的卻是不擅水的我和瑪莉。

海上風浪正在變強，呼嘯的海風恍如龍的咆哮。

終於，我看見像島嶼的巨物出現在視野內。

浮島，不毀的骸心城。

浮島周圍的風暴特別強勁，或許是因為颱風靠近的關係，我沒有看見預期會有的各國調查船，省去和不知情者正面衝突。浮島沒有沙岸，沿岸放眼望去全是珊瑚礁岩壁，賽蓮們讓我攀在她們背上，她們輕輕鬆鬆滑上珊瑚礁岩，凹凸不平的岩壁沒有對她們造成絲毫阻礙。

海上巨物，浮島之城，院聚之地，不毀的骸心城。人們用各種響亮名號打磨它，扣在上頭的稱呼，既是期許也是束縛。

一直泡在海水中使我體溫下降，我最終沒忍住，轉身吐出一地穢物，不過和島上布滿黏膩發臭的生物殘骸相比，我吐出的穢物不值一提。我咳出口中的海水，抹掉眼睛上的水痕，海水殘留在口中的鹹味，令我想起雀兒喜。

我對瑪莉說：「這座島，給人的感覺好像雀兒喜。」

瑪莉想回答我，但她吞進不少海水，連續嗆咳與黏膩的溼衣消耗掉她大部分精力，她發出「唔嗯」聲表示有聽見我的話語。

海鳥們比人類更早發現這座島的存在，牠們呼朋引伴聚集在礁岩上，卻不發出任何叫喊，見到我們上岸牠們也只是安靜盯著，宛如島嶼看守人，整座島散發沉重腐爛的氣息，和我曾在院聚裡窺見的繁華大城相距甚遠。

這座城已經死了。我浮現這樣的念頭。

「走吧。」陳姐說：「海龍們就在城裡，我聽到聲音了。」

我豎耳傾聽，但除了海風和我們發出的聲響外，沒有聽見其他動靜。

我們爬過珊瑚礁岩，我伸長手想抓住頭頂上的岩壁凹洞時，手沒有抓到預期的堅硬岩面，反而握到一條軟軟的東西，我抬頭看去，一條青白色的人類手臂垂在上方，而我剛剛握到的就是那人的手腕。

瑪莉穩住我的背，及時將嚇到後仰的我推回安全範圍，待我們爬上去，定睛觀察那具癱軟軀體，瑪莉沉聲說：「又是葉迦娣的學生。」

癱軟在珊瑚礁岩上的女孩半睜著眼，她趴伏在地板上，頭枕著伸長的手臂，長髮順著臉龐滑落，神情平靜無波瀾，猶如古典繪畫中，躺臥在湖岸邊休憩的仙女，她的模樣是如此靜謐，挪動她反而是玷汙她的美，我不禁產生這樣的想法。

我問：「為什麼這麼多海龍捨棄陸民的肉體？」

瑪莉也很疑惑，「遭受攻擊？」

「遭受攻擊的話，不會是這麼放鬆的姿態吧。」

陳姐從我們兩人中間穿過去，她一定知道我們正在聊什麼話題，卻還是很故意地這麼做，她帶著微妙笑意的嘴角朝我扯了扯，說：「還有一種可能性吧，就是海龍已經不需要這具身體了。」

海龍已經不需要這具身體。什麼樣的情況下，會不再需要陸地的肉體？

我還在消化這句話的深意，陳姐和其他賽蓮已經拋下我們往前走了，我和瑪莉不安地互看一眼，跟上賽蓮們的腳步。

瑪莉邊走邊對我說：「我曾聽路易說過，雀兒喜的故鄉是很特別的地方，一座能被建造在龍母骸心位置的城市，是很獨特的場域，是他們的聖城。在這個時機點尋回失而復得的聖城，或許讓原先計畫有了改變。」

聽完瑪莉的猜測，我拉住瑪莉的手，說：「妳的意思是，雀兒喜……海龍們找到實現理想的捷徑？」

「但願是我多想。」瑪莉的手摸起來很冰涼。

雀兒喜的夢想，實現民族大業，為族人尋求生路。

我不敢再想下去。

「啊！」前方傳來賽蓮們的驚呼聲。

我和瑪莉小跑步過去，越過賽蓮們的肩頭，我看見她們驚叫的原因，是前方道路上坐著一名女性。

女性靠著珊瑚礁岩，飽含光澤的烏黑長髮披散在圓肩，她的纖指交握在胸口，猶如上帝的使女般，聖潔、美麗卻又讓人感到詭異，無呼吸起伏的胸口與睜大的雙眼，顯示這位女性和前面的軀體一樣，毫無生命跡象。

女性微微仰起的頭使脖頸彎成優美的弧度，同時讓她凸顯的脖頸成為注目焦點，她沒有穿高領衣服，脖頸上的異樣縫合痕跡嶄露無遺。

「雀兒喜？」我心跳漏了一拍。

十六♪室友雀兒喜的夢想

「雀兒喜！」

我推開賽蓮，撲過去查看雀兒喜的狀況。

坐在地上的女性，近距離細看更加美麗不可侵，停止眨動的雙眼凝視天空，細長的眼睫毛如綻開的花蕊，她的唇角帶著不易察覺的淺笑，交握的玉指呈完美的對稱姿態，好似受到感召的神僕，捨去凡人肉身，前往光輝的彼端，昇華為受人景仰的聖人。

「不，她不是雀兒喜。」我鬆口氣。

眼前的人是露娜，與雀兒喜同為瀅鎮之首的露娜。

陳姐的喊聲從前方傳來。

我抬頭看去，陳姐停在前方一處轉角，轉角另頭是條大道，道路兩側被珊瑚礁岩壁圍住，經過明顯加工的珊瑚礁岩呈現梯形，刻滿我看不懂含意的圖紋和浮雕。

珊瑚礁大道的盡頭是座宏偉的奇城，整座城被腐蝕得嚴重，往昔風采不復。

「恐怕在這裡的瀅鎮之首，不只露娜。」陳姐說。她的視線落在大道地板上。

我拖著沉重的步伐，緩慢朝陳姐走去。看過露娜的樣子，雖然已有心理準備，可實際目睹陳姐口中的「不只露娜」，仍是令我寒毛直豎。

珊瑚礁大道上倒臥密密麻麻的人類軀體，可怕得像剛經歷惡戰。

我喃喃自語：「這裡起碼有上萬人……」失去生命動力的軀殼全部朝向城市方向，他們的神情自然而安詳，沒有留下痛苦。

大道中央有位女性跪坐著，我小心翼翼越過軀體堆，繞到跪坐女性正面端詳她的臉孔。我驚訝道：「雀兒喜？」跪坐女性有著和雀兒喜相同的面貌，可她的氣質卻告訴我，此人不是雀兒喜，就算不看氣質也能從女性捲翹的短髮判別出差異，這人應是其他瀅鎮之首。

陳姐認出跪坐女性的身分，說道：「她是以南美洲為據點的瀅鎮之首米革麗。」陳姐指了指跪在地上的其他女性們，她們每個人都擁有和雀兒喜一樣的臉孔。陳姐一位一位指出，「這位是以北歐為據點的茜希，那位是南亞據點的璽荷……散落在世界各地的瀅鎮之首都在這裡。」

我跟著陳姐的腳步，一位一位確認身分，暗自希望雀兒喜不在這些癱軟的軀體中。

確認身分的工作讓我感覺時間流逝很慢，每走向一位體格和雀兒喜相似的軀體，我的心跳速度都會變得很躁動，我明白就算雀兒喜在這些軀體之中，也不代表她逝去，可當我翻開沉重的軀幹，確認他們的臉孔時，我仍產生正在指認屍體的恐怖聯想。

「沒有。」許久後，賽蓮中有人如此說：「倒在這裡的都不是葉迦娣的，是其他瀅鎮之首的人，沒有發現雀兒喜・布朗的身軀。」

我長舒一口氣，低喃：「雀兒喜不在這，太好了。」

瑪莉聽見我的呢喃，回說：「路易也不在，難道在城裡？」

浮島城近在眼前，風雨變得比登島時更強，我打了個噴嚏，長時間泡在海水中又吹到海風，我感覺體力快速流失，打顫的雙唇反應出身體的不適，可我沒有其他選擇，我還抱住自己的手臂，繼續前行。

踏進城市的那刻，有股強烈氣息往身上撲來，夾雜著腐敗的腥臭味，彷彿這座城市還活著，它潛伏的意識渴望被喚醒，所見之處的坑洞都是它呼吸的氣孔。

隱隱約約，我聽到聲音。起先我以為是風劃過建物的破風聲，細聽後便會發現那聲音和粗啞的破風聲不同，我所聽到的，是像歌一樣的哼聲。

我問其他人，「你們有聽到哼歌聲嗎？」我左顧右盼尋找聲音來源。

不等其他人回應，我脫離隊伍，朝向我認為的聲音方向走去。城市的構成物質對人類的我相當不友善，地面凹凸起伏劇烈，到處都是弧形和粗糙的風蝕岩，我不只一次踩滑，到處嗑嗑碰碰的結果是手臂多了好幾處擦傷。當我爬過一處破敗建物時，我又再次踩滑，這次我沒能及時煞停，整個人滾落下去，撞上一座長型碑。

「李蘋柔！」聽見碰撞聲的瑪莉趕來，她跟著滑落到我旁邊，把我扶起來。

我低頭確認，幸好除了手臂又添幾道劃痕外，沒有看見嚴重傷勢，我說：「我沒事……這是什麼？」我將注意力移到撞上的長型碑上，這座長型碑已經斷裂，碑上鑲嵌許多形狀優美的貝類，在不同光線下折射出炫彩光澤，上頭刻著七行紋樣，從斷面可推測這碑原本應該是安置在別的地方，在遭難的過程中碑身斷裂，幸而卡在兩座建物之間，才得以留在城市內不至流失異地。

陳姐和賽蓮們也來到我們身旁，陳姐看見長型碑，驚訝地發出感嘆語，她說：「我的天，這是海龍氏族的『鯱鯑犟』！」

「什麼？」我問。

陳姐說：「中文意思是，過往身體的墓地。」

陳姐靠近長型碑，伸手撫摸上頭的刻紋，她撥開沾黏在上頭的髒汙，辨識七行刻紋的意思，她唸出其中一行字：「裹鷺橡鮞，捨棄舊生，承襲高貴敬虔女祭瀅鎮之容貌，賜予新祝福，願化作幽界微光前往無水界，指引族人的明燈。」

「裹鷺橡鮞」，我對這個發音有印象，雀兒喜見到露娜時，曾用這四個字喊她。難道這就是露娜的真名？是她成為瀅鎮之首以前的名字？

我聽出其中關聯，說：「露娜（Luna）意思是月光，正好對應她的祝福語『幽界微光』。」

陳姐繼續唸出下一行字：「鰏華鮍鞡鶩，捨棄舊生，承襲高貴敬虔女祭瀅鎮之容貌，賜予新祝福，願化作兩界引路者前往無水界，聯繫族人的使者。」

我深深凝視那五個字詞，想將它們的模樣刻進腦海中永不忘記。

「兩界引路者……海與陸地的交界處……港口……雀兒喜（Chelsea）……」

有個祕密藏在我心中，沒有人知道我的名字，我只願在妳的芳唇中揭曉答案。

「找到了。」我撫摸著碑上的文字。

鰏華鮍鞡鶩，是雀兒喜真正的名字。

我的雀兒喜，我的歌聲，我的愛。我找到妳的真名了。

指腹觸及碑石，緩慢游移著，我試著想像建立碑石時的情景，是肅穆莊嚴的？抑或歡聲雷動？碑石摸起來很暖和，像人的體溫一樣，我將掌心覆上碑石感受它的暖意，冷到打顫的手指獲得一絲救贖。

陳姐看了我一眼，說：「據我所知，海龍族的『鯪鯥聱』是將獻身之人的頭顱以特殊技術割去，融合鯨骨骸、龍鱗、岩火漿等聖物製成，碑身永遠恆溫。以它的重要性，應該會被擺在城市中心才對。」

聽見碑石使用頭顱製作時，我手指一僵。

雀兒喜真正的容顏，早在我們相遇前，便隨鯨骨和龍鱗一同化作碑石了，真希望能親眼認識上岸前的她。

哼歌的聲音再次傳來。

這次其他人也聽見了，瑪莉露出驚訝的表情，四處張望尋找聲音來源，賽蓮們卻沒有太大反應，似乎更早以前就聽到歌聲。

陳姐指了一個方向，對我說：「那歌聲，從我們登島開始，就一直在召喚我們，走吧李蘋柔，她希望妳能陪在她身邊。」

我們朝歌聲的方向前行，模糊的哼歌聲越來越清晰，我笨拙的人類耳朵一直到這麼近了，才聽出那是我重要之人。

是雀兒喜的歌聲，是那初次聽見便擄獲我心神的歌聲，是那令我日也思夜也想的歌聲，是我喜愛的雀兒喜的歌聲，世上最獨一無二的，唯有她才能唱出的完美歌聲。

相比賽蓮的歌聲更加致命，更加惑亂人心，我最心愛的歌聲，最無瑕的歌聲，只有我可以擁有的歌聲，我無法想像她為了我以外的人歌唱，那是暴殄天物，是罪惡的玷汙，我美麗的雀兒喜，專屬於我一個人的歌聲啊。

「走慢一點李蘋柔。」陳姐的聲音像風一般從我耳邊溜過，而我沒打算讓她的話左右我的行動。

就在前方了，雀兒喜的歌聲像明亮的燈塔一樣，我相信我離她越來越近了。

我逐漸辨識出哼唱的旋律，那是《杜蘭朵公主》的其中一段詠嘆調。

「仰望那些因為愛與希望而顫抖的繁星。」

「而我的祕密深藏於心。」

「無人能知我的名字。」

雀兒喜的演唱聲喚醒我的記憶，我們兩人曾在寢室內談及她的過往，她希望我找到真正的她，喚出被捨棄的名字，在說這段話時的她，看起來是那麼地寂寞。

我越走越快，到後面幾乎是用跑的。我鑽過建築斷垣，跨過隆起巨石，往城市中心地帶奔去，我知道她就在前方，而且沒來由地，我認為她還沒像其他海龍族人一樣捨去肉身的原因，是為了等我。

「雀兒喜！」我大喊。

歌聲沒有因為我的喊聲而停頓，反而唱得更響亮、更歡欣。

終於，我看到她的身影了。

我爬上一處斷崖似的高處，眼前有個大窟窿，乍看之下像破掉上半部的圓繭，我看見繭型空地中央有個人影正仰頭高唱。

我邊喊：「雀兒喜！」邊跑向她，想確認她還是我認識的雀兒喜。

雀兒喜看見我了，她停下演唱，朝我張開雙臂。

我撲上前用力擁抱住她，用自己的手確認她的安危，雀兒喜一切如昔，她就在我眼前，我能感受到她的體溫和呼出的氣息。

她還活著，沒有離我而去。

雀兒喜回抱我，笑說：「妳來了，我的蘋柔。」她的口氣很理所當然，好像早就在這裡等我。

我急切地問：「發生什麼事？」

「是件天大的好事。」她欣喜地笑著。

雀兒喜說完這句話時，地面突然震了一下，起先我以為是暈眩感，接著發現不是我的錯覺，是真的發生地震了，可這裡是海上浮島呀，怎麼會有地震？

地面再次產生巨大震動，我失去平衡即將摔倒之際，雀兒喜拉住我的身體，將我摟進懷中，我聽見四面八方傳來可怕的地鳴聲，透過腳底感受到從地底深處有某種龐大存在正鼓譟著。

「聽哪！」雀兒喜高呼：「我的夢想終於要實現了，沒有比這更開心的事！」她的笑聲很歡快，我從來沒有聽過她笑得如此開懷。

瑪莉等人也來了，她看到雀兒喜很激動，急問：「路易呢？他在哪？」

雀兒喜尚未回答，從另一個方向傳來碎石滾落聲，有個男人從陰影中跌出來，渾身溼透的樣子看起來很狼狽，和在學校裡文質彬彬的模樣判若兩人。

「瑪莉！」皮埃爾老師掙扎著想爬起，卻是一點力氣也使不上。瑪莉見狀，拋下我們衝去找她丈夫。

我聽到許多人的腳步聲，人數聽起來很多，他們的每一步落足都十分沉重，夾帶著滴滴答答的滴水聲和病態般的混亂呼吸。我維持被雀兒喜抱住的姿勢，越過她的肩頭，看見許多人影從斷言殘壁中走出，他們之中有老有少，共同特徵是全身溼透，似乎和我們一樣，剛越過海洋登上浮島。

地鳴聲再次傳來，整座島嶼都在震動。

雀兒喜微笑著，對那群人說了些話。他們瞠目結舌，表情從困惑轉為驚訝，接著是全然的狂喜。他們高聲尖嚎，互相撕扯彼此的衣物和頭髮，老人撓破滿布皺紋的臉皮，小孩捶打大腿蹦跳如猴，女人們興奮嘶吼，男人們高歌搥胸，那副景象太過異常，難以用常識去理解，以致於我無法做出任何判斷與反應。

雀兒喜輕笑著，她捧起我的臉龐，用那雙美麗動人的眼睛，品嚐我的錯愕與呆傻。她說：「請原諒我族人們的失態，他們對於屈就在弱小的陸民肉體中感到厭煩，這是他們等待許久的解放，是我族大業的重大突破，我親愛的蘋柔，我最惹人憐愛的小室友，若非為了等候妳，我恐已加入他們的行列，回到熟悉的海洋。」

我反抓住雀兒喜的手臂，說：「妳不能不告而別，我還沒準備好。」

「嗯，我也還沒準備好。」雀兒喜的聲音聽起來很無奈。

「妳才剛取得學校不是嗎？妳可是雀兒喜呀，妳的歌聲才正在發光，等妳畢業以後，所有人都會爭相邀請妳演唱，他們會將妳捧上最高位，妳想要什麼都能唾手可得，葉迦娣學校還只是開始。」我極力壓抑情緒，雀兒喜卻只是微笑看著我，我們彼此都知道，這些話不是我真正想說的，我握緊她的手臂，將不安傾吐而出，「雀兒喜，我們還有時間相處的，對吧？妳還沒要離開陸地，對不對？」

我緊緊盯著雀兒喜的臉，希望她能笑著反駁我，告訴我一切都是我多想。

可是她沒有這麼做。

雀兒喜平靜地說：「妳們進城的路上見到其他瀅鎮之首了吧。」她就只說了這麼一句話，沒有其他解釋和安撫，僅僅是陳述一件理所當然的事。

我還想再追問，可那些狂亂的海民們突然發出「啊」的聲音，盡數往我們這衝過來。他們神色狂亂，又笑又叫，我被他們的氣勢嚇住，全身動彈不得。

「哦哦哦！」不成句的破碎語句從他們撐大的嘴發出，他們手舞足蹈奔來，像是迎接等待已久的救贖。

雀兒喜不為所動，對他們輕語：「去吧，可以回家了。」

第一位海民倒下時，我還沒意識到發生什麼事，接著第二位、三、四、五……狂亂的海民們像被砍斷操控線的人偶，一位接著一位摔倒在地，他們雙眼圓睜，喜悅的笑容永遠停滯在臉上。

我看著倒臥在地的海民們，數百具失去生息的軀體被拋棄在眼前，我恐懼雀兒喜將離我而去，我收緊握住她手臂的力道，不在乎這樣是否會害她瘀青。

我哀求道：「妳不能走，妳不能丟下我……妳是我的歌聲……不要走……」

腳底下的地鳴騷動不斷，束縛已久的巨獸們正爭相擺脫肉身，回奔最初的強悍。

雀兒喜將視線投向倒地軀體，眼中帶著羨慕，她柔聲說：「蘋柔，有件事妳說對了，這只是開始，只是剛開始。」

我有些氣憤，她為什麼可以表現得這麼平靜，「我不懂，我聽不懂啊雀兒喜，妳不要含糊其詞，妳不會離開的吧？拜託明確告訴我，妳不會離開。」

「我不會離開。」雀兒喜揉著我的頭髮，像哄小孩一樣，讓人聽不出話語中的真偽。

「妳說這只是開始？」我因為得到她的承諾，而感到些許安心。

「這是必然的結果，蘋柔。越來越多的城市脫離我們居住的層域，往海平面浮上，這座城是開路先鋒，也是兩界即將碰撞的鐵證。妳來告訴我吧蘋柔，看著這一切的發生，妳覺得我還會在乎什麼業界邀約嗎？我老實告訴妳，我拒絕那些雪花片似的業界邀請時，心裡在想什麼吧，我覺得他們就像勤勞的小螞蟻，爭先恐後爬上我的手臂，搶奪他們眼中的甜頭，如此渺小，如此可愛，惹人憐惜的小陸民。」

「妳確實不需要，妳就是舞台，妳就是光輝，妳可以不在乎邀約和舞台，但是……求妳不要否定這一切。」我緊抱住雀兒喜，好像不這麼做她就會隨海風消散，我卑微地說：「或許在妳眼中，音樂只是達成目的的工具，但是對我而言，音樂是我的骨、我的肉，是它讓我遇見妳，是它將我們兩人聯繫在一起。」

雀兒喜仰望天空，對我的肺腑之言無動於衷。

我激動地說：「雀兒喜，看著我。我是個狹隘的人，在我狹隘的世界裡只有音樂，我原本以為人生就這麼回事了，直到來葉迦娣學院，住進那間雙人寢室，我窄小的世界從此多了一位雀兒喜・布朗，我的心已經滿了，無法再容下更多存在。」

雀兒喜將視線重新放回我身上，她揚起猙獰的笑容，眼中流露出強烈的占有欲，「妳就是這一點讓我……無法自拔。」

她說出最後四字時低沉地有如無底深淵，只差一步我又要迷失在她的魅惑下。

我說：「妳不會走的，拜託妳告訴我，妳不會走。」

她的眼神讓我感到不安，我刻意忽略的現實正勢如破竹的襲來。

「妳該擔心的不是我走，親愛的蘋柔。」

地鳴不斷響動。

「妳該擔心的是『我們來』。」

龍鳴聲破海而至。

此生何其有幸能聽見真正的龍鳴。

龍鳴自大海深處傳來，讓人渾身起疙瘩的顫慄鳴動，彷彿每一分骨髓、每一滴血液都要為之震動，打從內心由衷產生的畏懼之心。龐大的威壓感將我壓制在地，逼迫軟弱的人類之軀匍匐在地上尋求寬恕。

我情不自禁跪伏在雀兒喜腳前，雙腿顫抖無力，面對遠比自身存在還要古老的海龍，我連挪動脖子用肉眼見證發生何事都做不到。

雀兒喜輕快的語氣在我頭上響起，說：「蘋柔別害怕，那只是吼聲。」

僅僅是龍鳴而已，我的身體卻違背意志自行做出反應，我下跪，我屈身，如同遠古先祖對海之神明產生敬畏，自然而然向雄偉的龍神臣服，我的脖頸像被銬上鐵鍊，沉重地抬不起頭來。

「呵呵。」雀兒喜接受我的跪伏，像女神接受信徒的崇拜般，她撫摸我的頭，說：「妳只是人類啊，承受不了海龍的真姿也沒辦法。」

雀兒喜向我傾身，她伸出軟綿的雙臂將我僵固的頭捧起，我看見她充滿憐憫的表情，竟有那麼一絲露娜的影子在。

碰！第一柱黑影撞開海平面衝上雲霄。

雀兒喜捧著我的臉，微笑說著：「別看，蘋柔，妳不需要在意那些。」可同時，她背後的黑影柱像撐開天與地的支柱，巨大的存在感令我目不轉睛，我看見如冰一般的晶透龍爪，活生生在面前，海龍旋著身軀，將天空視為另一片汪洋，盡情悠遊，無所畏懼。

碰！碰！轟！第二、第三、第四柱黑影衝破海面。

我看見美麗的龍鬚從天空滑過，它比我看過的任何樹幹直徑都還要龐大，比滋養全城人的送水管還要粗，當龍鬚滑過天空時，我能感受到它揮動時的風壓，與甩動時產生的破風聲。

雀兒喜捧著我的臉，依然說：「妳狹小的世界裡，只要有我在就夠了，其他事妳不需要插手，不管是我的夢想、我的故鄉還是我的族人，妳都不需要去理會，那僅僅是一場美麗的幻影罷了。蘋柔什麼都不用想，什麼都不要看，什麼都不要聽，只要聽我的話就行了，好嗎？」

「好的，雀兒喜。」我語氣故意帶點撒嬌，我知道她喜歡聽。

碰——轟隆隆！第五、第六、第七……數不清的海龍衝破大海暴露在大空中，從最深的海洋到最高的雲巔，祂們的鳴吼聲比雷還響動，祂們的身姿比山還巨大。

海龍的真身比雀兒喜展現給我看過的模樣還要龐大數百倍，祂們鱗片如水晶，身軀如冰雕，優雅如藝品，神聖如神祇。

海龍們晶瑩剔透的巨鱗自空中飄落，像初冬的細雪，像歌詠和平到來的雪白傳單。

雀兒喜歡快地說：「不需要擔憂，也不需要害怕，在古老的過去，我們接納人類成為一分子，如今也不會視人類為外敵，我們深深愛著人類，比你們認知的還要愛你們，我可以向妳保證，海龍會盡一切所能保障人類的性命。」

如果說，這是無法改變的命運。

渺小無力的我，還能做什麼去挽回雀兒喜？不對，我不需要挽回她，她沒有要拋下我，相反的，她接納了我，接納我成為她新世界的一員。海龍會照顧我們，如同神祇護佑眾生般，疼惜我們、寵愛我們，就像從前的瀅鎮一族，我們都將成為海龍的子民。

不需抵抗，沒什麼好抗拒的，只要順從即可。只要我順她的意，我就能得到她的愛。

我的歌聲，啊啊，我永遠的歌聲，原來答案如此簡單，只要溫順地在她身邊就好了，我終於可以擁有她了。

「是的，雀兒喜。」我稍微改變回應的字詞，但雀兒喜未察覺其中差異。

雀兒喜在我額心落下一吻，說：「謝謝，我最寵愛的蘋柔，我的夢想實現了，最美好的未來即將誕生。」

雀兒喜擁住我，仰高脖子朝天咆哮，她渴望立即掙脫肉體箝制，但她沒有這麼做，因為我還在她懷裡。

我緊緊攀住她，沿著她的手臂、肩膀，直至脖子。我的雙手抵達她脖子上的接合痕跡，張開雙掌，勒住她的脖子。

妳仰望屬於妳的天際，可妳的肉身卻因我而受困。我是如此渴望得到妳的聲音，如今妳的夢想實現了，我的夢想也將實現。

雀兒喜開懷大笑，「狂喜吧！跳舞吧！迎接我族的到來，讓我們兩界合而為一！」

我緩緩笑了。

「是，雀兒喜。我會為您跳舞我的陛下……而妳的頭顱屬於我……」

在未來的未來，地面上的人將迎接海底居民上岸，兩界會為了各自的生存而賭上一切。

在未來的未來，我會作為一枚人類棋子，替雀兒喜居中協調，叛徒、走狗、奴隸等稱呼將伴隨我餘生。

在未來的未來，我將完全擁有雀兒喜的寵愛，她的眼中只會凝視我一人。

我越過她的肩膀，目不轉睛盯著地面上的積水，我看見數以百計……不，或許是數以千計的巨大龍身爭相衝破海平面，每當有一尾海龍破海而出，周圍便響起如同煙火爆開的轟隆巨響。

聽啊！慶賀的煙火！這是舉世歡騰的時刻。

實現了。

我親愛的室友，雀兒喜的夢想。

【全文完】

番外♪專屬妳的花園舞會

社交舞會將於今晚舉行。

於湖心島聚會上，將三個不合氏族擺平的雀兒喜，總算能稍微喘口氣了。她沒讓其他人看出她的疲倦，就連與她最親近的蘋柔都沒察覺。但就算是她，繃了整個聯徵也會累的。

雙人寢室內，惱人的鬧鈴發出催促的聲音，逼著她必須鬆開心儀之人的美唇。

「我該走了，有幾個廠商約我見面。」她沮喪地走去切掉鬧鈴，抬眼看見蘋柔嫵媚地舔舐唇角，水潤的雙眼滿懷期待地盯著她，那副楚楚可憐又性感的模樣，讓她怎麼捨得離開。蘋柔看穿她的慾望，刻意拿起她的殷紅唇膏，在剛吻過的嬌唇上塗抹，勾得她躁動不安。

她笑說：「妳這模樣害我不想離開了。」有那麼一瞬，她真打算執行這番發言。

倒是蘋柔及時收斂誘人舉動，擺出乖順的微笑替她整理儀容，還一派輕鬆地說：「晚點見。」戛然而止的情慾叫人心癢難耐，她用僅存的理智克制住將蘋柔壓到牆上的衝動。她知道蘋柔是故意挑逗她，這蘋果看似畏畏縮縮，其實比誰都大膽，她又怎麼看不出這點心機。作為懲罰，她輕彈蘋柔的小鼻子，滿意地欣賞面前人臉蛋縮成一團的逗趣樣。

「嗯，晚點見。」她說。今夜漫長，暫且放妳一馬。

離開寢室後，雀兒喜重新擺起嚴肅的表情。

現在還不到可以鬆懈的時候，葉華奈校長剛被彼霧替換，舞會上到處都是熟人，校長絕對不能讓人起疑，夜晚的舞會是關鍵，沒到最後關頭不能掉以輕心。

兩界的碰撞迫在眉睫，她得保護好所有人，不僅要引領故鄉的族人，也要守護陸地上的眷族。使用蠻力征服陸地是輕而易舉的事，海龍氏族以外的海民就是打著征服的算盤，但她不願這麼做，衝突意味著撕裂，她不樂見這樣的結局，在遙遠的過去，陸民曾經臣服、敬愛他們，她想盡可能緩和兩界關係。

「時間不多了。」她提醒自己。

她撩起墨藍色長禮服，帶著盛裝踏進校長室。室內一眾皆是自己人，身著粉色禮服的瑪莉正在為謝午嵐梳髮，一名穿著禮服的男學生站在窗邊，低聲向坐在校長座椅上的女人報告外頭情況。

由彼霧族長幻化的校長閉目養神，聽見她的來訪聲，葉華奈睜開眼，問道：「厄庫絲呢？」

「海上有動靜，我請賽蓮們去探查。」雀兒喜平靜地回。

葉華奈站起身，懇切地問：「那真是骸心城？」

「八九不離十。」她面上說得平靜，心中卻是百感交集，終局來得如此快速，叫她來不及做好萬全準備。

「妳不開心？骸心城是海龍失落已久的故居，我以為妳會高興這消息。」

「我當然開心。」雀兒喜撐起笑容，換一個話題，「這事等賽蓮回來再談。妳準備好舞會了嗎？校長可是要開舞的。」

葉華奈晃了晃美麗的禮服，淺淺一笑，說：「不如瀅鎮之首親自確認？」

雀兒喜沒有拒絕，邁開大步，對葉華奈做出邀舞的動作。葉華奈優雅地將手放到雀兒喜的手上，她牽起葉華奈的手，像一位講究的紳士，引領舞伴進入舞池。

葉華奈在她帶領下輕輕搖擺，心情極好地說：「能和瀅鎮之首跳上一曲，是我的榮幸。」

「是嗎？」她不置可否。

兩人緊緊相擁，在沒有伴奏的校長室內跳著舞，雀兒喜雖保持微笑，眼裡卻毫無笑意，她不過是做做樣子罷了，當她將葉華奈輕甩出去時，腦中想的是蘋柔的身段，葉華奈的禮服在她眼中，化作白雪色的純白短禮服。

真想快點去見蘋柔。她心不在焉地想著。

葉華奈甩動裙擺，舞出一輪優美弧度，牽起她纖手的人，從雀兒喜變作瑯湖藝術學院的校長，兩位校長在學生們的簇擁下，華麗地搖擺身姿，聚光燈照亮校長的名貴禮服，耀眼的鑽光點亮社交舞會。

見校長們開舞，學生們紛紛領著美麗的舞伴，進入舞池跳舞，慶賀聯合徵選季圓滿落幕，享受發成績前最後的歡愉。在旁監督葉華奈開舞的雀兒喜，剛取來鳳梨雞尾酒，才啜上兩口，廠商和各校男士們，就像等候已久的飢民，前仆後繼找上她。

前一人自我介紹是知名聲樂家，後一人又自稱是有才華的編曲家，明擺的企圖心讓雀兒喜冷笑在心。她面上微笑應對，心裡卻盤算著，很快地這些都將失去意義，小陸民們對於即將到來的終局渾然不覺，爭前恐後地想從她身上討甜頭，可愛地令人發笑。

什麼時候才能去見蘋柔。她的心已飄遠。

雀兒喜不記得和哪些人說過話，她隨意握住離她最近的一隻手，被她握住的男士很興奮，像被女王欽點的騎士般，慎重其事地領她走進舞池。她貼緊面前的男士，像一對熱戀中的愛侶般，邁出相同節奏的步伐，感受近在咫尺的呼吸。

面前的男士不知不覺換了一位，她記不清和多少人答應跳舞，這身體彷彿不是她一人所有，名為雀兒喜的軀殼，必須確實走過這些社交場合，在每人心中留下印子，她無權自私，無權只屬於某一人。她必須時刻謹記，她是瀅鎮之首，族人的指引者。

可她不只一次想過，如果她能只為自己而活，那該有多好？

她拱起背，仰天看向皎潔明月。

蘋柔妳在哪？快點找到我吧，我需要妳，是妳讓我感受到名為「我」的存在。

人群中，一抹白色倩影閃過。雀兒喜的視線慌忙追上，但她的舞伴將她轉了一個彎，她追丟了。好不容易一曲舞畢，雀兒喜謝絕絡繹不絕的賓客，她撩起裙擺離開舞池，追尋她心心念念的人。

她沒花太多時間，就在遠離人群的休憩區，找到獨自一人喝酒的李蘋柔。

李蘋柔的眼神迷離，身旁放著好幾杯喝空的酒杯，泛紅的小臉寫滿不悅，埋怨的視線直勾勾盯著舞池方向，好似在苦等某人從舞池歸來。那身白色短禮服很適合她，長緞帶在後頸打上優美的結，下垂的帶子微微遮住雪白的美背，若隱若現的嫵媚，恰到好處的優雅。

蘋柔這是在喝悶酒嗎？受不了，怎會如此討喜。

雀兒喜忍住笑意，出聲：「妳在這，我到處找妳。」

李蘋柔驚訝地看向她，紅通通的臉蛋有些不確定地說：「妳走路怎麼晃來晃去的？」

雀兒喜數著空酒杯，寵溺地說：「我搖晃？蘋柔，妳怕是喝多了吧。一、二、三……六杯？我說妳啊，縮在花園喝悶酒，難道是在等我嗎？呵呵，真可愛。」

真拿蘋柔沒轍，實在太惹人憐愛了。

樂隊的音樂轉為慢曲，浪漫的樂音增添幾分曖昧氛圍。

「走吧，我們去花園裡，那兒沒人打擾。」她邀請道。

她牽起李蘋柔的小手，她今天牽了好多人的手，卻沒有一雙手，比李蘋柔還嬌小、還溫暖，這是她心儀之人的手，是她迫切想牽的手。

李蘋柔還暈呼呼的，搖晃的腳步幾次差點往旁邊倒，她將李蘋柔的身子撈到懷裡，緊擁著她，再也不想放手。懷中人還有些迷糊，傻傻地盯著她的臉。她笑問：「在想什麼，蘋柔？」

李蘋柔笑得憨傻，說：「想妳的事。」

她領著李蘋柔，走進花園深處，學校花園有很多祕密角落，一人高的百花叢，轉個彎就成隱蔽地點。

「妳願意和我跳支舞嗎？」她問。

李蘋柔迷醉地看著她，軟軟的手臂搭上她的肩，無需多餘的語言，兩人隨著樂音自然搖擺。她知道蘋柔喜歡聽她唱歌，於是順著樂音，在蘋柔耳側哼唱《羅密歐與茱麗葉》的愛之曲，這是她的心意，是只獻給蘋柔一人的特別服務。

「愛情是最強大的力量，讓我們傾其所能地去愛、去感受對方的真心。愛情能使我們戰勝恐懼。愛情是如此美妙！」

李蘋柔聽得如癡如醉，就著醉意，大膽問道：「我們之間是愛嗎？」

她略為一愣，隨即輕笑。

若不是因著愛，海的女兒為什麼願意冒著危險，承受巨大痛苦，千里迢迢來到陸地，這本是一趟苦痛之旅，直到她邂逅讓她牽掛的人，她豁然發現前方的路閃閃發亮。對心儀之人的喜愛越來越強烈，最後，她變得捨不得離開陸地世界。

「是！」她親吻蘋柔發熱的紅頰，大方承認：「這還用說嗎？當然是了！」

李蘋柔醉得不輕，或許今晚過後，這小蘋果什麼都記不得了。

不過沒關係，有她記得就夠了。

後記

感謝購買《雀兒喜》的你，因為有你的支持我才能繼續創作，祝福你事事順心，平安喜樂，福如東海，壽比南山，人見人愛，花見花開，貓見貓群嗨。

《雀兒喜》是連載於 Penana 故事平台上的網路小說，最初會想寫這故事，是受到幾部黑暗風格的美劇影響，對美式校園和神祕結社有興趣，進而想寫「轉學後邂逅神祕室友」的橋段。原本計劃兩千字寫完，結果讀者反應超乎預期，得意忘形的我不小心越寫越長，就這樣兩千變五千，五千變一萬，演變成十五萬字長篇，最後竟過稿出版成實體書，只能說始料未及。

關於兩人名字寓意，雀兒喜的英文字中有「海」的意思，象徵來自深海。蘋柔的蘋則象徵夏娃的禁忌之果，取自「夏娃因嚐到蘋果滋味，從此改變世界局勢」的抽象概念，呼應結局有如世界末日的詭異華麗感。雀兒喜的英文（Chelsea）同時代表兩個地名，一個位於美國紐約，一個位於英國倫敦，也是兩位女主角的國籍。

本故事從二〇二一年十二月開始連載，寫至二〇二三年十月完結，於二〇二四年過稿，歷經四次大修稿才到讀者面前。連載版和實體版主線沒有更動，兩者差在細節設定、配角戲分等地方，實體版刪去冗長贅詞，力求更精簡有力帶出劇情，將省下的字數用在增加情感互動。塞不進實體版的番外文，將會保留在網路連載平台，喜歡這對瘋瘋百合的讀者，歡迎到平台上觀賞。

感謝 Penana 管理員小熊的支持和秀威出版的責編，謝謝你們給我舞台，讓我能盡情書寫故事，以及在 Penana、LINE 寫作社群認識的文友，因為有你們的激勵，我才能走到這一步。

要彩虹12　PG3089

要有光 FIAT LUX

室友雀兒喜的夜詠

作　　者　　蕗　舟
繪　　者　　VISE
責任編輯　　劉芮瑜
圖文排版　　陳彥妏
封面設計　　蕗　舟
封面完稿　　李孟瑾

出版策劃　　要有光
發 行 人　　宋政坤
法律顧問　　毛國樑　律師
印製發行　　秀威資訊科技股份有限公司
114台北市內湖區瑞光路76巷65號1樓
電話：+886-2-2796-3638　傳真：+886-2-2796-1377
http://www.showwe.com.tw
劃撥帳號　　19563868　戶名：秀威資訊科技股份有限公司
讀者服務信箱：service@showwe.com.tw
展售門市　　國家書店（松江門市）
104台北市中山區松江路209號1樓
電話：+886-2-2518-0207　傳真：+886-2-2518-0778
網路訂購　　秀威網路書店：https://store.showwe.tw
國家網路書店：https://www.govbooks.com.tw
總 經 銷　　聯合發行股份有限公司
231新北市新店區寶橋路235巷6弄6號4F
電話：+886-2-2917-8022　傳真：+886-2-2915-6275

出版日期　　2024年11月　BOD一版
定　　價　　420元

Printed in Taiwan

讀者回函卡

國家圖書館出版品預行編目

室友雀兒喜的夜詠 / 蕗舟著. -- 一版. -- 臺北市 :
要有光, 2024.11
面 ;　公分. -- (要彩虹 ; 12)
BOD版
ISBN 978-626-7515-19-8(平裝)

863.57　　113014005